KB268564

잠룡물용

잠룡물용 7

2009년 12월 29일 초판 1쇄 인쇄
2010년 1월 4일 초판 1쇄 발행

지은이 묵룡
발행인 이종주

편집장 손수지
기획 팀 김명국
편집 팀장 이세종
책임 편집 김인옥

발행처 (주)로크미디어
출판등록 2003년 3월 24일
주소 서울시 용산구 청파동3가 119-2 진여원BD 5층
Tel (02)3273-5135 **Fax** (02)3273-5134
홈페이지 rokmedia.com · **E-mail** rokmedia@empal.com

ⓒ 묵룡, 2007

값 8,000원

ISBN 978-89-257-1344-1 (7권)
ISBN 978-89-257-0233-9 04810 (세트)

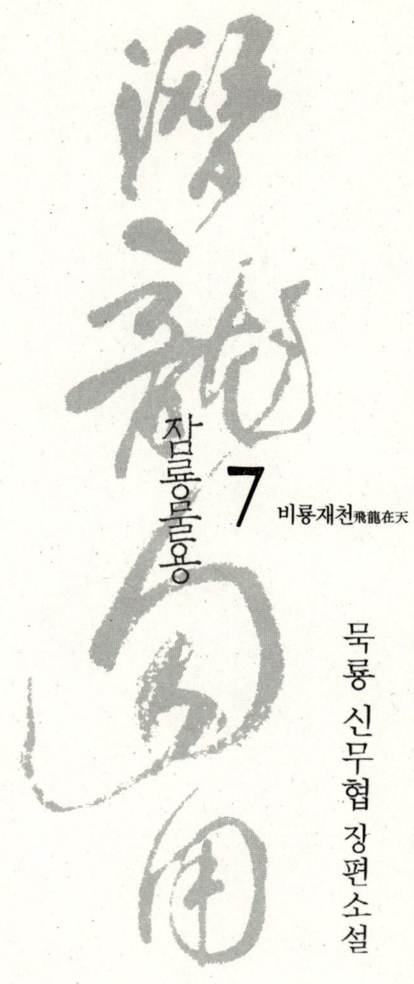

잠룡물용

7

비룡재천 飛龍在天

묵룡 신무협 장편소설

ROK
MEDIA
로크미디어

차례

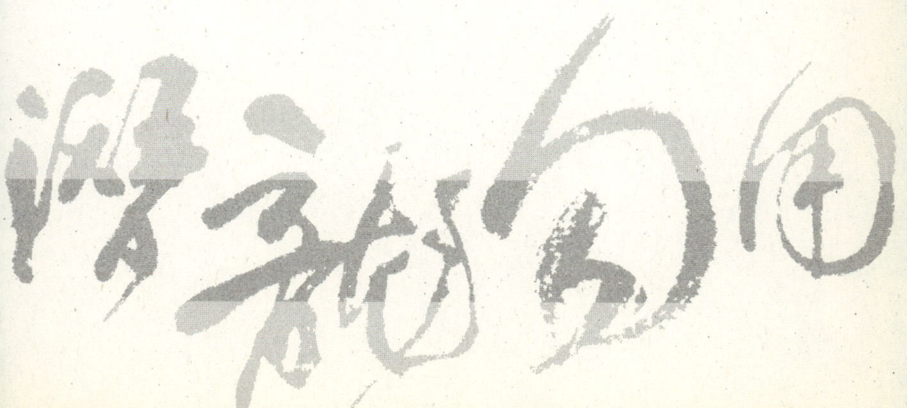

편히 가시게

부들부들!

하늘이 무너져도 꿈쩍하지 않을 것 같았던 사마궁의 두 손이 심하게 떨리고 있다.

"다시 한 번 말해 봐라."

비록 나이를 먹었다고는 하지만 아직도 십 년 전의 일을 어제 일처럼 기억하는 그다. 그런 그가 방금 전에 들은 말을 기억하지 못했을 리 없다. 그럼에도 사마궁은 다시 말하라고 한다. 믿지 못하겠다는 뜻이 역력하다.

오 개월 전부터 앓아누운 아버지 대신 사마세가의 일을 처리하던 사마웅이 낮은 음성으로 다시 입을 열었다.

"우 숙부께서 돌아가셨습니다."

자신에게 순종하기보다는 대립하던 자식이었다. 가주 자리를 첫째에게 물려준 것에 대한 반발심이 원인이었다. 하긴 자신이 봐도 첫째는 가주감이 아니었으니 그로서는 더욱 실망이 컸을 것이다.

그러나 하나의 가문이 세가로 거듭나기 위해서는 가법이 서야 한다. 그래서 자신이 세운 가법의 첫 번째는 장자가 가문을 잇는다는 것이었다. 형제끼리 가주 위를 놓고 싸울 경우 가문이 쪼개지는 것을 염려한 때문에 내린 결정이었다.

둘째의 행동이 확연히 달라진 것은 그때부터였다. 그 뒤로 계속 엇나가기만 하는 그의 행동에 어떤 때는 웃고 또 어떤 때는 화를 냈다. 점점 마음에 안 들게 변한 것도 사실이었다. 하지만 그래도 자신의 자식이었다.

꽈악!

사마궁은 떨리는 손을 애써 붙잡았다.

"누구냐?"

"겉으로는 호제비와 제왕령을 가진 전어사였다고 합니다."

전어사라면 황제의 명을 받은 자라는 말이다. 그것만이라면 아무리 자신이라도 복수가 불가능했다. 하지만 손자의 말에는 여운이 남아 있었다.

"겉으로라면 속이 있다는 말이렷다?"

"예, 전어사의 일행 중에 검귀와 궁귀, 도치란 놈이 있었다고 합니다."

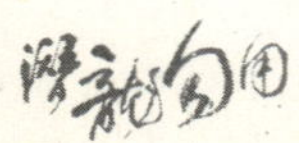

"진귀!"

꽈자자작!

사마궁이 움켜쥔 의자의 팔걸이가 산산이 부서졌다.

"그놈이 어떻게 해서 전어사가 됐는지 낱낱이 파헤쳐라. 양장군부에 연락하면 도움을 받을 수 있을 것이다."

"예, 할아버지."

"소담선생에게도 알려라."

"도와줄까요?"

"진귀가 천위지이고 그가 전어사가 되었다는 사실을 알려 주면 소담선생도 뒷전에서 바라보고만 있을 수는 없을 것이다."

"알겠습니다."

"제갈포유에게도 연락해라. 더 이상은 기다릴 수 없으니 한 달 이내에 답을 달라고 말이다. 만약 그때까지 답이 안 나오면 우리는 따로 길을 가겠다고 해라."

"예, 할아버지."

사마웅이 나간 방 안에는 외로움과 냉기만이 가득하다.

"이제 어떻게 한단 말인가?"

화산에 다녀온 손자의 말을 들었을 때 위지천이 이미 초절정의 경지에 들었다는 것을 알 수 있었다. 그런데 창귀를 꺾고 진귀라는 이름을 얻더니 지금은 위지세가의 가주로 세상에 나섰다.

사마궁은 솔직히 진귀가, 아니 위지세가가 두렵다. 그들의 칼이 자신을 향하면 버텨 낼 수 없다는 것을 알고 있기 때문이었다. 그렇기에 위지세가 모르게 진귀를 죽이려 노력했다. 하지만 돌아오는 것은 절망감과 두려움뿐이다.

'그때 죽였어야 했던 것을……'

그 당시 자신이 조금만 더 냉철했다면 지금처럼 두려움에 밤잠을 설치지는 않았을 것이라 생각하니 후회되고 또 후회가 된다.

'그나저나 우리를 왜 가만히 놔두는 것일까!'

생각할수록 진귀의 뜻을 알 수가 없다. 자신이었다면 제일 먼저 사마세가를 향해 칼을 뽑았을 것이기 때문이다.

사천에서의 일도 그냥 묻어 두는 이유가 궁금했다. 직접 공격하지 않는다 해도 사실을 밝힐 수는 있다. 그렇게만 해도 제갈포유는 총사에서 물러날 것이고, 자신의 가문 또한 오대세가의 자리에서 밀려날 것이다.

무림맹주와 동등한, 아니 어찌 보면 무림맹주보다 월등한 힘을 가진 진귀이고 보면 그런 식으로 진행될 것이 확실했다. 그럼에도 진귀는 아무런 말을 하지 않았다. 자신뿐 아니라 제갈세가에 대한 복수도 없었다.

'설마 모른단 말인가!'

사마궁은 고개를 내저었다.

수연표국에서 만도산의 보고는 성급하게 결론을 내린 자

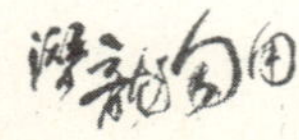

신들의 불찰이라 밝히고 낭설을 퍼트린 자의 주검이라며 원사후의 시체를 공개했다. 투자금도 약간의 이자와 함께 모두 돌려주었다.

연상곡의 폭발은 제갈세가의 실수이고, 그곳에서 죽은 자들 대부분이 사마세가와 제갈세가의 사람들이라는 사실도 강호 전체에 알려졌다. 오대세가가 너무 욕심이 많다는 말은 지금도 심심치 않게 들려온다.

그런 지경이니 진귀가 모를 리 없었다. 그런데도 진귀는 아무런 행동도 하지 않으니 참으로 답답하고 미칠 지경이다. 계속 이대로 가다가는 진귀만 보면 앞뒤 안 가리고 칼을 뽑을 것만 같았다.

"설마…….…."

식은땀이 그의 몸을 흥건히 적셨다.

지금까지의 일만 밝혀도 사마세가를 도울 곳은 그리 많지 않다. 그런데 거기에다가 자신이 생각하는 일까지 벌어진다면 그때는 진짜 생각하기도 싫은 일이 벌어질 것이다.

'멸문.'

자신들이 저지른 일이니 무림맹의 중재를 바랄 수도 없다. 당연히 후기지수를 남겨 놓는 것 같은 아량도 기대할 수 없다. 그야말로 완벽하게 초토화된 사마세가가 눈에 그려졌다.

'막아야 해. 그런 일만큼은 막아야 해.'

소리도 흘러나오지 않는다.

덜덜덜!

사마궁의 손이 심하게 떨리고 있다.

위지천이 두 세가를 놔두는 것이 십마련과 혈사련 때문이라
는 것을 모르는 사마궁은 그렇게 또 새벽을 맞이하고 있었다.

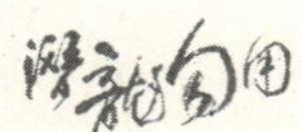

부욱! 부욱!

푸르륵! 푸르륵!

무릎까지 쌓인 눈을 헤쳐 가는 말의 숨소리가 거칠다.

"더 이상은 안 되겠습니다."

육정기의 말에 위지천은 고개를 끄덕였다. 조금 전까지 쏟
아지던 눈도 그쳤고, 해의 위치로 보아 시간도 미시未時에 불
과했지만, 더 이상 가다가는 말이 버틸 수 없음을 그도 잘 알
고 있었다.

사뿐!

위지천이 말에서 내리는 것을 시작으로 일행이 모두 말에
서 내렸다.

"언덕 두 개만 넘으면 지포 마을이 나오니 그곳에서 쉬도
록 하세. 천천히 걸어도 반 시진이면 도착할 거네."

자박자박!

말고삐를 잡은 궁귀가 위지천의 곁으로 다가왔다. 언제 만

들었는지 그의 발에는 설피雪皮가 매달려 있었다. 무림인이라고 부르기에는 부족한 부분이 많은 그이고 보면 지금 상황에서 설피는 꼭 필요한 장비다.

그런데도 위지천이 설피를 대수롭지 않게 보는 것은 눈이 내리기 시작한 오늘 새벽부터 지금까지 궁귀는 설피를 만들지 않았기 때문이다.

그럼에도 설피를 신고 있다는 것은 그가 이미 지금과 같은 상황을 예측하고 미리 준비했다는 것이다.

하긴 이런 준비성이 있었으니 하찮은 보법조차 모르는 그가 중단전의 능력만으로 초인으로까지 불리게 되었을 것이다.

'역시 궁귀 선배인가!'

완벽하지는 않지만 정기신精氣神 일체를 이뤄 낸 위지천조차 감탄하게 만든 궁귀이다. 하지만 이 순간 궁귀는 눈 덮인 산야를 쳐다보기 바빴다.

"눈보라가 그친 세상은 이처럼 포근한 것을……. 그나저나 초설初雪이 이렇게 많이 내리는 것을 보니 내년에는 풍년이겠어. 요즘 같은 세상을 사는 농민들에게 한 가닥 위안이 되었으면 좋겠군."

느릿하게 걷는 걸음임에도 약간의 흔적만을 남기던 도치가 실쭉한 얼굴로 궁귀의 말을 받았다.

"초설은요. 여기니까 그렇지. 북쪽에는 눈이 내려도 벌써 대여섯 번은 내렸을 거요. 게다가 풍년이면 뭐하오. 사방이

뺏어 갈 놈들 천지인데……. 굶어 죽지만 않으면 다행이지.”

“하긴 그렇구나. 그나저나 칼질만 할 줄 아는 못난 놈인 줄 알았더니 이제 보니 세상사도 제법 아는구나.”

“그런 말 하지 마쇼. 그런 것이 세상사라면 나는 태어나면서부터 알고 있었소.”

“하하하하! 그런 것이 세상사라. 그래, 네가 나보다 낫구나.”

도치를 보며 한껏 웃던 궁귀가 위지천에게로 시선을 돌리며 아주 작은 음성으로 말했다.

“어제부터 이상한 기운이 우리를 따르는 것 같은데 혹시 자네도 느꼈는가?”

궁귀는 이 말을 하기 위해서 위지천의 곁으로 다가왔을 것이다. 그럼에도 계속 다른 짓을 한 이유는 지금의 말을 감추기 위해서였을 것이다.

위지천과 그리 멀리 떨어지지 않은 곳에서 걸음을 옮기던 육정기의 얼굴이 굳어졌다. 그는 궁귀와 달리 아무런 기운도 느끼지 못했던 것이다.

—평소처럼 행동하시오.

육정기에게 심어心語로 뜻을 전한 위지천은 가볍게 고개를 끄덕이는 것으로 궁귀의 물음에 대답했다.

“역시 그랬군. 그런데 도대체 몇인가?”

—둘입니다.

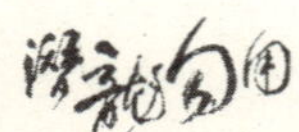

이렇듯 쉽게 말하지만 사실 그들의 기운은 은밀했다. 정기신 일체를 이루어 심안을 열지 않았다면 위지천도 궁귀와 다를 것이 없었을 것이다.

"어쩐지 하나라고 보기에는 이질적인 기운이 이상했어. 그나저나 이제 어떻게 할 텐가?"

— 우선은 기다려 볼 생각입니다.

사실 궁귀가 느낀 자들은 어제가 아니라 나흘 전부터 일행을 쫓고 있었다. 그리고 오늘 저녁에 그들을 만나 볼 생각이었다.

하지만 위지천은 그 말을 하지 않았다. 괜히 알려서 기를 꺾을 필요도 없거니와 굳이 그런 것까지 알릴 필요도 없었다.

"하긴 가주가 알아서 잘하시겠지. 난 가주가 알고 있는가를 확인해 보려는 것뿐이었으니……."

그 말을 끝으로 궁귀는 천천히 뒤로 물러났다. 말로는 신경 쓰지 않는다고 했지만 그는 후위를 지키는 자리로 걸음을 옮기고 있었다.

그런 궁귀를 보며 피식 웃은 위지천은 전방으로 시선을 돌렸다.

— 궁귀 선배의 말이 사실입니까?

— 사실이오.

— 저는 전혀 못 느꼈습니다.

자신의 부족함을 내보이는 것은 쉽지 않은 일이다. 그것도 십칠존이라 불리는 초인이라면 더욱 그렇다. 그럼에도 육정기가 스스로 밝힌 것은 그만큼 따라오는 자가 위험하다는 것을 알리기 위해서였다.

확실한 것은 직접 손을 대 봐야 알 수 있겠지만, 지금까지의 움직임으로 봐서는 은형술을 주축으로 한 중단전의 무공을 익힌 자들 같소.

육정기의 눈이 흔들렸다.

그는 중단전의 무공을 안다. 그가 익힌 야수난검野獸亂劍이 바로 중단전의 무공이었기 때문이다.

백 명을 죽여야 기초가 서고, 천 명을 죽여야 단丹을 세우며, 만 명을 죽어야 완성이 되는 무공. 이렇듯 중단전의 무공은 익히기가 어렵다.

아니, 배우는 것 자체가 쉽지 않다. 그런데 그런 무공을 익힌 자가 따라오고 있다는 말이니 걱정되지 않을 수 없었다.

몇 명입니까?

둘이오.

어디 소속인지도 아시겠습니까?

위지천은 대답을 미룬 채 뒤따르는 자들을 잠시 쳐다본 후 정면으로 시선을 옮겼다.

일살도 알지 모르지만 중단전의 무공은 생각보다 많소. 구대문파는 말할 것도 없거니와 혈사련에도 있소. 아마 오대세가도 심득心得이라는 이름으로 한두 개쯤은 가지고 있을 것이오. 새로 오대세가에 든 사마세가조차 한 개의 중단전 무공을 가지고 있으니 말이오.

꽈악!

말고삐를 쥔 육정기의 손에 힘이 들어갔다. 가만히 있으면 손바닥에 고인 땀 때문에 고삐가 흘러내릴 것만 같았기 때문이다.

이렇듯 놀란 육정기의 행동은 곧바로 위지천에게 알려졌다. 하지만 다른 사람은 몰라도 육정기만큼은 진실을 알아야 했다. 위지천은 냉정하게 말을 이어 나갔다.

─그럼에도 중단전의 무공이 알려지지 않은 것은 그만큼 익히기 어렵기 때문이오. 아니, 몇 군데는 익힌 사람을 감추고 있을지도 모르오. 최후가 아니면 꺼내 보이지 않는 패처럼 말이오.

주르륵!

말고삐를 쥔 육정기의 손이 자신도 모르게 미끄러졌다.

'그럴 것이다.'

다른 곳은 몰라도 최고수가 누구인지 알 수 없는 소림과 아미에는 분명 있을 것이다. 중단전의 무공만이 아니라 중단전의 무공을 극성까지 익힌 자가 말이다.

'내가 우물 안의 개구리였다니⋯⋯.'

가장 단순한 것도 생각하지 않은 채 이령二靈 삼환三喚 오절五絕 칠귀七鬼라 불리는 십칠존만 아니면 그 누구도 자신의 적수가 될 수 없을 것이라 생각했던 오판이 아프게 다가왔다.

새로운 사실을 깨달아 가는 육정기의 마음에 위지천의 심어가 다시 들려왔다.

–지금 우리를 따르는 자들은 구파와 세가의 사람이 아니오. 그러기에는 기운이 너무 익숙하오.

–생각나시는 분이 있으십니까?

–위지대운과 흑령 사진환.

우뚝!

육정기가 걸음을 멈추었다. 평소처럼 행동하라는 말까지 어길 정도로 위지천의 대답은 예상 밖이었던 것이다.

스스슥!

육정기가 다시 움직이기 시작했다.

–십마입니까?

–그것은 아닌 것 같소. 궤이독랄하기는 해도 위지대운과 흑령 사진환의 무공에는 일대 종사의 기품이 있었소. 하지만 지금 뒤따르는 자들에게서는 피의 냄새만이 진하게 풍기오.

–기운이 비슷하기는 한데 전혀 다른 무공이라는 말씀이십니까?

–그렇소. 뿌리는 같은데 다른 무공, 예전부터 생각한 것인데 아무래도 십마의 뿌리가 한 곳에 있는 것 같소. 그리고 우리를 뒤따르는 자는 거기에서 나온 가지, 아니 저들이

몸통일지도 모르지요. 아무튼 현재까지 알아낸 것으로는
그렇소.

　－어떻게 하실 생각이십니까?

　일살이라면 한 명 정도는 상대할 수 있을 것이다. 하지만
위지천은 육정기에게도 자신의 생각을 감추기로 했다. 그들
이 일행 전부와 싸우기로 했으면 벌써 칼을 뽑았을 것이기
때문이었다.

　자신만 노리는 것인지 아니면 일살조차 알아차리지 못한
은형술을 이용해 한 명씩 차례로 노리는 것인지는 알 수 없
었다. 다만 혼자가 아니면 그들은 계속해서 몸을 숨긴 채 따
라올 가능성이 높았다. 유덕을 만나야 하는 위지천으로서는
결코 원하는 일이 아니었다.

　－궁귀 선배에게도 말했지만 우선은 기다려 볼 생각이오.

　－알겠습니다.

꽈악!

말고삐를 잡지 않은 육정기의 오른손에 힘이 들어갔다.

‘다시는 오늘 같은 일을 겪지 않겠다.’

초인이라는 자만심을 버리게 된 육정기. 만 명을 죽여야
완성할 수 있다는 무공이 그의 손에서 활짝 필 것인지는 하
늘만이 알 일이었다.

　오늘을 기다렸던 위지천과 밤새 명상에 잠겨 있는 육정기,

이 두 사람만이 깨어 있는 늦은 저녁에 이층 창문이 소리 없이 열리며 한 사람이 객잔 밖으로 빠져나왔다.

사뿐!

제법 높은 곳에서 뛰어내렸음에도 그의 발밑에서는 아무런 소리도 들리지 않았다.

'그새 삼십 장 밖으로 물러났군.'

객잔에서 느꼈을 때만 해도 이십오 장 정도였다. 그런데 자신이 나오자마자 오 장이나 뒤로 물러섰다. 그것도 명상에 잠겨 기감이 극도로 활성화된 육정기조차 모르게 말이다.

나흘간의 추격이니 그들도 피곤할 것이다. 그럼에도 객잔에서 움직임이 일자마자 자리를 옮겼다. 그들의 무공과 집요함이 어느 정도인지 짐작이 갔다.

'살정인과 비슷하지만 다른 자들이라.'

위지천은 살정기를 해석한 두루마리를 읽었다. 그리고 살정기가 상단전의 무공이고 무리하게 상단전을 여는 까닭에 십성을 넘어 극의를 엿보려 하면 곧바로 정신을 무너트린다는 것을 알아냈다. 그래서 만들어지는 것이 살정인이라는 것까지 말이다.

'상단전과 중단전의 무공.'

단순하게만 본다면 정精보다 신神을 사용하는 살정기가 위일 것이다. 하지만 살정기는 특별한 경우를 제외하고는 한계를 넘지 못하고 실혼인이 된다. 상단전의 근간을 잃어버리는 것이다.

거기에 비해 멀리서 그를 엿보는 자들은 비록 중단전의 무공이지만 최소한 자신의 무공을 완성한 자들이었다. 아니, 극의를 넘어 새로운 무공을 창조하는 수준에 올라 있을 수도 있다.

'상단전이 열린 자가 살정기를 익힌다면 모를까 그렇지 않고서는 저들을 이길 수 없겠군.'

판단이 내려졌다. 그렇다면 더 이상 기다릴 필요가 없었다.

스르르륵!

위지천이 미끄러지듯 앞으로 나아가기 시작했다.

잠시 후 위지천은 관도를 벗어나 자그마한 공터에 도착했다. 현재 몸을 숨긴 자들과의 거리는 이십 장으로 좁아졌다. 그럼에도 그들은 계속해서 거리를 좁히고 있었다. 일행 전부를 노리는 것인지는 알 수 없지만 자신에게 칼을 겨눈 것만은 분명했다.

"나와라."

다가오는 자들이 흠칫 놀라며 걸음을 멈추는 것이 몸으로 느껴진다.

'이런 경우가 처음인가 보군.'

하긴 그럴 만도 했다. 자신조차 상단전을 열기 전이었다면 지금처럼 쉽게 상대의 움직임을 알아채지 못했을 것이기 때문이다. 그러나 지금은 그들의 움직임이 눈으로 보는 것처럼 확연하게 느껴진다.

'지금 흑령과 싸운다면 어떻게 될까?'

위지천은 문득 흑령이 떠올랐다. 완전하지 않은 상태에서 부딪치기는 했지만 처음으로 자신을 힘들게 한 사람, 게다가 후삼식도 보지 못했다. 하지만 지금이라면…….

'후후.'

자신이 있었다.

위지천은 자신도 모르게 떠오른 미소를 지우며 시선을 좌측으로 돌렸다.

"나오지 않을 것 같으니 내가 가지."

시선 쪽으로 몸을 돌린 위지천은 성큼 발을 내디뎠다.

기다렸다는 듯 신경에 거슬리는 괴소가 양쪽에서 흘러나왔다.

"크흐흐흐. 기감을 열지도 않고 우리를 찾는다. 재미있군."

"그러게 말이야. 킥킥."

가슴을 풀어 헤친 마의 차림의 사내와 유삼에 섭선을 든 사내가 안개를 헤치고 나오듯 천천히 모습을 드러냈다.

'백정과 유생이라.'

하나는 마의 차림에 도끼를 든 모습이고 다른 하나는 여유로운 미소를 지은 채 섭선을 부치는 모습이니 위지천이 그리 생각하는 것도 무리가 아니었다. 그런데 두 사람의 눈이 똑같았다.

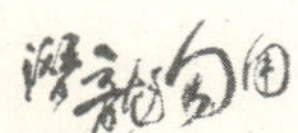

'녹안綠眼!'

언뜻 보기에도 두 사람은 같은 무공을 익혔다. 그럼에도 두 사람의 기세는 전혀 달랐다. 이런 경우는 한 가지뿐이었다. 심득을 얻어 자신만의 무공을 완성한 단계. 두 사람은 완성된 무인이었다.

'좋은 상대가 되겠군.'

위지천은 정기신 일체를 이루고 난 후 한 번도 칼을 뽑지 않았다. 몸을 움직이는 것보다는 명상을 하며 깨달은 바를 하나로 묶는 것이 더욱 중요했기 때문이다.

아직 완전하지는 않다. 하지만 하루가 다르다. 밑바탕이 되는 초석은 예전에 놓았고 기둥도 오늘 저녁까지의 명상을 통해 완벽히 세웠다. 이제 남은 것은 지붕을 얹는 것뿐이었다. 그리고 오늘, 그간 얻은 것들을 시험해 볼 기회가 왔다.

스르르륵!

위지천은 현호도를 뽑지도 않은 채 두 손을 늘어트렸다.

"누가 보냈지?"

"천하제일이라 불리는 위지세가의 가주라서 그런지 싸가지가 없군. 어른을 보면 먼저 인사하는 게 예의인데 말이야."

유생 차림의 사내가 대답할 것이라는 예상과는 달리 백정처럼 보이는 사내가 말을 받는다.

피식!

위지천의 입꼬리가 슬며시 위로 들린다.

"십마인가?"

백정의 심장 소리가 빨라진다. 인간이 어떻게 그런 것을 들을 수 있냐고 묻는다면 그냥 느껴진다고밖에 말할 수 없다.

"일마로군."

그다지 큰 변화가 느껴지지 않는다.

"그렇군. 역시 이마였어."

이번에도 변화가 없으면 더 이상 찔러보는 수는 통하지 않을 것이다. 그런데 두 사람의 심장 소리가 커다란 폭포 소리처럼 들려왔다.

'정난사태 때문인가!'

그럴 수 있고 아닐 수도 있다. 다만 확실한 것은 이제부터 십마의 수뇌부도 상대해야 한다는 것이었다.

천하의 무공은 셀 수 없을 만큼 많다. 중원은 물론이거니와 남만, 청해 거기에 신강까지도 고유의 무공이 있다. 당연히 그런 무공을 전부 아는 사람은 없다. 위지천이라고 다를 것이 없다.

하지만 위지천은 정기신 일체를 이루며 무공의 원류를 꿰뚫었다. 전부는 아니지만 대부분의 무공을 알고 있다고 자신해도 될 정도다. 그럼에도 두 사람은 십마와 뿌리를 같이하고 있을 것이라는 짐작뿐 실체는 여전히 모호하다.

앞으로 그런 자들이 계속 나타날 것이다. 누가 어떤 무공으로 나타날지, 몇 명일지도 알 수 없다. 하지만 거기에 십마의 최고라는 일상을 만나는 길이 있었다. 자신의 무공을 완성하는 길도 말이다.

'좋아.'

위지천의 입가에 만족스러운 미소가 지어졌다.

"우선 나 하나만 노린 것에 감사한다."

"너를 죽인 다음에 다른 사람을 죽일 수도 있지 않을까."

여전히 백정 차림의 사내가 대답한다.

"그럴 수도 있지. 하지만 그래서 고맙다는 거야. 이제 당신들은 이곳에서 죽을 테니까."

"죽인다. 좋지. 나도 한번 죽어 보고 싶거든. 그런데 과연 그럴 수 있을까?"

"그거야 내가 걱정할 일이지."

"크하하하. 역시 재미있는 놈이야."

"놈이라. 요즘 와서 처음 들어 보는 말이군. 아무튼 더 이상 할 말 없으면 이제 그만 시작하지."

백정 차림의 사내는 대답 대신 입가에 비릿한 미소를 지었다. 그때 말없이 섭선만 부치고 있던 유생 차림의 사내가 불쑥 입을 열었다.

"시작하자. 좋은 말이지. 그런데 어쩌나, 우리는 이미 시작했는데……."

손발이 짜릿한가 싶더니 어느새 귀가 먹먹해진다. 심장의 움직임도 갈수록 묵직해진다.

"독!"

"어때, 짜릿하지? 이제 어떻게 할 거지?"

분명 피비린내만 가득한 놈들이었다. 그런데 독이라니……. 게다가 순식간에 온몸을 잠식한다. 이런 경우는 한 가지뿐이었다.

'생독生毒.'

독은 크게 곤충과 독사 같은 것에서 얻는 동물독과 나무와 풀 그리고 습지 같은 곳에서 얻는 식물독 그리고 납이나 수은 같은 광물독으로 나뉜다. 그런데 거기에 속하지 않는 독이 하나 있다.

만독화공萬毒和功이라는 것이 있다. 전설에나 나오는 독공으로, 독의 원류라 할 수 있는 이십사독을 몸 안에 넣고 중단전을 이용해 그것들을 하나로 융합해야만 이룰 수 있는 무공이다. 너무도 악랄하기에 만독화공을 익히는 자는 십이면 십 모두 죽는다.

하지만 완성하기만 하면 이야기가 완전히 달라진다. 침과 땀만으로도 자신의 독을 만들어 뿌릴 수도 있고, 또 마음대로 거두어들일 수도 있다.

독을 이용해 내공을 쌓을 수도 있고 그 내공을 이용해 무공을 익힐 수도 있다. 물론 그 내공은 만독화공의 본류가 있는 중단전과 달리 하단전에 뿌리를 둔다. 중단전과 하단전이 어울리는 독공, 그야말로 독공의 완성이다.

그럼에도 사천당문은 이 독공을 연구하지 않는다. 아니, 이미 연구를 끝냈을지도 모른다. 하지만 절대 배우지는 않는다. 너무도 무섭고 위력적이기에 그 무공을 익혔다는 것이 알려지는 순간 문파 전체가 강호의 공적이 되기 때문이다.

너무 무섭고 극랄해서 강호의 전설이 되어 버린 만독화공. 지금 그 무공이 위지천을 향해 펼쳐졌다.

"끄으윽!"

온몸의 맥이 끊어지는 것 같다. 시간이 갈수록 숨쉬기도 더욱 힘들다.

하단전을 이용한 독공이었다면 중단전에 뜻을 두는 순간 흔적도 없이 사라졌을 것이다. 중단전은 자연과 호흡을 같이 하는 곳이기에 몸에 좋은 것은 받아들이고 나쁜 것은 스스로 뱉어 버리기 때문이다.

하지만 만독화공은 중단전의 무공이다. 자연의 기운과는 전혀 다른 기운이 몸속을 헤집고 다닌다. 처음 그에게 이질적인 기운을 느꼈던 것이 바로 이 탓이었다. 당연히 지금의 기운은 중단전만 가지고 털어 낼 수 없다. 이제 남은 곳은 상단전뿐이다.

"우욱!"

위지천은 억지로 몸을 세우며 머릿속 이환궁에 의념을 두었다.

신궁인 상단전이 열리며 신神이 움직이기 시작한다. 달빛이 몸을 파고든다. 너무 차가워 온몸이 얼어붙는 것 같다.

따다다닥!

저절로 이빨이 부딪친다. 참을 수 없는 차가움이다. 그런데 수水가 승昇하자 화火가 절로 동動한다.

후아악!

두 사람이 풍기는 비릿한 냄새가 코끝을 찌른다. 정기신 일체가 완벽했다면 이들을 향해 의념을 둔 순간 지금의 냄새를 맡았을 것이다. 그랬다면 지금과 같은 위험은 겪지도 않았을 것이고 말이다.

상단전에 뜻을 두니 저절로 신안이 열린다. 두 사람이 같은 무공을 익힌 것은 맞았다. 그러나 백정 차림의 사내는 부斧를 주主, 만독화공을 부部로 익혔고, 유생 차림의 사내는 만독화공을 주, 섭선을 부로 익혔다. 두 사람에게서 차이가 느껴진 이유는 바로 이것 때문이었다.

모든 것이 한눈에 밝혀진다. 느린 것 같지만 실제로는 엄청나게 빠른 속도로 상대의 실체가 낱낱이 드러난다. 이렇듯 상대를 밝히던 눈이 이제는 안으로 향한다.

뽀르르릉.

수백 마리의 다람쥐가 눈에 들어온다. 실체는 아니다. 그럼에도 다람쥐로 보이는 것은 그만큼 생독이 빠르다는 증거다. 심장에 앉아 있는 것이 벌써 수십 마리다. 빠른 것은 벌써 목덜미 아래에 있는 대추혈大椎穴을 지나 뒤통수에 있는 옥침혈玉枕穴을 향한다.

옥침혈에 다람쥐가 자리를 잡으면 필경 정신을 잃을 것이다. 피할 수 없는 죽음이라는 뜻이다. 그러기 전에 다람쥐를 잡아야 했다. 그런데 언제부터인지 다람쥐들의 움직임이 조금씩 느려지고 있었다.

'다람쥐를 느낀 순간부터 이랬다.'

무심코 지난 일이다. 그럼에도 신안은 정확히 지난 시간을 깨닫게 해 주었다. 그것뿐만이 아니었다. 수의 기운과 함께 일어난 화의 기운이 다람쥐를 보자 더욱 활활 타올랐다. 자연의 기운인 정精이 아닌 정신의 힘인 신神이 일으킨 불이다.

화르르륵!

신의 불길에 닿은 해로운 정은 버티지를 못한다.

끼아악, 끽끽.

다람쥐들이 순식간에 한 줌의 재로 변해서 날아갔다. 견디기 힘들 정도의 고통이 온몸을 경련으로 이끌어 간다. 위지천의 몸이 저절로 구부러졌다.

"끄아아아악."

손발이 타들어 가고 눈과 귀에서 피를 흘리지만 않을 뿐이지 중독되어 죽어 가는 모습과 다를 것이 없다.

"크흐흐흐!"

"킥킥!"

위지천을 바라보는 두 사람의 입가에 괴소가 흐른다. 만약 지금 위지천이 생독을 태워 없애고 있다는 사실을 알았다면 어떨까! 그때도 이렇게 여유가 있을까?

그렇지 않을 것이다. 백정 차림의 사내는 도끼를 휘둘렀을 것이고 유생 차림의 사내도 원수를 만난 사람처럼 섭선을 위지천의 가슴에 꽂았을 것이다. 하지만 그들은 몰랐다. 그리고 그들이 승리의 쾌감에 젖어 있는 동안 위지천은 생독을 이겨 내는 시간을 가졌다.

화르르륵!

끼아아악!

옥침혈을 찾아가는 다람쥐를 마지막으로 신神의 불은 꺼졌다. 화火가 멸滅하자 온몸을 얼음 덩어리처럼 만들던 수水도 흔적 없이 사라졌다.

폭풍처럼 거세게 움직이던 신은 어느새 깊은 바닷속처럼 잠잠해졌다. 그럼에도 이환궁으로 대변되는 상단전은 여전히 열려 있다. 상단전의 운용이 한 단계 진보했다.

위지천은 천천히 몸을 바로 세웠다.

“꽤 고통스러웠어.”

어떤 일이 있어도 변화가 없을 것 같던 유생 차림 사내의 얼굴이 굳어졌다.

“어떻게?”

“만독화공을 익혔을 것이라고는 생각도 못 했지. 덕분에 좋은 것 많이 배웠다. 그럼 이제 내가 갈 차례인가?”

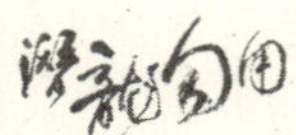

“그럴 수야 없지.”

유생 차림 사내의 섭선이 다시 움직였다. 하지만 이미 익숙해진 생독이다. 게다가 상단전도 열려 있다. 이환궁에서 시작한 진기가 순식간에 몸을 돌아 이환궁으로 들어간다. 당연히 생독은 흔적도 없다.

“한번 해서 안 되면 포기할 줄도 알아야 하는 법인데 당신은 그런 기본도 모르는군. 이제 그만 가지.”

퍼억!

언제 위지천의 손을 떠났는지도 알 수 없는 비수를 이마에 꽂은 유생 차림의 사내가 휘청대더니 털썩 무릎을 꿇었다.

주르륵!

이마에 꽂힌 비수를 타고 한 줄기 피가 흐르는가 싶더니 이내 유생 차림의 사내가 허수아비처럼 스르르 넘어갔다.

‘좋군.’

할아버지가 죽으면서까지도 감추었던 무극검결과 하나가 된 일월비도술이다. 처음 시전해 본 것이지만 결과는 대만족이다.

타다닥!

백정 차림의 사내가 자신도 모르게 뒤로 물러나 어깨에 걸치고 있던 도끼를 두 손으로 움켜쥐었다.

‘빠르다.’

위지천의 손이 등 뒤로 움직이는 것은 보았다. 하지만 그것이 끝이었다. 언제 비수를 날렸는지 그리고 그것이 어떻게 날아갔는지는 보지도 못했다.

'만약 저 비수가 나를 향했다면……'

피할 수 없다. 눈에 보여야 피하든지 말든지 할 것이 아닌가. 게다가 이제는 만독화공도 먹혀들지 않는다. 자신들의 근간이 되는 독은 쓸모도 없고 무공도 부족하다. 자신의 죽음이 눈에 보인다.

'이공께서 진귀를 잘못 판단했다.'

아니다. 이공의 판단은 정확했다. 진귀가 처음 생독에 걸렸을 때 도끼를 휘둘렀다면 승리는 이사의 것이었다. 그런데 그 절호의 기회를 스스로 버렸다. 그것뿐만이 아니라 상대를 만독불침으로 만들어 주기까지 했다.

못 죽일 자가 없을 것이라고 생각했던 이사가 오히려 상대를 두 단계 이상 키워 줬다. 이공은 진귀를 잘못 판단한 것이 아니라 이사를 잘못 판단한 것이었다. 아무튼 이번 싸움은 이공이 패했다. 백정 차림의 사내 또한 그 사실을 뼈저리게 깨닫고 있다.

'나는 여기서 죽는다. 그렇다면……'

최소한 자신의 죽음을 헛되이 만들어서는 안 되었다. 워낙 순식간에 일어난 일이라 유사에게서는 아무것도 찾을 수 없을 것이다. 그렇다면 자신이 무언가를 알려야 했다. 제일 먼저 알릴 것은 만독화공이 쓸모가 없다는 것이었다.

　만독화공의 본류가 되는 이십사독을 전부 하단전으로 돌리고 전중혈을 폐쇄했다.

　쏴아아악!

　다른 사람에게는 죽음의 기운이지만 자신에게는 생명을 유지해 주는 유일한 끈이다. 그것을 끊어 버렸으니 이제 자신의 생명은 길어야 반 시진이다. 그 안에 할 수 있는 모든 것을 해야 했다.

　기문혈을 폐쇄해 빠름을 주관하는 음유맥도 막았다. 자신의 몸만 봐도 만독화공이 쓸모없다는 것과 진귀가 엄청나게 빠르다는 것을 알게 될 것이다. 이제 남은 것은 최대한 상대의 실력을 자신의 몸에 새기는 것뿐이었다.

　꽈아악!

　도끼를 쥔 그의 손에 힘이 들어갔다.

　중단전의 기운까지 끌어모은 내공이기에 내력은 차고도 넘쳤다. 이 정도면 최후 초식 패진참파敗陣斬波를 연속적으로 다섯 번은 시전할 수 있다.

　발끝을 세워 비수에 대한 대비도 했다. 일상의 손을 거쳐 이공에게 전수받은 표홀신보慓笏神步라면 최소한 세 번은 자신의 목숨을 지켜 줄 것이다.

　"와라."

　피식!

　위지천의 입꼬리가 슬며시 위로 들린다.

중단전을 버린 무공, 참진부斬震斧와 표홀신보가 심안을 통해 한눈에 들어온다. 누군가 손을 댄 듯 기존의 흐름과는 약간 다르다. 하지만 예상대로 원류를 벗어나지는 못했다.

"내가 가면 당신은 죽어."

"그렇다면 내가 가야겠군."

백정 차림 사내의 발꿈치가 땅에 닿았다. 두 발에 진력을 싣기 위해 어쩔 수 없이 한 행동이다. 하지만 지금이 바로 수비로만 사용한다면 세 번째 손가락에 드는 표홀신보가 무력화되는 순간이다.

퍼억!

백정 차림의 사내가 심장에 비수를 꽂은 채 힘없이 뒤로 밀렸다. 비수에는 쾌快만 실린 것이 아니라 천하를 울리는 진振도 실려 있었다.

"끄으윽."

유사가 죽을 때는 비수를 잡아 가는 손이라도 봤다. 하지만 이번에는 그것도 보지 못했다. 마치 현실이 아닌 것처럼 모든 것이 아득하다. 이대로 누우면 좋겠다는 생각이 몸의 힘을 자꾸 빼앗아 간다. 하지만 이대로 누울 수는 없었다.

백정 차림의 사내는 감기려는 눈을 억지로 떠서 위지천을 쳐다보았다. 그의 등 뒤에 있던 비수가 또 하나 없어졌다. 자신의 가슴에 꽂힌 비수는 위지천이 날린 것이 분명했다.

"어떻게?"

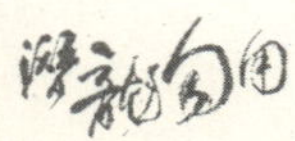

"의기물동意起物動."
"뜻으로 만물을 움직이는 상단전의 경지였다니…… 커헉!"
백정 차림의 사내가 나무토막처럼 뒤로 넘어갔다.
"마지막까지도 대추혈을 끊어 상단전이라는 흔적을 남기다니…….
참으로 집요한 자다. 이자만 그런 것인지 십마의 사람들이 모두 그런지는 더 만나 봐야 알 것이다. 그럼에도 위지천은 후자에 더 많은 비중을 주었다. 이렇게 집요하지 않았다면 지금까지 십마가 감춰질 수 없었기 때문이다.
스르륵!
위지천의 손이 가볍게 움직이자 두 사람의 몸에 박혀 있던 비수가 공중으로 떠올라 위지천의 손바닥 위에 살포시 내려앉았다. 백정 차림의 사내가 살아 있었다면 격공섭물이라면서 놀랐을 행동이 위지천에게서 가볍게 일어났다.
"적을 경시하지 말라는 교훈과 만독불침은 고맙게 받겠소."
말을 끝내는 것과 동시에 두 사람의 몸에서 불길이 치솟았다. 그런데 불길이 옆으로 번지지 않았다.
화르르륵!
두 사람을 태우는 불은 일반적인 불이 아닌 신의 힘으로 일으킨 혼불이다. 육체는 물론이고 정신까지 태워 없애 버리는 불길. 이 불길이 사라지고 나면 이제 누구도 이사의 흔적을 찾을 수 없을 것이다. 설령 위지천이라고 해도 말이다.

‘이마! 곧 만나게 될 것이다.’

강한 불길을 보며 이공을 떠올린 위지천은 객잔을 향해 몸을 돌렸다.

위지천은 다음 날에도 방향을 바꾸지 않았다. 마치 어제 일이 없었던 사람처럼 미현으로 향했고 열흘이라는 시간이 훌쩍 지나고 나서야 미현의 각호장에 도착했다.

“어서 오십시오, 대형.”

장안에서 기다릴 것이라 생각했던 유덕이 장원 입구에서 위지천을 맞는다. 초 원주의 웃는 낯도 옆에 보인다. 초 원주가 유덕을 불렀음이 분명했다.

“가주를 뵙습니다.”

“가주께 충성을…….”

폭풍이대주와 삼대주의 음성이 대지를 울린다. 예전과는 확연히 다른 패기다. 대원들을 잃고 난 다음 절치부심했음을 한눈에 알 수 있다.

“수고했소.”

지나친 칭찬과 나무람은 하지 않은 것보다 못하다. 이런 경우 이 정도 칭찬이면 충분하다.

“감사합니다.”

위지천의 칭찬이 예상 밖이었을까. 두 사람이 깊숙이 머리를 숙인다.

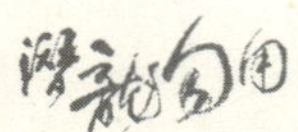

유덕의 입가에 미소가 스치고 지나갔다. 좋다는 뜻일 것이다.

"그만 들어가십시다."

"예, 가주."

초 원주가 대답과 함께 위지천의 한 걸음 뒤에 자리를 잡는다. 기다렸다는 듯 폭풍이대주와 삼대주가 전방에 자리를 잡고 유덕은 위지천의 왼쪽 곁으로 다가와 선다. 순식간에 일행들 사이로 파고들어 자리를 잡는 것이 마치 합격진을 연마한 사람 같다.

'굉장하군.'

순식간에 자신의 자리를 초 원주에게 빼앗긴 궁귀의 얼굴에 놀라움이 스치고 지나간다. 이런 움직임은 하루아침에 이뤄지지 않는다. 적어도 십 년의 고련이 있어야지만 만들어 낼 수 있는 것이다.

'역시 위지세가로군. 뚫을 방법이 보이지 않아.'

이런 생각을 하는 궁귀를 거느린 채 안으로 들어선 위지천은 또 한 번 인사를 나누어야 했다.

"어서 오시오, 가주."

"무사히 귀환하심을 축하드립니다."

호 장로, 경 장로, 호법부원주와 호법들이 환한 얼굴로 위지천을 맞이했다.

"모두 건강하신 것을 보니 좋습니다."

"우리야 이곳에서 놀기만 했는데 뭐 달라진 것이 있겠습니까. 고생이야 가주가 했지요."

－드릴 것이 있으니 안으로 드시지요.

"별말씀을요."

전음과 함께 들려온 경 장로의 인사에 가벼운 미소와 인사로 대답한 위지천은 유덕의 안내를 받아 자그마한 전각에 들어갔다.

언제 뒤로 빠졌는지 모르지만 도치와 철연이 적도, 초부와 함께 대문을 나서는 것이 보인다. 정추를 포함한 검중오살도 뒤따르는 것으로 보아 어디 가서 한잔하려는 것 같다. 아무튼 속 편한 도치와 철연이다.

"소담은 장안에 있는 것으로 확인되었습니다. 그리고 위지대운은 한중에 잠시 머물렀다가 낯선 자들에게 쫓겨 하남의 동친왕부에 몸을 숨겼습니다."

안사의 난을 일으킨 안녹산을 살해하고 황위에 오른 자가 안경서다. 아들이 아버지를 죽인 패륜아가 황위에 오른 것이다.

이에 그 부당함에 칼을 뽑아 안경서를 죽인 이가 사사명이다. 황제의 입장에서 보면 패륜을 단죄하고 역적까지 제거했으니 사사명은 충신이다.

그런데 사사명은 거기에서 만족하지 못했다. 스스로를 대연황제라고 부르며 황위에 올라 버렸다. 안녹산과 다름없이 역적이 되어 버린 것이다.

그런 사사명과 은밀히 내통하고 있다는 사람이 현 황제의 숙부 이종李琮이다. 그리고 그가 머무는 곳이 동친왕부이고 말이다. 황제의 인척이며 새로운 세력의 수괴와 손을 잡고 있는 자, 참으로 고약한 일이 아닐 수 없었다.

그럼에도 위지천은 동친왕부보다 한중에 머물렀다는 사실이 더욱 심각하게 들렸다. 한중은 십마련의 이인자인 이공이 머무는 곳이었기 때문이다.

"혹시 그가 이마역이란 마방에 들르지 않았소?"

"아닙니다. 외곽의 사당에만 머물렀습니다. 그런데 그것은 왜 물으십니까?"

"그냥 갑자기 생각나는 일이 있어서 그렇소. 그나저나 그가 낯선 자들에게 쫓겼다고 했는데 아직도 그들이 누구인지 모르는 것이오?"

위지천은 이마에 대한 일을 감추고 있었다. 사실 위지천은 자신의 가문을 믿었다. 그럼에도 이마에 대한 것을 숨긴 것은 아직은 십마를 알릴 때가 아니라고 생각했기 때문이다. 아직은 혈사련과 무림맹에 가문의 힘을 집중시킬 때였다.

그런 마음을 알아차린 것일까. 유덕의 대답이 재빨리 흘러나왔다.

"진실인지 거짓인지 모르지만 밀문에서조차 아직 알아내지 못했다는 대답뿐입니다."

위지천은 의자에 몸을 기대며 두 손을 앞으로 모았다.

자신을 제외한다면 위지대운을 쫓을 만한 곳은 원한 관계가 있는 혈사련과 비밀을 감추려는 십마뿐이다. 하지만 혈사련이라면 밀문에서 알아내지 못할 까닭이 없다. 결국 위지대운을 쫓는 자들은 십마련 소속이라는 얘기다.

밀문이 이런 정도를 몰랐을 리 없다. 아니, 몰랐을 수도 있다. 그런데 중요한 것은 양쪽 다 문제가 많다는 것이다. 진짜로 알아내지 못했다면 십마의 어둠이 생각보다 깊다는 뜻이고, 알면서도 감췄다면 밀문과 십마 사이에 뭔가 연관이 있다는 뜻이었기 때문이다.

밀문의 대답이 진실인지 거짓인지 알아낼 필요가 있었다. 그런데 방법이 마땅치 않았다. 있다면 오직 하나, 스스로 알아내는 것뿐인데 현실적으로 그것은 거의 불가능한 일이었다.

'밀문의 대답을 기다려야만 하는가?'

현재로써는 그것 외에 마땅한 방법이 없다. 그런데 문제는 조금 전과 마찬가지로 그들의 대답을 고스란히 믿을 수 있느냐는 것이었다. 그러기에는 뭔가 석연치 않은 점들이 자꾸 눈에 들어온다. 그렇다고 무작정 믿지 않을 수도 없는 노릇이니 참으로 답답하기 그지없었다.

'방법이 없을까!'

감추는 것이 있는지 없는지만 알면 된다. 자신이 알고 있다는 사실을 밀문이 모르는 것, 그것이면 충분했다.

그때 한 곳이 위지천의 뇌리를 스치고 지나갔다.

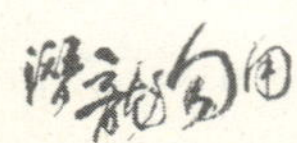

'이마역.'

자신이 이마에 대해 안다는 사실을 밀문은 모른다. 물론 이마의 정체를 밝혀내지 못할 수도 있다. 밀문이라고 모든 것을 알 수는 없는 법이니 말이다. 위지천은 그래서 한 곳을 더 골랐다.

'동천왕부.'

위지대운이 그 멀리까지 가서 동천왕부에 숨은 것은 분명 이유가 있다. 만약 그것도 밝혀내지 못한다면 밀문과의 관계는 끝을 내야 한다. 믿을 수도 정확하지도 않은 정보에 목숨을 걸 이유가 없었기 때문이다.

위지천은 자세를 풀고 허리를 곧추세웠다.

"밀문에 이마역과 동천왕부에 대한 정보를 요구해라."

"기한은 어떻게 하시겠습니까?"

"빠를수록 좋다고 하고 늦어도 이번 달 안에는 볼 수 있었으면 한다고 전해라."

"알겠습니다."

"소담선생의 문제는 조금 있다가 다시 상의하기로 하자."

"예, 그럼 저는 잠시 밖에 좀 다녀오겠습니다."

밀문에 다녀오려는 것일 것이다.

위지천은 가볍게 고개를 끄덕인 후 경 장로에게 시선을 돌렸다.

"저에게 주실 것이 있으시다고요."

“예.”

경 장로는 대답과 함께 제법 두툼한 봉투 여러 개를 한데 묶은 종이 다발을 위지천에게 건넸다.

“지 총관이 보내온 것인데 제법 실하게 봉인된 것이 다른 사람이 보지 않았으면 하는 것 같아 열어 보지는 않았습니다. 대신 봉투마다 받은 날짜를 적어 놨으니 순서대로 보시면 될 것입니다.”

“알겠습니다.”

위지천은 받은 종이 다발을 탁자에 내려놓고는 다시 전각 안에 있는 사람들에게로 시선을 돌렸다.

“더 하실 말씀이 있으면 하시지요.”

“할 말은 무슨, 가주 얼굴이나 보러 온 게지. 이제 봤으니 나는 그만 일어나야겠네.”

거칠 것이 없는 성격을 지닌 호 장로가 일어나는 것으로 방 안에 있던 사람들이 하나둘씩 밖으로 나갔다.

“편히 쉬십시오.”

깊숙이 고개를 숙인 호법 부원주를 끝으로 방에는 초 원주만 남았다.

“뭔가 좋은 일이 있으셨나 봅니다.”

“그런가요.”

“예, 아주 좋아 보이십니다.”

이렇듯 단순하게 말을 하지만 사실 초 원주는 위지천을 보

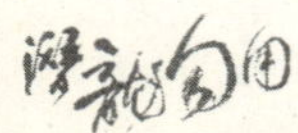

았을 때 매우 놀랐다. 마치 무공을 잃어버린 듯 전혀 기운이 느껴지지 않았기 때문이다. 하지만 지금은 안다. 그가 등봉조극登峰造極 육식귀원六識歸元의 경지에 올랐다는 것을 말이다.

아니, 더 높은 경지에 올랐을 수도 있다. 다만 자신이 그 것을 모르는 것뿐이었다. 이제는 안심해도 되었다. 아니, 이 제는 진짜로 천하가 가주를 무서워해야 한다.

'수현! 이제 편히 가시게.'

친구이자 주군이었던 전대 가주의 얼굴이 초 원주의 뇌리 에서 조용히 흩어졌다.

다음에는 참지 않는다

옥 당주를 대풍大豐으로 보냈습니다. 그리고 무림맹주가 가
주를 초청했습니다

단 두 줄만 쓰여 있는 봉서를 마지막으로 지 총관의 보고
는 끝이 났다.
'대풍이라. 염마해군.'
잔질방殘蛭房까지 정리했으니 처음 목표했던 다섯 개는 완
료한 셈이다. 그럼에도 지 총관은 옥 당주를 세가로 부르지
않고 대풍으로 보냈다. 혈사련주가 바뀌었기 때문일 것이다.
어차피 칼을 든 것이니 이번 기회에 혈사련주 단수기의 모
태이자 혈사련의 자금줄까지 끊어 버리겠다는 지 총관의 뜻

이 눈에 보였다. 과감한 선택과 적절한 시기, 나쁘지 않았다.

사상자가 적다는 것도 좋은 일이었다. 포인숙을 시작으로 잔결방까지……. 대략 이천오백을 헤아리는 적을 상대한 외당이지만 사망 이백여 명에 부상자 또한 삼백이 넘지 않는다. 예하 문파에서 육백을 동원했다고 했으니 외당의 전력은 처음보다 오히려 늘어난 셈이었다.

'옥 당주.'

수하가 될 자를 위해 아낌없이 내공을 사용하던 모습과 거칠 것 없는 그의 검세가 떠오른다. 염마해가 쉽지 않은 곳이기는 하지만 그라면 믿어도 되었다.

'그나저나 무림맹주의 초청을 어떻게 한다.'

위지천은 무림맹을 생각하면 떠오르는 사람이 있다. 사마세가와 제갈포유 그리고 화산의 창천익과 산동악가의 악필……. 거의 대부분 좋은 인연이 아니다.

사마세가와 제갈세가와는 원한까지 있다. 십마련 때문에 참고 있는 것뿐이지 결코 잊은 것이 아니다. 그냥 넘어갈 생각은 더더욱 없다.

'가지 말까.'

솔직한 심정이다. 사마세가의 사람이나 제갈포유를 만나면 애써 달래 둔 마음이 폭발할 수도 있다. 하지만 무림맹주는 언젠가 한 번은 꼭 만나야 할 사람이었다.

어차피 만날 것이라면 지금이 좋은 기회다. 초청받지 않았

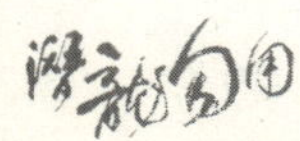

다고 들어가지 못할 곳은 아니지만 초청받아서 가는 것이 여러모로 좋다. 게다가 형주는 이곳에서 그리 멀지도 않았다.

'그래, 갔다 오자.'

처음부터 소담선생의 일은 유덕에게 맡기려고 했다. 마지막은 가 봐야 알겠지만 말이다. 두 분 장로와 호법들 그리고 궁귀와 육정기, 거기에다가 폭풍이대와 철기맹, 도치와 검중오살까지 도와준다면 유덕의 능력으로 보아 그 누구도 상대할 수 있을 것이다.

"무림맹에 갔다 와야겠소."

"누구를 데리고 가시겠습니까?"

묵묵히 위지천의 뒤를 지키던 초 원주의 대답이 시원하다. 반대할 생각이 없는 것이다.

"구사우와 폭풍삼대만 생각하고 있소."

"저도 따르겠습니다."

은밀원을 끼워 달라는 부탁뿐 역시 거부하지 않는다.

"그렇게 하시오."

처음부터 초 원주를 떼어 놓고 간다는 생각을 하지 않았으니 위지천의 대답도 거침이 없다.

"출발은 모레 아침에 하는 것으로 하겠소. 그리고 유덕이 돌아오는 대로 나에게 오도록 해 주시오."

"명을 따릅니다."

-명을 들었겠지?

-예, 원주

은영십팔호의 대답이 곧바로 들려온다.

-시행하라.

스르륵!

빠르게 움직이고 있음에도 별다른 느낌이 없다. 내공을 끌어 올리고 있지 않았다면 자신조차 움직임을 알아차리기 힘들었을 것이다. 예전과는 확연히 다른 움직임이다. 가주를 지키는 자들이 너무 약하다는 호 장로의 의견에 따라 시작한 수련이 성과를 보이고 있었다.

'이제 조금만 더 기다리면 되겠군.'

자신이 물러설 때가 조금씩 다가오고 있었다.

"……해서 나는 소담선생의 주변 정리를 너에게 맡기려고 한다. 할 수 있겠느냐?"

유덕은 곧바로 대답하지 않았다. 대신 그는 질문을 던졌다.

"기간은 얼마나 생각하고 계십니까?"

"대략 한 달 정도 걸릴 것이다."

유덕은 다시 대답을 미룬 채 생각에 잠겼다.

강호에 나오자마자 제일 먼저 시작한 일이 소담선생에 대한 정보를 모으는 것이었다. 그러다 보니 솔직히 자신감도 생겼다. 하지만 상대는 문인들의 우두머리이자 황궁에 거대한 세력을 가지고 있는 사람이다. 자신감만 가지고 달려들

일이 아니었다.

유덕은 우선 제일 꺼림칙한 황궁과 대형을 연결해 보았다.

'대형이라면 방법이 있을까?'

자신이 알기로는 없다. 하지만 모를 일이다. 역대 황제들조차 침범하지 않은 폭풍위지세가이고 보면 황궁에 비선이 있을 수도 있고, 아예 황궁에서 대형의 일을 모른 척할 수도 있다.

'과연 그럴까!'

유덕은 고개를 내저었다. 자고로 황실의 사람들은 무림인들을 멸시한다. 폭풍위지세가도 본분을 지키니 봐주는 거지 한도를 넘어서면 언제든지 정리할 수 있다고 생각한다. 그런 곳에 비선을 만들 이유는 없었다.

그렇다면 소담선생의 일은 자신이 진행하나 대형이 진행하나 똑같다고 봐야 했다. 마지막은 모르지만 말이다. 이런 사실을 대형이 모를 리 없었다. 그럼에도 대형은 자신에게 질문을 던졌다. 그 이유를 알아야 했다. 유덕의 생각이 깊어졌다.

혼자 고개를 내젓고 끄덕이는 유덕의 모습이 가관이다. 그럼에도 위지천은 말없이 유덕을 바라만 보고 있었다.

이런 시간이 두 식경쯤 흘렀을까!

유덕이 고개 들어 위지천을 쳐다보았다.

"원한을 갚을 기회를 주시는 겁니까?"

위지천은 고개를 끄덕였다.

"어디까지 생각하고 계십니까?"

"가능하다면 마지막까지도 너에게 맡길 생각이다."

유덕은 입술을 깨물었다.

"맡겨 주십시오."

"좋다. 그럼 구사우와 폭풍삼대 그리고 은밀원을 제외한 나머지 모두를 너에게 맡기겠다. 대신 내가 오기 전까지는 가급적이면 흔적을 남기지 마라."

역시 폭풍위지세가는 황궁에 비선이 없었다.

"걱정 마십시오. 그런 일은 없을 것입니다."

"좋다. 그리고 이것."

위지천은 탁자 위에 놓여 있던 허리띠와 그 위에 놓인 한 권의 책자를 유덕에게 밀어 주었다. 허리띠는 여섯 개의 비수가 꽂혀 있는 것으로, 위지천의 이름과 같은 것이다.

"네가 익힌 무량 신공에 맞춰 만들어 본 비도술이다. 잘만 익힌다면 그것만 가지고도 네 몸 하나는 지킬 만할 것이다."

위지천이 이렇게 말할 정도라면 가히 절기라고 해도 될 만한 무공이다. 그럼에도 유덕은 선뜻 손을 내밀지 못했다. 허리띠는 그만큼 위지천에게 중요한 것이었기 때문이다.

"이것을 왜 저에게."

"이제 나에게는 별 필요가 없는 물건이다. 그러니 잘 쓸 수 있는 사람이 가지는 것이 좋지 않겠느냐."

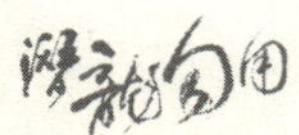

“하면 비도술은 이제 버리실 것입니까?”

“버린다라. 글쎄 그럴 것 같지는 않구나. 다만 이런 것을 차고 다닐 필요가 없어졌다고 하는 것이 올바른 표현일 것이다.”

“그럼 비수는 필요하시겠군요.”

“노숙할 때 고기라도 베어 먹으려면 한 개는 있어야 하지 않겠느냐. 그렇지만 신경 쓸 것 없다. 나중에 대장간에서 대충 하나 구해 쓰면 되니까 말이다.”

“하나만 있으면 되는 것입니까?”

위지천은 고개를 끄덕였다.

유덕은 그제야 허리띠와 책자를 앞으로 끌어당겼다.

“감사히 받겠습니다. 대신 이것을 받아 주십시오.”

유덕은 품에서 가죽집에 들어 있는 비수를 꺼내 위지천에게 건넸다.

“무엇이냐?”

“노숙할 때 쓰려고 구해 놨던 것입니다.”

자신의 말을 따라 하는 것이 우스웠던지 위지천이 피식 웃었다.

사실 유덕이 건넨 비수는 삼성회에서 선물로 보내온 것이다. 무슨 거창한 사연이 있거나 절기가 새겨진 기인의 유품 같은 것은 아니지만 그래도 만년한철로 만든 것이기에 지금처럼 하찮게 취급받을 물건이 아니었다.

보는 것만으로도 사물의 본질을 알아내는 위지천이 비수

의 재질을 모를 리 없다. 그럼에도 위지천은 빙긋이 웃으며 비수를 건네받았다. 자신을 걱정하는 유덕의 마음을 알기 때문이었다.

"잘 쓰마. 참, 그리고 내가 전어사라는 것을 이용할 수 있는 데까지 이용해라."

"그렇지 않아도 그럴 생각이었습니다."

위지천이 다시금 빙긋이 웃었다.

"하긴 너라면 그럴 테지. 그럼 나머지는 내일 회의에서 결정하도록 하자."

"알겠습니다. 내일 뵙도록 하겠습니다."

허리띠를 들고 일어나는 유덕의 눈빛이 강렬하다. 오늘 밤 그는 잠을 자지 못할 것이다. 비도술도 비도술이지만 내일 회의에서 설명할 앞으로의 계획이 그의 눈꺼풀을 잡을 것이기 때문이었다.

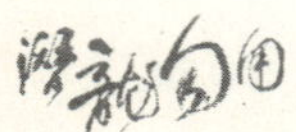

이마역의 골방, 오늘도 이공과 오십 대의 중년인이 마주앉아 있다.

"십공이 구공의 그늘에 숨었습니다."

피식!

이공의 입가에 옅은 미소가 스치고 지나갔다.

"제법 머리를 썼구나. 깊은 곳에 숨었어."

"더 이상은 쫓을 수가……."

쓰으윽!

이공이 손을 들어 중년인의 말을 막았다.

"그 일은 내가 처리하마. 하지만 위지대운을 놓친 것은 크나큰 실수다."

"명심하고 있습니다."

"진짜로 명심해야 할 것이다."

"다시는 이런 일이 없을 것입니다."

"그래야지. 암, 그래야 하고말고. 그건 그렇고, 이사에 대해 보고할 것이 있다고?"

"예, 어르신. 이사가 사라졌습니다."

"이사가?"

"예."

"어떻게 말인가?"

"글쎄 그것을 잘 모르겠습니다."

"잘 모르겠다니 그게 무슨 말인가. 이사에게는 십칠종十七種이 따르지 않는가."

이공의 휘하에 있는 사람들은 조별로 씨앗이라는 뜻의 종種이 한 명씩 붙어 있다. 이들은 은거자가 은거지를 떠나면 곧바로 따라붙어 일거수일투족을 보고하게 되어 있으며, 혹시라도 은거자가 죽으면 죽은 이유까지도 보고하게 되어 있는 사람들이다.

이공은 지금 그것을 묻고 있었다.

오십 대 중년인의 얼굴에 곤혹스러운 표정이 스치고 지나 갔다.

"혹시 그도 죽었는가?"

"아닙니다."

"아니다. 그러니까 십칠종이 살아 있는데도 이사가 사라 진 이유를 모른단 말이구나?"

점점 느려지는 말투, 이공이 분노하고 있다는 뜻이다. 그 럼에도 오십 대 중년인은 묵묵히 고개를 숙일 뿐이었다.

"예, 어르신."

"어떻게 된 일인지 사실대로 말해야 할 것이다."

"이사가 저번의 보고를 맘에 담아 두었나 봅니다."

"그러니까 나한테 꾸중 들은 것이 못마땅해서 따르지 못 하게 했다는 말이구나."

"예, 어르신."

"이런 일이 자주 있었느냐?"

"저도 이런 일은 처음입니다."

"다른 종에게서는 보고가 없었다는 말이냐?"

"예, 어르신."

"그럼 결국 이사는 월권을 했고 십칠종은 나의 명령보다 이사의 말이 더 무서웠다는 것이구나?"

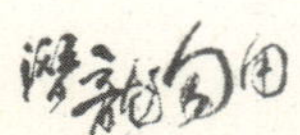

중년인은 대답하지 않았다. 이런 경우 대답이 필요 없다는 것을 누구보다도 잘 알고 있었기 때문이다. 그리고 그 예상은 여지없이 적중했다.

"십칠종을 죽이고 만약 이사가 살아 있다면 그들도 죽여라."

"가족은 어떻게 하시겠습니까?"

"이번 한 번만 용서한다. 대신 한 번이라는 것을 모두 알아야 한다."

"예, 어르신."

"이사 건은 오밀위에 맡겨라. 십칠종과 헤어진 곳부터 진귀의 흔적을 쫓다 보면 그놈들의 흔적을 발견하게 될 것이다. 만약 살아 있다면 처치하고 죽었다면 흔적을 찾아와라. 그리고 진귀에게는 각소却昭와 단봉斷峰을 보내라."

밝음을 물리친다는 각소와 봉우리도 끊어 버린다는 단봉, 자신조차 두 사람이 합공한다면 꽤 어려움을 겪을 것이다. 그럼에도 중년인은 두 사람의 승리를 장담할 수 없었다. 이사는 그들과 다른 경지에 오른 사람들이었기 때문이다.

"그 둘로 가능하겠습니까?"

이공은 대답 대신 고개를 내저었다.

"하면……."

"일종부터 오종까지 딸려 보내라. 진귀의 행동 하나라도 놓쳐서는 안 될 것이다."

이공은 두 사람을 미끼로 진귀의 무공을 파악하려 하고 있

다. 종도 다섯을 보낸다는 것은 네 명이 죽을 수도 있다는 뜻
이었다. 최고를 보내면서도 넷의 희생을 생각한다. 평소 같
았으면 절대 하지 않았을 행동이다.

'이사가 죽었다고 생각하시는구나.'

진귀를 어려운 상대라고 느끼신 것이 분명했다. 이제 종에
게서 얻은 정보는 주군에게 전해질 것이다. 그리고 그분의
뜻에 따라 길이 정해질 것이다. 그렇다면 자신이 해야 할 행
동은 하나였다.

"명을 받듭니다."

중년인이 고개를 숙였다.

"가주, 맘에 안 들면 확 뒤집어 버리시오."

"잘 다녀오십시오."

따라오겠다고 하면 곤란한 사람들이 스스로 뒤로 물러난
다. 그러고는 곧바로 육정기와 궁귀에게로 다가간다.

"오늘도 한잔합시다그려."

"좋습니다."

"야수난형이 더 날카로워진 것 같던데 혹시 깨달음이라도
얻으셨소?"

"깨달음은요, 경 장로께서 좋게 봐 주신 것이지요."

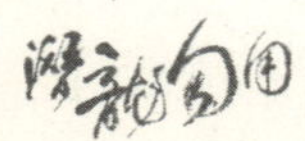

거칠 것이 없는 호 장로와 한껏 자유로운 궁귀 그리고 무공의 극을 추구하는 경 장로와 새로운 단계로 나아가려는 육정기, 거기에 새로 무공 연마에 힘을 쓰는 호법들까지……. 참으로 좋은 만남이었다.

아침을 먹고 헤어진 사람들은 지금쯤 연무장에서 우위를 겨루고 있을 것이다. 참으로 좋다. 도치와 철연의 드잡이질도 지금쯤이면 시작했을 것이라 생각하니 절로 웃음이 나온다.

피식!

위지천의 입가에 옅은 미소가 떠오른다.

"그럼 장안에서 뵙겠습니다."

이곳에 오지 않은 사람들은 아침을 먹고 헤어졌으니 인사도 끝이다.

위지천은 마차에 올라탔다. 대위지세가의 가주가 무림맹에 말을 타고 들어갈 수는 없다면서 가져온 마차다. 말고삐를 잡은 초 원주의 손에 힘이 들어갔다.

"하앗!"

온통 검은색인 마차가 폭풍대의 호위를 받으며 관도를 달리기 시작했다. 위지천은 자신이 탄 마차가 초대 가주의 마차라는 것을 알고는 있을까. 무적을 구가하던 시절에 세상이 좁다고 다니던 폭풍위지세가의 마차가 다시금 중원을 달리고 있었다.

　의창 나루터에 도착한 위지천은 마차에서 내렸다. 마차 서너 대는 거뜬히 실어 나를 수 있는 배가 오가는 곳이니 그냥 마차를 타고 있어도 강을 건널 수 있을 것이지만 굳이 내린 것은 묘한 기운이 느껴졌기 때문이다.

　느껴지는 기운을 따라 움직이던 위지천의 시선이 십여 개의 짚신이 놓인 좌판과 그 뒤에서 열심히 짚신을 삼는 약관의 소년 그리고 그 옆에서 볏짚을 고르고 있는 열서너 살가량의 소녀에게서 멈추었다.

　'맑다. 깨끗하다.'

　깊은 산속의 옹달샘 같은 심성을 가진 아이들이다. 그런데 행색은 초라하고 몰골도 뼈에 가죽만 붙어 있다. 만들어 놓은 짚신도 솜씨가 서툰 듯 투박하기만 하다. 그러나 짚신을 삼는 손길만은 정성이 가득하다.

　계속해서 시선을 옮기던 위지천의 눈에 소년의 다리가 들어왔다. 틀어지고 휘어진 것이 걷기는 고사하고 무릎걸음도 힘들 것 같다. 아직도 난중이라 이런 아이들은 거리 곳곳에 즐비하다. 하지만 구걸하지 않고 뭔가를 만들어 파는 아이는 극히 드물었다.

　위지천은 그들에게 다가갔다.

　"얼마씩 하느냐?"

　"두 푼입니다."

　짚신의 일반적인 가격이 세 푼이니 가격만 본다면 누구든

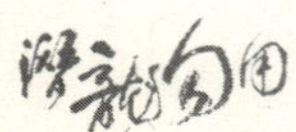

지 살 것이다. 하지만 짚신은 편하지 않으면 신지 않은 것보다 못하다. 그런 면에서 본다면 소년의 짚신은 결코 싼 것이 아니었다.

"비싸다고 생각하지 않느냐?"

"비록 나이는 어리나 제가 만든 물건의 가치조차 모를 정도로 어리석지는 않습니다. 그러니 비싸다고 생각하시면 사지 않으시면 될 것입니다."

말을 탄 무인 팔십여 명이 바라보고 있음에도 소년은 꿋꿋하다. 게다가 말도 조리 있게 하는 것이 뼈대 있는 가문의 자손이라는 것을 말해 주고 있다.

"배운 자의 자존심이라. 좋지. 하지만 네 자존심 때문에 배를 곯아야 하는 네 동생은 어떻게 할 것이냐?"

소년의 눈에 고통의 빛이 떠올랐다.

폭풍삼대주와 함께 위지천의 등을 지키고 있던 구사우가 고개를 갸웃거렸다. 자신이 아는 대형은 어린아이를 데리고 장난칠 사람이 아니었기 때문이다.

'뭔가 다른 뜻이 있으시다는 것인가!'

구사우는 좀 더 자세히 소년과 소녀를 살펴보았다. 하지만 그의 눈에 들어온 것은 초라하고 가련한 모습뿐이었다.

그때 고개를 숙인 채 묵묵히 볏짚만 고르던 소녀가 고개를 들었다.

"우리 오빠를 괴롭히지 마."

차갑다. 그런데 소녀의 말만 차가운 것이 아니라 주위 공기까지 더불어 차가워지고 있었다. 겨울이고 강바람까지 부니 차가운 것이 당연했다. 하지만 이 순간의 차가움은 좀 전까지 느꼈던 강바람이 따스하다고 느껴질 정도였다.

구사우는 서둘러 내공을 끌어 올렸다. 하지만 위지천은 처음 그 모습 그대로 소녀를 바라보았다.

"아이야, 너는 왜 내가 오빠를 괴롭힌다고 생각하느냐?"

"오빠가 아파하잖아. 난 그것 싫어."

"그럼 내가 오빠의 다리도 고쳐 주지 못하겠구나."

"왜?"

"오빠의 다리를 고쳐 주려면 오빠가 많이 아파할 테니까 말이다."

소녀가 한 손으로 턱을 받쳤다. 깊이 생각할 것이 있어서 취한 자세가 아니라 어른들이 그렇게 하니까 따라 한 것에 불과하다. 당연히 생각이 깊을 리 없었다.

"많이 아파?"

소녀의 음성이 여느 아이들과 다를 것 없는 상태로 돌아갔다. 주위의 공기도 순식간에 평상시의 차가움으로 돌아갔다.

"오빠가 아프면 싫다고 하지 않았느냐?"

"맞아, 싫어."

또다시 공기가 차가워졌다. 하지만 이번에는 곧바로 사라졌다.

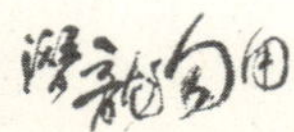

'저것이었군.'

구사우는 이제야 대형의 뜻을 알아볼 수 있었다. 하지만 여전히 궁금증은 남았다.

'대체 어떻게 하시려는 것일까. 제자?'

감정을 드러낸 것만으로 자신에게 내공을 사용하게 만든 아이이니 무공을 배운다면 천하를 놀라게 할 것은 불을 보듯 뻔했다. 하지만 대형이 과연 그런 생각을 하고 있는지는 자신할 수 없었다.

"그럼 어떻게 하지? 아프면 싫은데 아프게 하지 않으면 낫지를 않거든."

"안 아프게 할 수는 없어?"

"나도 그것은 안 된단다."

위지천이 나타난 뒤에도 멈추지 않았던 소년의 손이 비로소 멈추었다.

"진짜 저를 걷게 해 줄 수 있으십니까?"

"물론이다."

"고질병 때문에 변한 것이 아니라 맞고 부러져서 변한 다리입니다."

"알고 있다. 네가 이곳에서 장사하는 것도 그런 자들 때문이겠지."

구사우는 그제야 주변을 둘러보았다.

그리 많지 않은 자들의 행색이 궁핍하기 그지없다. 하긴 강만 넘으면 의창이고 그곳 나루터에는 제법 큰 시장이 있으니, 정신 나간 사람이 아니고서는 이곳에서 물건을 살 까닭이 없다. 당연히 이곳에서 장사하는 사람들은 시간이 갈수록 더 궁핍해진다.

대신 좋은 점도 있다. 와 봤자 가져갈 것이 없기 때문에 강 건너의 불량배들도 이곳으로 넘어오지는 않는다. 괴롭힘을 당하지도 않고, 파는 대로 남기는 하지만 팔리는 것이 없어 굶는 자들, 이곳에 있는 자들이 바로 그들이었다.

"그것 때문만은 아닙니다."

"그것도 알고 있다. 넌 어떻게든 동생을 감추고 싶었겠지. 아마 지금도 한쪽으로는 떠날 생각을 하고 있을 것이다. 나에게 들켰으니까 말이다."

소년의 눈이 커졌다. 그는 진짜로 그런 생각을 하고 있었던 것이다.

"저를 고쳐 주고 나서 어떻게 쓰실 생각이십니까?"

도망칠 수도 없다고 판단한 듯 소년의 음성에는 힘이 없었다.

"나는 너를 쓸 생각이 없다."

"하면 동생을 데려가실 생각이십니까?"

"그것도 아니다. 너희들과의 인연은 그리 길지 않다. 아니, 너희들의 인연은 다른 곳에 있지. 난 다만 그것을 이어 주고자 한다."

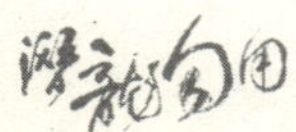

　말없이 위지천을 잠시 바라보던 소년이 두 팔을 땅에 대고 머리를 숙였다.

　"은공의 은혜에 감사합니다."

　멀뚱히 앉아 있던 소녀도 따라서 엎드렸다.

　"은공의 은혜에……."

　오빠의 말을 따라 하려 하지만 아직은 어려운 말들이었다.

　피식!

　위지천의 입가에 옅은 미소가 떠올랐다.

　"사우는 좌판을 거두고 우 대주는 소년을 마차로 옮겨 주시오."

　"명을 따릅니다."

　소년을 안아 든 우 대주의 옷깃을 소녀가 붙잡았다.

　"같이 가고 싶은 것이냐?"

　"응."

　"그래라."

　위지천은 여아를 향해 내밀려던 손을 거두었다. 오빠의 곁에서 떨어지고 싶지 않은 소녀의 마음을 알 것 같았기 때문이다. 그 절실함으로 드러난 소녀의 능력과 아직 드러나지 않은 소년의 능력이 위지천의 마음에 와 닿았다.

　"음양陰陽이라."

　사실 위지천은 처음 그들의 기운을 느꼈을 때 폭풍쟁투에서 만난 한 사람이 갑자기 떠올랐다. 그가 남매와 인연이 있는지는 모른다. 다만 그가 갑자기 떠오른 것에는 뭔가 이유가 있지 않겠는가라고 생각하고 있을 뿐이다.

그럼에도 소년에게 인연이 얼마 안 된다고 한 것은 만약 그 사람과 맺어진다면 자신보다 그가 남매에게 더욱 어울릴 것 같았기 때문이다. 만약 그와 인연이 되지 않는다면 자신이 데리고 있어야 되겠지만 말이다. 하지만 그건 나중의 일이었다.

비틀거리면서도 우 대주의 옷깃을 놓지 않는 소녀를 바라보던 위지천의 시선이 초 원주에게로 옮겨졌다.

—소요문주를 형주로 오라고 하시오. 무림맹에 들어서기 전에 그부터 만나야겠소.

—저들을 그에게 맡길 생각이십니까?

—무슨 까닭인지는 모르지만 저들을 보니 그가 떠오르는군요.

어지간해서는 표정도 변하지 않는 초 원주의 눈에 놀라움이 떠올랐다.

예하 문파 중 한 곳인 소요문所要門.

음양을 토대로 무공을 세운 곳으로, 형주와 그리 멀지 않은 무한에 자리 잡고 있다. 하지만 소요문에는 대를 이어 갈 자식이 없었다. 호북의 한 축이 되는 문파지만 현재의 문주가 죽고 나면 계속해서 예하 문파로 남을지 아니면 뿔뿔이 흩어질지도 알 수 없는 곳이다.

그런 곳에 저 둘이 들어간다면, 거기다 일이 잘돼서 문주의 양자 양녀라도 된다면…….

걱정할 것이 없었다. 무공의 특성상 소년은 잘 모르겠지만 소녀의 진전은 상상을 초월할 것이다. 다음 대의 호북 주인은 소요문이 될 수도 있다. 물론 본가와의 관계도 계속 유지될 것이다. 아니, 지금보다 더욱 돈독해질 수도 있다.

초 원주는 마차를 향해 천천히 걸음을 옮기는 위지천의 등이 오늘처럼 커 보인 적이 없었다. 이제 본가뿐만이 아니라 예하 문파까지 챙기는 폭풍위지세가의 가주 모습이 그에게서 보이고 있었다.

'수현, 보고 있는가. 천 공자가 이렇게 컸다네.'

잠시 하늘을 쳐다보며 상념에 젖어 있던 초 원주의 시선이 마차 위로 향했다.

─초산아.

─예, 원주.

─나흘 안에 각 문주를 모셔 오너라. 유정루에 머물고 있겠다.

─명을 따릅니다.

스르르륵!

초 원주는 마차를 떠나는 한 줄기 바람 소리를 들으며 마부석으로 향했다. 이 순간 그의 뇌리에는 위지천이 예하 문파까지 챙긴다는 것뿐 소요문주가 갑자기 떠올랐다는 말은 흔적도 없다. 참으로 거창한 착각이다.

　유정루有情樓.

　그리 역사가 깊은 객잔은 아니다. 하지만 객잔 입구에 세워진 사층 누각은 형주의 명소다. 그래서 객잔은 아예 누각 이름을 객잔 이름으로 사용하고 있다. 그런 객잔의 뒤쪽 별채 세 곳 중 가운데에 있는 별채에서 듣기조차 괴로운 신음 소리가 흘러나오고 있었다.

　"끄으윽! 끄아아아악!"

　별채의 방으로 들어가는 입구에 서 있는 구사우의 얼굴에 근심이 가득하다.

　사흘째 계속되는 추궁과혈椎躬過穴이다. 아무리 대형의 공력이 높다고 해도 이 정도면 바닥이 난다고 봐야 했다. 그런데도 대형은 멈출 생각이 없으니 이러다가 선천지기라도 다칠까 봐 걱정이 되는 것이다.

　그러나 이 순간 소년의 몸을 두드리고 있는 위지천의 표정은 담담하다.

　하긴 자연과 나의 경계가 없는 무위자연無爲自然의 경지에 오른 그다. 쓰고 싶으면 천하의 기운을 쓸 수 있고 쓰지 않으면 자신의 기운조차 자연의 것이 되어 버리니, 하단전이나 중단전 같은 것에 의존한 내공에 의미가 있을 리 없었다.

　탁탁. 쑥쑥.

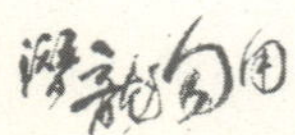

"끄악, 끄으윽!"

추궁과혈의 수법 중 타打와 근筋을 이용해 완전한 체격을 만들어 주는 것도 이제 거의 끝나 간다. 이것이 끝나면 환골탈태換骨奪胎까지는 아니더라도 앞으로 무공을 쓰면서 자세 때문에 고생할 일은 없을 것이다.

쓰으으윽, 타닥.

두 다리를 쓰다듬고 무릎과 발목을 가볍게 두드리는 것으로 추궁과혈을 모두 끝낸 위지천은 양쪽 무릎에 손을 대고 눈을 감았다.

쏴아아악!

위지천의 장심을 통해 빠져나간 무극혈룡지기가 순식간에 하반신을 돌아 나온다. 혈맥도 강하고 막힌 곳도 없다. 더 이상은 과하다. 그리고 과한 것은 모자란 것만 못하다. 이 정도면 충분했다.

수혈을 짚어 소년을 잠재운 위지천은 손을 털고 뒤로 물러났다.

"이제 오빠 일어설 수 있어?"

처음 추궁과혈을 시작했을 때는 마차 안을 전부 얼려 버린 소녀다. 하지만 이제는 묵묵히 위지천의 치료를 바라볼 줄도 안다. 오빠가 아픈 것이 좋아지기 위해서라는 것을 이해했기 때문이다.

"내일부터 노력하면 늦어도 보름이면 일어설 수 있을 거

다. 하지만 오랫동안 쓰지 않던 다리이니 령아가 많이 도와
줘야 한다."

"걱정 마. 오빠는 내가 옆에 있으면 안 넘어져."

위지천은 빙긋이 웃으며 자신의 무릎을 베고 누운 소녀의
머리를 쓰다듬었다. 아직도 비쩍 마른 모습이지만 그래도 처
음 보았을 때와는 천양지차다. 이런 속도라면 늦어도 한 달
후에는 본래의 모습을 찾을 수 있을 것 같았다.

'도이환과 도이령.'

남매의 이름이다. 아버지는 산서성 안찰사였던 도문성이
고, 안사의 난으로 모든 것을 잃었다고 했다. 부모는 물론이
고 친가와 외가 모두를 말이다. 그래서 살기 위해 선택한 일
이 짚신을 삼는 것이었다.

그러나 장사라는 것이 어디 쉬운 일이던가. 처음에는 짚신
의 모양이 엉망이어서 굶었고, 어느 정도 익숙해졌을 때는
하오문에 시달려서 굶었다. 그래도 묵묵히 참았으면 최소한
병신은 안 되었을 것이다.

하지만 배움이 있으니 옳고 그름을 따졌을 것이다. 현명한
자는 순리에 따라 옳고 그름을 따지지만, 하오문도들은 힘으
로 옳고 그름을 따진다는 것을 몰랐던 것이 소년의 실책이라
면 실책이었다.

'배움이라.'

저잣거리에 나가면 열에 아홉은 자기 이름도 쓸 줄 모른

다. 하지만 무림인은 다르다. 무공이 일정 경지에 오르면 깨달음이라는 것이 필요하다. 그래서 필요한 것이 학문이다. 물론 스승이 있다면 이야기는 달라진다.

그러나 그것도 스승의 경지가 마지막이다. 배움이 없다면 스승을 뛰어넘을 수 없고, 결국 스승보다 못한 존재가 되어 버리는 것이다. 물론 특이하게 깨우침을 받는 경우도 있다. 인연이라는 이름으로 말이다. 사람들은 그것이 바로 기연이라는 것을 잘 모르지만 말이다.

―맹주부에서 내일 오시에 모시러 온다는 연락이 왔습니다. 그리고 총관이 봉서를 하나 보내왔습니다.

맹주부의 연락이라면 무림맹주의 뜻이다. 그럼에도 위지천은 어느새 잠이 들어 버린 도이령을 조심스레 오빠의 곁에 누이고 있을 뿐이었다. 초 원주도 말을 전했으니 끝이라고 생각하는지 더 이상의 말이 없다.

위지천은 남매의 잠자리를 봐 주고 이불까지 덮어 주고 나서야 자리에서 일어났다.

―각 문주는 어디까지 왔소?

―반 시진 후에는 도착할 것입니다.

―애들이 자고 있으니 다른 방에서 만나겠소. 술상이나 하나 봐 달라고 하시오.

―예, 주군.

위지천은 곤히 자고 있는 도이령을 잠깐 쳐다보고는 방문을 열었다.
"봉서를 주시오."
촤아악!
봉서를 펼쳐 든 위지천의 눈에서 불길이 타오른다.
"제갈포유. 죽을 이유가 하나 더 늘었군."
무척이나 차가운 음성이 밤공기를 더욱 차갑게 만들고 있었다.

곱슬곱슬한 수염이 얼굴 전체를 덮고 있는 육십 대 초반의 노인이 도이환을 안은 채 위지천을 바라보고 있다.
―고맙소이다, 가주
―잘 키우십시오. 큰 복이 될 것입니다.
―일양령체와 월음령체를 내 어찌 소홀히 하겠소. 내 이들을 누구보다도 강하게 키울 것이오.
일양령체日陽靈體와 월음령체月陰靈體. 음양의 최고 신체라는 태양지체太陽之體와 태음지체太陰之體에 비하면 많이 부족하다. 하지만 그 둘에 비해 부족하다는 것이지 일반인과 같다는 뜻은 아니다.
운이 닿아 각각의 신체에 맞는 무공을 익힌다면 최고는 네 배이고, 최소로 잡아도 두 배의 성과를 이뤄 내는 신체다. 각 문주가 자신감을 가질 만했다. 그런데 위지천의 입에서 의외의 말이 흘러나왔다.

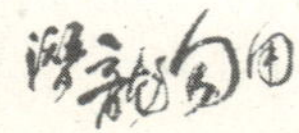

─그것보다는 정을 아는 아이들로 키워 주십시오.

각 문주의 눈이 반짝였다. 위지천의 대답에 놀란 것이다. 하지만 그런 표정은 그리 길지 않았다.

"하하하. 내 아들딸은 누구보다도 정이 많을 것이오."

각 문주를 따라온 자들의 표정이 순식간에 바뀌었다. 어떤 사람은 환하게 웃고, 또 어떤 사람은 얼굴이 굳었으며, 또 어떤 자는 멍한 표정이다.

하지만 각 문주는 그들의 표정에 관심 없다는 듯 품에 안고 있는 도이환과 옷깃을 붙잡고 있는 도이령을 한 번씩 쳐다본 후 위지천을 향해 환하게 웃었다.

"그럼 아들놈이 스무 살 되는 해에 찾아뵙겠소이다. 하하하하."

각 문주는 호탕한 웃음소리를 남긴 채 마차를 타고 떠났다. 그리고 한참의 시간이 흐른 후 객잔에 남아 있던 자들은 맹주부에서 나온 사람들의 안내를 받으며 무림맹의 정문을 넘어갔다.

이령二靈 삼환三晥 오절五絕 칠귀七鬼로 대변되는 십칠존十七尊.

그중 삼환의 한 명이자 당대 무림맹주인 도환刀晥 서문영이 단상 위가 아닌 원형 탁자에서 위지천과 앉아 있었다.

"참으로 어렵게 만나는구먼."

“그러게 말입니다. 초청하기 전에 먼저 찾아뵈었어야 하는데 세가 내에 어려운 일이 있어 이제야 찾아뵙게 되었습니다. 참으로 죄송합니다.”

“하하. 그게 뭐 죄송할 일인가. 세가의 일이 우선인 것을. 그나저나 검절의 일은 잘 해결했는가?”

“제가 무능하여 아직 끝을 보지 못했습니다.”

“그자 하나 때문에 위지세가가 참으로 고생이 많구먼. 아무튼 잘 왔네.”

도환 서문영의 표정이 한껏 여유롭다. 하긴 천하의 폭풍세가 가주가 스스로를 낮추고 있으니 어찌 안 그러겠는가.

도환 서문영의 옆에서 묵묵히 두 사람의 이야기만 듣고 있던 제갈포유가 입을 열었다.

“점심을 준비하라 했습니다. 식사라도 하시면서 이야기를 나누시지요.”

“그것도 좋겠군. 위지가주도 식사 전일 테니 가져오라 하게.”

“예, 맹주.”

대답과 함께 제갈포유가 방을 나가자 도환 서문영이 굳은 표정으로 입을 열었다.

“연상곡에 대해서 들었네.”

“그러셨습니까?”

“제갈세가의 진문전주인 제갈포인과 사마세가의 지각주

유지현이 사천에 숨어 있는 혈사련을 정리하기 위해서 계획한 것이라고 하더군."

"그런가요?"

"그렇네. 그런데 일이 이상하게 흘러 가주가 피해를 입었다고 했네."

"그렇군요."

말을 하는 도중에도 도환 서문영은 수시로 위지천의 표정을 살폈다. 그런데 계속된 변명에도 위지천의 표정에 변화가 없자 도환 서문영은 입술을 깨물었다.

"제갈 총사가 많이 미안해했네. 그러니 가주께서 넓은 아량으로 이해해 주시게. 우린 지금 같은 적을 상대하고 있는 처지가 아닌가."

자존심 때문에라도 절대 하고 싶지 않은 말이었다. 하지만 이대로 놔두었다가는 무림맹과 위지세가 사이에 그나마 남아 있던 끈마저 끊어질 상황이었기에 어쩔 수가 없었다.

"맹주님의 말씀을 전적으로 믿지만 본 가에서는 아직도 조사 중입니다. 그러니 조사가 끝나면 제 대답을 들으실 수 있을 것입니다. 참고로 본 가는 하나의 은혜는 열로 갚고, 하나의 원한은 백으로 되돌려 받는 것이 율법입니다."

도환 서문영의 얼굴이 구겨졌다. 하지만 그는 속셈도 감출 줄 알아야 하는 무림맹의 맹주였다.

"하하하, 당연히 조사가 끝나야겠지. 그럼 그 이야기는 조사가 끝날 때까지 묻어 두세. 오랫동안 만나고 싶었던 사람인데 결론도 내리지 못할 말로 낯을 붉힐 필요는 없지 않은가?”

“그렇지요.”

“좋아, 이제야 우리가 합의점을 찾았군.”

“그렇군요.”

위지천은 빙긋이 웃었다.

도환 서문영은 자신의 계책이 성공했다고 믿을 것이다. 완전히 없던 일로 하지는 못했지만 그래도 시간은 벌었다고 생각할 것이니 말이다. 사실 그가 노린 것도 그것일지 모른다. 하나 그것은 위지천도 원하는 바였다.

도환 서문영은 환한 미소와 함께 말을 이어 나갔다.

“아직 식사 준비가 덜 된 것 같으니 잠시 자네 동생에 대해 이야기해 보세.”

“내 동생들에 대해서도 아십니까?”

“내가 이름뿐이지만 무림맹주 아닌가?”

도환 서문영은 대수롭지 않게 말을 받았다.

“그렇군요.”

“그렇기는…… 자네도 참 무덤덤하구먼.”

“그런가요?”

“그렇네. 아무튼 자네 동생은 유덕과 도치, 구사우라고 알고 있네. 지금 문밖에 서 있는 동생이 구사우이고 말일세. 참, 자네도 알고 있을지 모르지만 도치라는 이름은 지금 젊은이들의 우상이 되어 있네. 후기지수들 중 최고는 사수가 아니라 도치가 낀 오수라는 말까지 나돌 정도지. 하하하.”

도치와 구사우는 꽤 많은 흔적을 남겼으니 그들을 아는 것은 이해가 갔다. 하지만 유덕까지 아는 것은 의외였다.

‘자신을 무시하지 말라는 것이군.’

위지천은 그가 알고 있는 것을 인정하기로 했다. 감춘다고 감춰질 것이 아니었기 때문이다.

“그들이 무슨 잘못을 했습니까?”

“잘못은 무슨. 난 단지 그들이 폭풍세가의 장로, 호법들과 함께 장안으로 가는 이유가 궁금할 뿐이네.”

‘역시 그렇군.’

유덕을 예전부터 알고 있었는지 아니면 장로들과 함께 움직이면서부터 알게 되었는지는 모른다. 다만 유덕의 장안행을 알고 있는 것은 꺼림칙한 일이 아닐 수 없다. 하지만 그들은 그리 약하지 않았다.

“개인적인 일입니다.”

“개인적인 일이라니 더 이상 물어보지는 않겠네. 하지만 지금 장안은 무척이나 시끄럽다네. 조심하게.”

“그렇게 하겠습니다.”

“식사도 다 준비된 것 같으니 이제 이런 이야기는 그만하세.”

“그러시지요.”

드르르륵!

문이 열리며 음식을 받쳐 든 시비들이 안으로 들어오기 시작했다.

도환 서문영과의 식사가 끝난 후 그가 마련해 준 거처로 자리를 옮긴 위지천은 이틀 동안 혼자서 먹은 식사가 한 끼도 없을 만큼 손님맞이에 바빴다. 그런 소동은 사흘이 지나자 점점 수그러졌고 닷새가 돼서야 혼자서 차를 마실 만큼의 여유가 생겼다.

제갈포유가 찾아온 것이 그때였다.

"할 말이 있네."

"할 말이라. 과연 당신과 나 사이에 그런 것이 있을까?"

위지천의 눈빛이 사납다. 그러나 상대도 천하의 제갈포유다.

"제갈이라는 성이 있네. 천하제일을 노리는 성이지. 헌데 그들은 한 번도 천하 위에 서지 못했네. 변방에 있는 위지라는 성 때문이지."

위지천은 아무런 말도 하지 않았다.

제갈포유는 그럴 줄 알았다는 듯 차분하게 말을 이어 나갔다.

"이런 세월이 오래 지속되다 보니 제갈에서는 위지를 무서워하게 되었네. 침범하지 않으려 하고 혹시라도 침범하는 자가 발견되면 그 즉시 자체의 율법으로 처리하네."

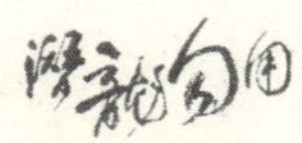

위지천은 여전히 입을 굳게 다물고 있다.

"자네는 영리하니까 내가 왜 이런 말까지 하는지 알 것이네. 나는 연상곡의 일을 지시하지 않았네."

"하하하!"

위지천의 입에서 웃음소리가 흘러나왔다.

"믿어 주는 건가?"

"당신이 왜 나를 향해 칼을 뽑았는지 이제야 알겠군. 고마워. 알게 해 줘서."

위지천은 자리에서 일어났다.

"다음에 볼 때는 목을 조심해야 할 거야. 아니, 한적한 곳에서 목을 씻고 기다리는 것도 괜찮고. 그럼 내가 당신 하나로 만족할지도 모르니까 말이지. 아무튼 다음에는 이렇게 그냥 가지 않을 거야."

뚜벅뚜벅!

무심하게 몸을 돌려 방문으로 향하는 위지천을 바라보는 제갈포유의 얼굴이 일그러졌다.

'오지 말았어야 했다. 아니, 왔더라도 속은 떠보려 하지 말았어야 했다. 그랬다면 이런 지경까지는 오지 않았을 것이다.'

후회가 물밀듯이 밀려온다. 하나 쏘아진 화살이 되어 버렸다. 되돌릴 수 없다. 그렇다면 이제 남은 방법은 죽느냐 죽이느냐 뿐이었다.

"설 노야가 지금 어……."

우뚝!

위지천은 몸을 돌려 제갈포유를 바라보았다.

"외조부가 지금 어디 있는지 아냐고? 내가 말을 못 하면 당신이 붙잡고 있다고 하려 했나? 그래서 나를 유인하려고? 연상곡처럼."

제갈포유는 할 말을 잃었다. 그런 그를 보며 위지천이 말을 이었다.

"하북이 누구의 땅인지 한 번만 더 생각했더라면 상천商千을 이용할 생각 따위는 하지 않았을 것이다. 아무튼 상천의 눈은 잘 받았다. 그리고 네가 말한 외조부는 지금쯤 본가에 무사히 도착하셨을 것이다."

마지막 패마저 없어졌다는 말은 심마가 되어 제갈포유를 덮쳤다.

"커헉!"

주르륵!

피를 토해 내는 제갈포유를 향해 위지천의 분노가 나지막한 목소리가 되어 내려앉았다.

"한 번만 더 도발해라. 그럼 너뿐 아니라 제갈까지 흔적도 없이 지워 주마. 그때는 지금처럼 참지도 않을 것이다. 무슨 일이 있어도 제갈부터 지운다. 이 말은 믿어도 좋다. 내 의지니까."

위지천은 멈추었던 걸음을 다시 걷기 시작했다. 그리고 방

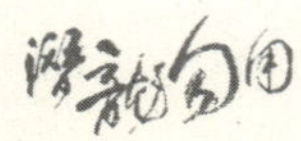

문이 열렸다.

"돌아간다."

짧은 시간 동안의 무림맹 생활이 끝났다. 그가 다시 이곳에 올 때는 칼을 들고 올 것이다. 그 상대가 누가 될지는 모르지만 말이다.

물론 단순한 호의입니다

내관태감 종간휘

유덕은 그 이름 곁에 사死 자를 썼다. 이로써 오랫동안 작성하던 생사부가 완성되었다. 붓을 내려놓은 유덕의 시선이 하나의 이름을 향했다.

장인掌印태감 척도진

일명 제독동창이다. 그리고 그 이름 곁에는 면面이라는 글자와 함께 서다정書茶庭이라는 다루 이름이 선명하게 적혀 있었다.

생사부를 가슴에 품은 유덕은 금고 안에서 내관태감 종간휘라고 적힌 봉서를 꺼내 들었다.

"가자."

도치가 따라서 일어났다.

드르륵!

방문이 열렸다. 기다렸다는 듯 적사, 초부가 따라붙었다.

비쩍 마른 몸매에 날카로운 눈, 거기다 화장한 얼굴과 길게 기른 손톱까지……

단상 위에 앉아 있는 노인은 어느 것 하나 평범한 것이 없다.

"네가 유덕이라는 놈이냐?"

"그렇습니다, 공공."

"삼성회의 책사. 네놈의 말이 사뭇 기대가 되는구나."

유덕은 자신의 이름만 적어서 보냈다. 그런데 척도진은 이틀 만에 자신이 몸담은 곳을 알아냈다. 아마 대형과 자신의 관계도 알아냈을 것이다. 그렇지 않다면 이곳에 그 대신 동창 위사들이 나타났을 테니 말이다. 하지만 그 정도는 이미 예측했다.

유덕은 빙긋이 웃으며 가볍게 고개를 숙였다.

"그러십니까."

"제법 대도 있군. 하나 내 기대를 충족시키지 못하면 넌 내일 아침 해를 보지 못할 것이다. 그것은 알고 왔겠지?"

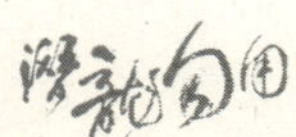

“물론입니다, 공공.”

“좋아. 그럼 이야기를 들어 볼까?”

찻잔을 든 척도진이 입김을 불어 가며 천천히 마신다. 몸도 이미 옆으로 돌아앉은 상태다. 마치 유덕에게는 아무런 관심도 없는 것처럼 보인다.

하지만 유덕은 안다. 그의 눈과 귀가 자신에게 열려 있음을 말이다.

“시강侍講으로 계셨던 낙진후라는 분을 아십니까? 무림에서는 사심마뇌邪心魔腦라고도 불렸습니다.”

척도진의 시선이 유덕에게로 돌아갔다.

“그와 어떤 사이냐?”

유덕의 눈이 반짝였다.

‘됐다, 먹혔어.’

꽈악!

움켜쥐고 있는 유덕의 손에 힘이 실렸다.

“스승이십니다.”

척도진이 몸을 돌려 유덕을 바로 보았다.

“낙시강이 황궁을 떠날 때 그를 아는 사람들은 모두 의아해했다. 앞날이 환하게 열린 사람이 갑자기 황궁을 떠났으니 말이다.”

“저라도 그랬을 것입니다.”

“나는 그 이유를 알고 싶다.”

“그것을 말씀드리기 위해 뵙자고 했습니다.”

척도진의 눈이 반짝였다.

허리를 곧추세운 유덕이 차분한 말투로 자신이 알고 있는 것들을 설명하기 시작했다.

“스승님이 시강으로 계셨을 때의 일입니다. 스승님께서는 어느 날 우연히 소담선생과 이임보의 만남을 목격했습니다. 황사와 재상의 만남이니 만남 자체는 문제 될 것이 없습니다. 그런데 그들의 대화에서 열여덟째 아드님이신 수왕 이모李瑁 님의 아내 양옥환楊玉環의 이름이 거론되었습니다.”

이렇게 시작한 유덕의 이야기는 이각이 넘게 이어졌다. 그리고 내관태감 종간휘라고 적힌 봉서를 척도진의 손에 넘겨주는 것으로 이야기를 끝냈다.

“나머지는 언제 넘겨줄 것이냐?”

“내일까지 준비하겠습니다.”

척도진이 자리에서 일어났다.

고개를 숙인 위지천의 입가에 옅은 미소가 스치고 지나갔다. 아직 안사의 난이 완전히 해결된 것은 아니지만, 황제는 자신의 예측대로 개혁 의지를 가지고 있다. 그 의지에 자신이 가진 것이 합쳐지면 황제는 뜻을 이룰 것이다. 자신의 계획도 더불어 이뤄지는 것이지만 말이다.

“내일 이 시간에 유 첩형을 보내겠다.”

“기다리고 있겠습니다.”

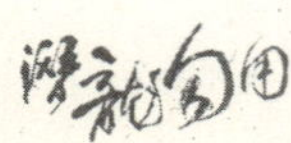

걸음을 옮기려던 척도진이 시선을 돌려 마침 고개를 쳐든 유덕과 눈을 마주쳤다.

"전어사께 폐하께서 사천의 일을 매우 만족해하셨다고 전하라."

어째서 이런 말을 하는지는 모른다. 자신이 알고 있으니 조심하라는 뜻인지 아니면 황궁의 일은 자신의 관할이니 신경 쓰지 말라는 것인지 그 속내는 전혀 알 수가 없다.

다만 한 가지 확실한 것은 동창이 대형과 자신의 관계를 알고 있다는 것이다. 아니, 그가 이 자리에 나온 것 자체가 대형 때문일 수도 있다. 만남을 청했을 때 그가 의외로 순순히 받아들였기 때문이다. 이유야 어쨌든 대형과의 관계를 굳이 감출 필요는 없었다.

"전어사께서 들으시면 매우 기뻐하실 것입니다."

척도진은 더 이상 나눌 말이 없다는 듯 묵묵히 방을 나섰다.

씨이익!

유덕의 입가에 하얀 미소가 그려졌다.

십마련을 제외한 나머지 모두를 알려 줬다. 위지대운이 숨어든 동친왕부까지 슬며시 끼워 넣었다. 그렇게 하기 위해 어떤 것은 자신에게 유리하게 말을 조금 바꿨고, 또 어떤 것은 약간 과장되게 설명했다. 표시가 나지 않을 만큼만 말이다.

이제 자신이 손을 대기 곤란한 자들은 동창이 알아서 처리할 것이다. 척도진은 다른 것은 몰라도 황상에 대한 충성심만은 믿어도 되는 사람이니 말이다. 이제 남은 사람은 황실 밖에 있는 자들이었다.

유덕이 몸을 일으켰다. 자신이 처리해야 할 사람은 동창의 행사에 맞추어서 진행되어야 했다. 그러자면 시간이 없었다.

타다닥!

방을 나서는 유덕의 발걸음이 빠르다.

동창이 일으킨 혈사에 나라가 들썩인다. 하루 저녁에 삼십여 명의 중신 대신과 일백에 가까운 하급 관리가 목숨을 잃었다. 잡혀간 자들도 그만큼의 숫자라고 한다. 혹자는 태감들도 상당수 죽었다고 하고, 매화 문양이 새겨진 무복의 사내가 상당수 나섰다고도 한다.

장안으로 향하는 위지천의 귀에도 그런 소리가 들려왔다. 그중에 위지천의 관심을 끄는 것은 매화 문양이었다. 매화 문양이라면 화산파였기 때문이다.

'화산파라.'

가능성이 있는 소문이었다. 우선 거리적으로 가깝다. 그리고 도가일맥이니 민심을 안정시키기에도 좋은 곳이다. 게다가 현 화산의 문주는 권력에 대한 야욕이 강하다.

'제독동창 척도진과 화산의 문주 창궁검호蒼穹劍虎 낙원제.'

특별한 관계가 드러나지 않았으니 서로의 이익에 따라 맺

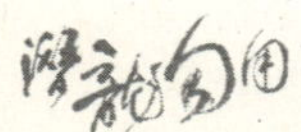

어진 관계다. 그렇다면 결국 나중에는 낙원제가 손해를 본다. 이 정도는 낙원제도 알고 있을 것이다. 그럼에도 참여했다는 것은 뭔가 노릴 것이 있다는 뜻이었다.

'무엇일까! 무림맹주.'

위지천은 고개를 저었다. 아직도 천하를 울린다는 동창이지만 무림맹만큼은 그들도 어쩔 수가 없었다. 거기에 도환은 물론이고 다른 문파에서도 낙원제가 맹주가 되는 것을 찬성하지 않을 것이다.

'그럼 뭘까.'

위지천의 생각이 깊어졌다. 그때 연상곡의 일이 떠올랐다.

'폭뢰구!'

그동안 폭뢰구가 사용되지 않은 것은 아니다. 하지만 지금처럼 하나의 계곡을 통째로 무너트린 일은 없었다. 규모로만 본다면 황궁의 크기와 맞먹는다. 그런 일을 군부나 동창에서 그냥 지나칠 리 없었다.

문제는 만화곡과 수연표국이었다. 제갈세가와 사마세가는 무슨 수를 쓰든지 그들의 손아귀를 벗어날 것이다. 하나 그렇다고 해도 무림맹의 총사 자리는 보전하기 어려웠다. 무림맹도 황제의 일에서 자유로울 수는 없었기 때문이다.

'그거였군. 총사.'

총사의 자리라면 불가능한 것도 아니었다. 비록 이인자이지만 혼자서 결정할 수 있는 사항이 별로 없는 자리이고 보면 도환은 물론이고 다른 문파의 수장들도 굳이 반대하지 않을 것이다. 물론 입김이 강한 자리이니 화산의 위치가 지금보다는 월등히 높아지겠지만 말이다.

총사의 자리를 잃어버린 제갈세가와 사마세가의 앞날이 눈앞에 보였다. 빠져나간다고 해도 상당한 출혈을 감수할 수밖에 없을 것이고 결국 몰락의 길을 걷게 될 것이다. 가까운 시일 내에 오대세가도 새로 개편될 것이 분명했다.

'복수가 수월해지겠군.'

몰락을 바라는 것은 아니었지만 복수에 힘을 뺄 필요가 없다는 것은 환영할 만한 일이었다.

생각을 끝낸 위지천은 옆에 놓여 있는 책을 집어 들었다.

요즘 위지천은 운기행공을 하지 않는다. 대신 수시로 도경과 불경을 읽고 명상을 한다. 명상 시간에는 관조를 하며 자신의 내부를 살펴보기도 하고 그동안 읽었던 책들과 새로 읽은 책들을 비교한다.

위지천이 책에 빠져 있는 사이 마차는 죽산竹山에 들어섰다. 마을 이름에 어째서 대나무가 들어가 있는지 한눈에 알 수 있을 만큼 곳곳이 대나무 숲이다.

"오늘은 이곳에서 쉬고 내일 출발하겠습니다."

위지천은 들고 있던 책을 내려놓았다. 초 원주가 이런 말을 할 때는 도착지가 멀지 않았다는 뜻이었기 때문이다.

그때였다. 익숙하지만 지금까지와는 확연히 다른 기운이

느껴지고 있었다.

"하나, 둘."

처음에는 두 명인 줄 알았다. 그런데 그들을 쫓다 보니 그들의 뒤를 따르는 또 다른 기운이 느껴졌다. 처음 두 명과는 다른 은밀한 기운이다. 그래서 그들도 쫓기 시작했다.

이제 기감의 거리는 백오십 장. 찾아낸 자는 처음 두 명을 제외하고도 네 명이다. 그런데도 아직 한계가 느껴지지 않는다.

'좋다. 해 보자.'

위지천은 맘껏 기감을 펼쳤다. 그때였다. 인중에서 한 마리 뱀이 창공을 향해 날아올랐다.

백육십 장, 백칠십 장…….

조금씩 넓혀 가던 기감이 이백 장에 가까워 왔을 때 또 하나의 은밀한 기운이 느껴졌다.

'다섯. 하지만 아직도 여유가 있다.'

위지천은 계속해서 기감을 넓혀 갔다.

삼백 장을 넘어 사백 장에 가까워진다. 하지만 여전히 여유가 넘친다. 바람의 기운이 슬며시 기대고 대나무의 푸름이 생기를 더해 준다. 가다가 물이라도 만나면 풍성해지고 은근슬쩍 땅에라도 닿게 되면 더욱 단단해진다.

이렇게 한없이 기감을 펼쳐 가던 위지천의 눈이 갑자기 커졌다. 하늘과 땅에도 뜻을 두는 순간 갑자기 하늘을 나는 새도, 물속에서 노니는 물고기도, 땅속에 숨어 있는 두더지도 눈에 보이는 것처럼 선명하게 느껴졌다.

기감은 펼쳐진 것이 아니었다. 기감은 장막을 치고 있었다. 그것도 이제 와서는 사백 장이 넘는 거리를 말이다. 그럼에도 느끼지 못했던 것은 자신의 뜻이 지상에만 있었기 때문이다.

'기막氣膜.'

이런 일을 할 수 있을 것이라고는 생각도 하지 않았다. 그런데 지금 현실로 일어났다. 기감도 여전히 여유가 넘친다. 이런 식으로 하면 천하를 살펴볼 수 있을 것만 같았다. 물론 불가능한 일이겠지만 말이다. 아무튼 오백 장은 거뜬할 것 같았다.

위지천은 기감을 거두어들였다. 다섯 이외에 더 이상 은밀한 기운이 느껴지지 않으니 그들이 전부인 것 같았다. 그때 하늘로 날아올랐던 뱀이 이제는 자그마한 용이 되어 인중으로 스며들었다.

'끄윽!'

머리가 아파 왔다. 그리 심한 통증이 아니기에 신음 소리를 흘리지는 않았지만 그렇다고 무시해 버릴 통증도 아니었다. 그리고 하나의 단어가 그의 뇌리에 떠올랐다.

'상단전.'

기막은 정과 기의 힘만 가지고 움직인 것이 아니었다. 신

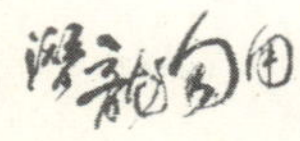

神이 기막을 관장하고 있었다. 어떻게 알았냐고 물으면 할 말이 없다. 그냥 알아졌으니 말이다.

'신의 힘이라.'

위지천은 오늘 신을 키울 수 있는 방법을 하나 깨닫게 되었다. 아직도 통증이 느껴지기는 하지만 깨달음을 위해서라면 이 정도는 얼마든지 참을 수 있다.

'너무 무리하는 것은 안 좋겠군.'

지금과 같이 마음대로 쉴 수 있는 경우는 상관없지만 적과 마주하고 있는 경우라면 지금의 통증만으로 충분히 위험할 수 있다. 강호는 약간의 실수가 죽음으로 직결되는 곳이기 때문이다.

'하지만 그리 나쁘지는 않군.'

위지천의 입가에 옅은 미소가 떠올랐다.

덜컹!

마차가 멈추었다.

쓱, 쓰윽!

위지천의 손끝에서 산이 나타나고 대나무 숲이 나타났으며 자그마한 개울이 그려지고 초가삼간이 솟아올랐다. 그리 잘 그린 그림은 아니다. 하지만 충분히 알아볼 수 있을 만큼은 되었다.

"이제 그림도 한번 그려 봐야 되겠소. 내가 그린 것이지만 이거 원.”

붓을 내려놓은 위지천의 말에 초 원주가 고개를 저었다.

“아닙니다.”

위지천이 빙긋이 웃었다.

“아무튼 알아보기는 하겠지요.”

“예, 주군.”

“예, 가주.”

위지천은 방금 그린 그림에 점을 찍어 가기 시작했다.

“여기 여기는 폭풍삼대가 맡고, 여기 여기는 은밀원에서 맡도록 하시오. 맡은 자는 가급적이면 생포하되 생포가 어려우면 참살하시오. 그리고 가장 멀리 있는 이자는 도망치도록 놔두시오.”

“은영오호로 따르게 하겠습니다.”

“어디로 가는지만 알면 되니 너무 가까이 가지 않게 하시오.”

“걱정 마십시오. 주군을 따르는 것같이 하라고 하겠습니다.”

위지천은 고개를 끄덕였다. 그 정도면 충분했다.

“그럼 공격 시간은 축시로 하겠소. 내가 이동하면 저들도 따라서 움직일 수 있으니 이 점 염두에 두시오.”

“예, 주군.”

“예, 가주.”

초 원주와 우 대주의 대답이 단단하다.

“그럼 그만들 나가 보시오. 사우는 남고.”

다른 사람과 같이 일어서려던 사우가 제자리에 앉았다.

위지천은 묵묵히 조혈수를 풀어 구사우의 손목에 채워 주었다.

딸칵!

“오랫동안 나를 지켜 준 물건이다. 이제 이것이 너를 지켜 줄 것이다.”

“이것을 왜 저에게…….”

구사우의 주 무기는 창이다. 하지만 창은 휴대도 불편하고 감추기도 곤란하다. 그렇다 보니 창 없이 적을 상대해야 될 때가 있을 것이다.

위지천은 그런 때를 대비해서 주고 싶었다. 하나 그런 말까지는 할 필요가 없었다.

“이제 나에게는 필요 없는 물건이다. 하지만 너에게는 필요한 물건이지. 더 말할 필요가 있느냐?”

“아닙니다.”

“손목을 안쪽으로 비틀어라.”

촤앙!

조혈수에서 빠져나온 검은색 칼날 세 개가 순식간에 구사우의 손등을 덮었다.

“조혈수라는 것이다. 칼날의 회수는 양쪽 손목을 마주 대면 되고, 푸는 방법은 내공을 주입한 채 양손을 맞대면 된다.

내일부터 이것을 사용하는 방법을 가르쳐 주겠다. 풍신퇴와
함께 사용하면 창이 없어도 최소한 목숨은 부지할 수 있을
것이다.”
　구사우의 표정이 굳어졌다. 대형이 왜 이것을 주는지 짐작
할 수 있었기 때문이다.
　“그렇게 무서운 자들입니까?”
　위지천은 고개를 내저었다.
　“한데 왜 그러십니까?”
　“내가 경계하는 사람은 이곳에 온 자들이 아니라 그들의
뒤에 있는 자들이다. 아마 그들은 매우 어려운 상대가 될 것
이다. 나는 그들에게 동생을 잃고 싶지 않다. 만약 그런 일
이 벌어지면 내가 어떻게 변할지 알 수 없으니까 말이다.”
　대형은 적이 아니라 동생들이 다치는 것을 두려워하고 있
었다.
　“절대 그런 일은 없을 것입니다.”
　움켜쥔 구사우의 손에서 조혈수가 요요롭게 빛나고 있
었다.

　위지천은 객잔 문을 열고 밖으로 나왔다. 창문으로 나왔던
예전과는 확연히 달라진 행동이다.
　삐그덕!
　자그마한 소음이 밤의 정적을 타고 멀리까지 날아간다.

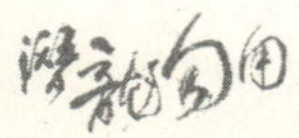

위지천은 짙은 어둠을 잠시 쳐다보고는 남남서 방향으로 걸음을 옮기기 시작했다.

뚜벅뚜벅!

이제는 집들도 보이지 않는다. 그럼에도 위지천의 걸음걸이는 멈추지 않는다. 그렇게 무심하게 걷던 걸음걸이는 마을 밖으로 나와서야 멈추었다.

"진귀."

나직한 음성과 함께 육 척 길이의 곤을 쥔 오십 대 후반의 노인과 허리춤에 칼을 찬 육십 대 노인이 어둠 속에서 걸어 나왔다.

"난 각소다. 이쪽은 단봉이고."

위지천이 폭풍삼대를 거느리고 있다는 것을 모를 그들이 아니다. 그럼에도 그들은 이름을 밝혔다. 폭풍삼대가 자신의 이름을 알아도 상관없다는 것인지 아니면 자신이 상대를 알고 있으니 상대에게 자신의 이름 정도는 밝히는 것이 옳다고 생각하는 것인지는 알 수 없다.

'다른 자들과는 확실히 다르다.'

이름을 밝혀서만은 아니었다. 지금까지 자신이 본 자들은 대부분 마공의 냄새를 풍겼다. 흑령조차 패로 모습을 감추기는 했지만 그 역시 마공의 냄새였다. 하지만 지금 앞에 서 있는 자들에게서는 올바른 길을 가는 정공의 냄새가 물씬 풍긴다.

분명 저들의 무공 원류는 같다. 그럼에도 어떻게 정반대의 길을 갈 수 있는지 참으로 궁금하다.

'하나의 무공을 두 사람이 다르게 해석한다면…….'

충분히 가능성이 있다. 하지만 그것이 아니라 한 사람이 양쪽의 무공을 전부 만들어 낸 것이라면……. 생각하기도 싫은 일이지만 만약 그런 자가 있다면 그는 자신보다 무리가 깊은 사람이었다.

물론 무리가 깊다고 꼭 무공이 뛰어난 것은 아니다. 하지만 상대를 모를 때는 경시하는 것보다 약간은 과장되게 보는 것이 좋다. 두려움에 휩싸이지만 않는다면 말이다.

'일마인가. 아니면 그 위에 누가 또 있는 것인가!'

위지천은 다시금 떠오른 상념을 애써 털어 냈다. 아무런 정보도 없는 상태에서 생각만 하는 것은 무의미한 일이었다.

'부딪쳐 보면 될 일이다.'

지금까지 알아낸 것 모두 몸으로 부딪쳐서 얻은 것들이다. 앞으로도 그러면 될 일이었다.

무심함을 되찾은 위지천의 시선이 각소를 향했다.

"당신도 이마의 지시로 온 것이오?"

"이마라. 우리는 이공이라고 부르지만 그렇게 부르는 것도 그리 틀린 말은 아니군. 그렇네. 우리는 이공의 지시로 왔네."

"그가 누구인지도 말해 줄 수 있소?"

"쓸데없는 질문을 할 정도로 어리석지는 않은 것 같은

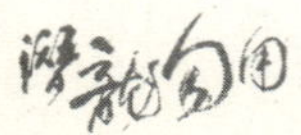

데……. 내가 잘못 본 것인가?"

"그렇게 말씀하시니 할 말이 없구려."

"그럼 쓸데없는 이야기는 이제 그만하기로 하고. 어떻게 할 텐가. 자네가 올 건가 아님 우리가 갈까?"

쓰으윽!

위지천은 현호도를 뽑아 아래로 늘어트렸다.

"오시오."

"좋네, 가지."

오 장은 결코 가까운 거리가 아니다. 하지만 각소와 단봉은 순식간에 위지천과의 거리를 좁혔다.

부우욱!

스팟!

공기가 눌려 터지는 소리는 머리를, 바람을 가르는 소리는 가슴을 향해 날아왔다.

'곤으로 펼치는 중重의 압壓, 도로 펼치는 쾌快의 속速이라.'

그리 바람직한 조합은 아니다. 그럼에도 두 사람은 마치 한 사람인 양 어울림에 어색함이 없다. 살기를 머금은 곤과 도가 금방이라도 위지천을 난자할 것만 같다.

위지천의 손이 움직인 것이 바로 그때였다. 우상을 향해 날아간 현호도가 가볍게 좌우로 움직였다.

타닥!

"크윽!"

주르륵!

속도만 실은 단봉은 신음 소리를 내는 것에 그쳤다. 하지만 진력을 담은 각소는 심한 내상으로 연방 피를 토한다.

"무초無招."

지금까지 한마디도 하지 않았던 단봉이 놀란 눈으로 위지천을 쳐다본다. 그런 그의 말에 놀랐을까. 연방 피를 토하던 각소까지 위지천을 바라본다.

"무초라."

위지천이 피식 웃는다. 스스로는 초식을 버린 지 오래라고 생각했다. 그럼에도 이제야 무초라는 말을 들었다.

'무리까지 버리고서야 무초라는 말을 듣다니…….'

기대하지 않은 말을 들어서인지 괜히 기분이 좋다.

"지금 기분 같아서는 당신들을 살려 주고 싶소. 하지만 이미 적이 된 사이. 이대로 보내 줄 수 없음이니 대신 고통 없이 보내 주겠소."

제법 내상을 다스렸는지 각소가 자리에서 일어났다.

"무인으로서 무초의 경지에 오른 당신의 손에 죽는 것도 행복이라면 행복. 내 무초승유초無招勝有招라는 것이 어떤 것인지 받아 보겠소."

"잘 가시오."

왼발을 내밀며 현호도를 좌로 그은 위지천은 다시 오른발을 앞으로 내밀며 현호도를 내리그었다.

사삭!

단 두 번의 손짓이다. 그런데 결과는…….

털썩!

목이 잘린 각소가 뒤로 넘어가고 심장이 갈라진 단봉이 가슴을 움켜쥔 채 무릎을 꿇었다.

“어쩌자고 저런 자를 적으로…….”

피를 토해 내는 듯한 절규를 끝으로 단봉도 머리를 떨어트렸다.

멀리서 말 달리는 소리와 함께 비명 소리도 들려온다.

두두두두!

“끄아아악!”

“컥!”

요란한 비명은 폭풍삼대가 만들어 낸 소리일 것이고, 나직한 비명은 은밀원이 만들어 낸 소리일 것이다. 그런 소리가 연이어 네 번 들리더니 이제는 말발굽 소리가 자신을 향해 달려온다. 이제 폭풍삼대와 은밀원은 이곳에 남아 있는 흔적들을 지울 것이다.

‘끝났군.’

마을로 되돌아가는 위지천의 발걸음이 가볍다.

"대시보국광록대부 유정빈 공께서 자택에서 참살당하셨다고 합니다."

고개를 숙인 채 보고하는 사람은 사마우의 밑에서 책사를 하던 공형진이다. 그가 다시 소담선생의 곁으로 되돌아온 것이다. 그런 그의 얼굴에는 난감한 표정이 역력하다.

"어째서 죽었다고 하더냐?"

"동창의 처사가 온당치 않다며 첩형을 꾸짖었다고 합니다."

"미친놈."

지금 동창의 행사는 같은 환관마저도 거침없이 베어 나간다. 그런 그들에게 대들다니 참으로 바보 같은 짓이었다.

"만박서원도 손을 댔겠지?"

"예, 만박서원주가 참살당하고 예하 문인 팔십여 명이 동창으로 끌려갔으며 문은 봉쇄되었습니다. 아무래도 어르신을 노리는 것 같습니다."

공형진의 말은 한 치도 틀림이 없다.

자신이 태상황의 스승이고 황실에 적지 않은 세력을 갖춘 사람이니 개혁을 꿈꾸는 그로서는 자신을 쳐 내지 않을 수 없었을 것이다. 하지만 그렇다고 해도 지금의 처사는 너무 지나치다. 이대로 가다가는 개혁보다 조정이 무너질 수도 있기 때문이다.

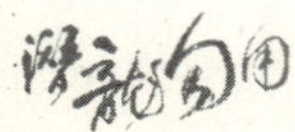

'안녹산, 사사명으로 이어진 난도 아직 끝나지 않았다. 그런데 왜 이렇게 서두를까! 혹시 태상황이 복위를……'

소담선생은 고개를 내저었다.

태상황이 아직 살아 있기는 하지만 천하를 도탄에 빠트려 어쩔 수 없이 황태자에게 양위한 그이고 보면 그가 복위를 노릴 가능성은 전혀 없었다. 다른 이유를 찾아야 했다.

그때 그의 뇌리를 스치는 단어가 있었다.

'건강!'

만약 현 황제의 건강이 안 좋아서 태상황보다 먼저 죽는 일이 벌어진다면 어떻게 될까라는 것으로 생각이 이어졌다.

'설마 선대의 끈을 모두 끊어 낸단 말인가.'

주르륵!

소담선생의 등으로 식은땀이 흘렀다.

'그것이 아니면 지금의 혈사를 설명할 수 없다. 그런데 그런 중요한 사실을 내가 모르고 있었다니……'

지금 와서 생각해 보니 이번 혈사로 희생된 대신들은 자신 쪽만 아니라 동친왕에 끈을 대고 있는 사람들도 많았다. 자신과 관계된 자들이 너무 많이 제거되다 보니 무심코 지나친 점도 없지 않지만, 그것보다는 죽은 자들에 대한 정보가 정확하지 않아서 생긴 문제였다.

사실 소담선생은 요즘 와서 십마련이 어딘지 모르게 허술하다고 느꼈다. 그리고 그 이유를 위지대운에게서 찾았다. 무

림맹을 맡아야 할 그가 자멸한 후 이공의 공격을 피해 구공의
그늘에 숨어 버렸고, 구공은 당연하다는 듯 받아들였다.

이건 누가 봐도 이공을 무시한 행동이었다. 그래서 위지대
운이 모든 십마련의 결속을 해친 원인이라고 생각했다. 그런
데 지금 보니 그것이 아니었다.

언제부터인가 정보가 왜곡되거나 사라졌다. 자신이 맡은
황실은 물론이고 무림의 정보까지 말이다. 황실의 정보는 책
임자인 내관태감 종간휘가 죽었으니 어느 정도는 이해가 갔
다. 하지만 무림의 정보는 전적으로 밀문에 의지했었다.

"개 같은 년."

밀문이 배신했다는 사실을 왜 이제야 깨달았는지 참으로
어이가 없다. 아니, 사실 십마련은 처음부터 충성을 요구하
지 않았으니 배신이라는 말 자체가 우습다. 실력만 된다면
자신을 딛고 올라서는 것까지 용납하겠다고 한 사람이 일공
이었다.

그럼에도 스스로 종복이라고 외치는 이공을 제외한 나머
지 여덟 사람은 감히 칼을 겨누지 못한다. 그들의 모든 것이
일공에게서 나왔기 때문이다. 무공은 물론이고 독술, 진법,
환술까지…….

일공은 모르는 것이 없다. 공公이라 불린 여덟 사람이 일
공이 과연 그 모든 것을 익혔을까 하는 것에 의문을 가지는
것은 어찌 보면 당연하다. 그럼에도 그들은 감히 그것을 물

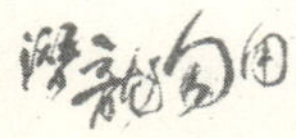

어보지 못한다. 그들에게 일공은 이미 신이 되어 있었기 때문이다. 당연히 배신은 꿈도 꾸지 못한다.

그리고 사실 밀문도 십마련을 완전히 떠난 것은 아니었다. 지금도 꾸준히 정보가 올라오고 있으니 말이다. 그러니 배신이라는 말보다는 양다리를 걸쳤다는 표현이 더 정확했다. 그 한 축은 생각할 것도 없이 위지세가의 진귀일 것이고 말이다.

'어떻게 한다.'

황실의 정보망을 복원하는 것은 그리 어렵지 않다. 이 혈사가 끝나고 자신만 살아 있다면 삼 개월 이내에 예전으로 돌릴 자신이 있다. 하나 무림은 달랐다.

'이공에게라도 연락을 해 놔야겠군.'

소담선생은 아직도 고개를 숙이고 있는 공형진에게 지시를 내리려고 했다.

그때였다. 문득 일공의 능력을 시험해 보고 싶은 생각이 들었다. 한 번도 생각해 보지 않은 일이라 생각조차 낯설다. 하지만 지금 같은 기회가 아니면 영영 알아볼 수 없는 일이었다.

씨이익!

소담선생의 입가에 비릿한 미소가 떠올랐다.

"만독곡에 들렀다가 태산에 있는 백유림百儒林으로 가겠다. 준비해라."

태산이라면 산동으로, 얼마 전 이정기가 관찰사의 자리를 인정받은 곳이다. 작금의 현실로 보아 황제의 힘이 거의 미치지 않는다고 봐야 했다.

그런 곳에 또다시 백 명의 선비가 모여서 공부하는 백유림이라면 몸을 숨기기에 최적의 장소였다. 그런데 중요한 것은 그곳을 만든 사람이 바로 소담선생이라는 사실이다.

"안 돌아오실 생각이십니까?"

"그냥 육 개월쯤 쉰다고 생각하면 될 것이다. 물론 온전히 쉬는 것은 아니겠지만 말이다."

소담선생은 받기로 한 뇌정고를 떠올리니 괜히 기분이 좋다. 매개체나 가벼운 접촉만으로도 집어넣을 수 있게 개량되었다니 더욱 좋다. 흑령 때문에 계획이 틀어진 것이 더 좋은 결과로 돌아왔다고 생각하니 흑령에게 오히려 감사할 정도다.

"뒷일은 봉규에게 맡기겠습니다."

봉규는 장안에 있는 태허루의 주인이다. 물론 겉으로만 그렇다는 말이다. 실제 태허루의 주인은 소담선생이고, 봉규는 정적을 제거하기 위해 소담선생이 키운 살수 단체의 수장이다.

"그렇게 해라."

공형진은 그제야 자리에서 일어나 밖으로 걸어 나갔다.

뚜벅뚜벅!

이제 이곳은 봉규에게 팔린 것으로 알려질 것이고, 소담선생과 공형진의 흔적도 깔끔하게 지워질 것이다. 물론 밀문이

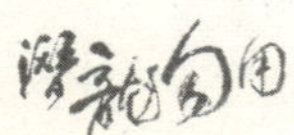

끼어든다면 이야기는 달라지겠지만, 밀문도 진귀의 일이 아
니면 끼어들지 않을 것이니 굳이 걱정을 만들어서 할 필요는
없었다.

"일공, 이제 어떻게 하시려오. 후후."

탁자에 놓여 있는 서류를 치우는 소담선생의 입가에서 괴
소가 흐른다.

황궁이 있는 장안에서의 살인은 무림인이라도 부담스럽기
그지없는 일이다. 무사히 빠져나가면 다행이지만 혹시라도
발각된다면 황실 외곽을 지키는 병사들은 물론 장안을 죽음
으로 지켜야 하는 방위군들을 상대해야 되기 때문이다.

그래서일까. 꽤 많은 수의 전각을 깨고 나가는 육정기의
움직임이 유난히 조심스럽다. 하지만 칼날은 거침이 없다.

서걱!

순식간에 목을 베어 내 소리를 지르는 것조차 방지한다.
이런 움직임은 지붕 위를 책임진 호법부원주와 호법들 그리
고 지상을 책임진 두 명의 장로와 도치도 마찬가지다. 어둠
을 헤쳐 나가는 자들의 움직임이 조심스러우면서도 거침이
없다.

쓰으윽!

서걱!

새로운 전각이 열리고 손날과 칼날이 움직인다. 하지만 고요하다. 대신 혈향은 짙게 피어오른다. 그런 혈향은 단검 하나만 들고 온 폭풍삼대가 처리한다. 은밀함에 초점을 맞춘 이런 움직임이 얼마쯤 지속되었을까!

육정기와 두 명의 장로, 도치가 한곳에 모였다.

- 저곳인가요?

도치의 전음에 가볍게 고개를 끄덕인 육정기는 어둠 속에 자신의 대부분을 숨기고 있는 커다란 전각을 바라보며 세 사람에게 자신의 뜻을 전했다.

- 일층에 여섯, 이층에 일곱, 삼층에 셋, 사층에 하나입니다. 일층과 이층에 있는 자들은 별로 걱정할 것이 없지만, 삼층에 있는 자들은 제법 뛰어나니 소리 나지 않게 처리해 주십시오. 사층에 있는 봉규는 제가 맡겠습니다.

- 그러시게.

- 신호만 주세요.

전음으로 대답하던 경 장로와 도치는 물론 묵묵히 육정기를 바라보던 호 장로까지 얼굴이 굳어졌다. 이제야 육정기가 세 사람에게 동시에 전음을 날렸다는 사실을 알았기 때문이다. 하나 육정기는 별것 아니라는 듯 계속해서 자신의 뜻을 알렸다.

- 그리고 혹시나 도망치는 자들이 있으면 안 될 것이니,

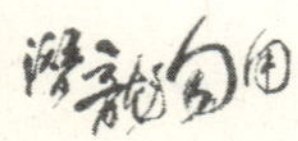

만약 그런 자들이 있으면 지붕에 계신 호법들이 처리할 수 있게 미리 지시를 내려 주십시오.

─알았네.

육정기의 경지를 몸으로 느껴서 그런 것인지 경 장로의 대답이 한결 진중하다.

후드득!

가볍게 손목을 움직여 칼날에 붙어 있는 핏방울을 털어 버린 육정기는 굳게 닫힌 전각문을 향해 걸음을 옮겼다. 그 뒤로 자신의 무기를 빼어 든 경 장로와 두 주먹을 불끈 쥔 호장로 그리고 둔치도를 움켜쥔 도치가 따른다.

그 시각 위지천은 유선루遊仙樓에 도착해 있었다.

방의 개수만 팔십 개가 넘고 신선이 논다는 이름처럼 온갖 진귀한 음식과 아리따운 선녀들로 가득 찬 곳. 술 한 병 값이 은자 열 냥이 넘기 때문에 아무나 들어갈 수 없지만 들어가기만 한다면 온갖 환락을 맛볼 수 있는 곳이기도 하다.

이처럼 최고의 기루로 평가받는 이곳이 바로 밀문의 본원이고 그곳의 가장 안쪽에 있는 방이 밀문의 총수 혈야향血夜香 독고수미가 머무는 곳이다. 그런데 오늘 열린 문은 그보다 더 안쪽에 있는 비밀 문이었다.

혈야향과 우연이 아니면 절대 열리지 않는다는 그 방문이 은밀히 열리고 한 명의 사내가 그 안으로 들어갔다. 언제나 도치의 곁에 머물던 철연이 오늘따라 보이지 않았던 이유가 바로 이곳까지 위지천을 안내하기 위해서였다.

주르륵!

우연의 손에 들린 찻주전자에서 흘러내린 진한 노란빛 찻물이 찻잔에 가득 고였다.

"복건성에서만 나는 백호은침白豪銀針이라 하지요. 마시기 괜찮을 것입니다."

혈야향의 권유에 따라 찻잔을 든 위지천은 천천히 한 모금의 차를 마셨다. 진한 향과 함께 약간의 단맛이 혀끝에 맴돈다.

"나는 차를 잘 모르지만, 이 차는 매우 마음에 듭니다."

"좋으시다니 다행이군요."

꿀꺽!

한 모금을 더 마신 위지천은 탁자 위에 찻잔을 내려놓았다.

"소담선생이 사라졌더군요."

혈야향도 마시고 있던 찻잔을 내려놓았다.

"역시 그랬군요."

"알고 계셨습니까?"

"알았으면 미리 연락을 드렸겠지요. 그저 그와 비슷한 자가 상남商南에 있다는 전갈이 들어왔기에 자세히 알아보라 지시했을 뿐입니다."

"그럼 그가 맞는다고 봐야겠군요?"

"아무래도 그런 것 같군요."

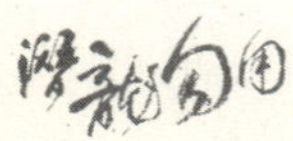

위지천은 다시금 찻잔을 집어 들었다. 상남이라면 섬서와 하남의 경계선에 있는 도시다. 어디로 가는지 모르지만 섬서를 떠나는 것만은 확실했다.

"혹시 그가 어디로 갔는지 아십니까?"

"갈 곳은 많지요. 하지만 지금 그가 갈 수 있는 곳은 두 곳뿐이랍니다. 모두 그가 만들어 놓은 세력이지요."

"그곳이 어디입니까?"

기다렸다는 듯 혈야향의 대답이 흘러나온다.

"하북 안평의 천서각과 산동 태산의 백유림이지요."

"다른 곳도 있습니까?"

"많지요. 천하에 가장 많은 씨앗을 뿌려 놓은 사람이 그이니까요. 숫자로만 본다면 우리와 혈사련 다음으로 그가 많을 것입니다."

위지천은 찻잔을 내려놓고 생각에 잠겼다.

하북은 사사명 장군이 지배하는 지역이고 산동은 이정기 장군이 지배하는 곳으로, 두 곳 다 황명이 미치지 않는다. 가능성이 있다는 얘기다. 하지만 사사명은 현재 반역의 무리로 지정된 자다. 황사를 지낸 소담선생이 몸을 숨기기에는 적절치 않다.

'그럼 남은 곳은 태산의 백유림인가!'

언젠가 한번은 만나서 고마움을 표시해야 할 사람이 다스리는 곳이라고 생각해서인지 한 번도 가 보지 않은 태산이 왠지 정답게 느껴진다.

쪼르륵!

내려놓은 찻잔에 다시 찻물이 고인다. 그런 찻물을 잠시 쳐다본 위지천의 시선이 다시 혈야향에게로 돌아갔다.

"하나를 고르신다면 어디를 고르시겠습니까?"

"백유림으로 하겠습니다. 그리고 그것이 아니라 해도 걱정할 필요는 없습니다. 조만간 연락이 올 테니까요. 그가 아무리 몸을 숨긴다 해도 우리의 눈을 피할 수는 없습니다."

역시 거침없이 대답이 흘러나온다.

위지천은 고개를 끄덕였다. 자신 또한 그렇게 생각하고 있었기에 자신도 모르게 흘러나온 행동이다. 그런 행동을 했다는 사실이 쑥스러워서일까. 위지천의 입에서 지금까지와는 다른 대화가 흘러나왔다.

"지금쯤이면 태허루의 정리가 끝났을 것입니다."

"저희 쪽 사람도 지금쯤이면 도착했을 것입니다."

묵묵히 차만 따르던 우연이 자그마한 목소리로 위지천의 말을 받았다.

"그렇군."

"예."

오래간만에 만난 사람들이 나누는 대화치고는 단조롭기 그지없다. 하지만 우연의 일거수일투족을 살피는 혈야향의 눈은 밤하늘의 별처럼 반짝인다.

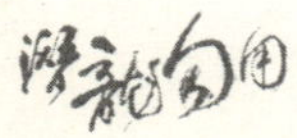

하나 그런 시선은 그리 오래가지 않았다. 우연은 여전히 고개를 숙인 채 묵묵히 차만 따르고 있다.

'정말로 마음을 접은 것이냐.'

폭풍위지세가의 가주라면 누구라도 인연을 갖고 싶어 한다. 설령 그것이 본처가 아닌 첩이라고 해도 말이다. 그런 면에서는 혈야향도 마찬가지다. 하지만 우연만은 예외였다. 남들이 뭐라든 우연은 자신의 딸이었다.

'불쌍한 놈!'

우연의 태도를 주시하던 혈야향의 눈빛은 어느새 안쓰러움이 가득하다. 하나 그런 표정은 위지천에게 시선을 옮기는 순간 흔적도 없이 사라졌다.

"소담선생 때문에 이곳까지 오시지는 않았을 것이고……이제 이곳에 오신 이유를 말씀하시지요?"

딸깍!

찻잔을 내려놓은 위지천의 눈빛이 무심하다. 마치 적진에 들어선 사람처럼 말이다.

"한중에 있는 이마역과 동친왕부에 대한 정보 요구를 들으셨을 줄 압니다. 지금 그것을 보고 싶습니다."

"그 정도는 철연이만으로도 충분하지요. 굳이 이곳까지 오실 필요가 없으실 텐데요."

"그 정보가 내가 이곳에 온 첫 번째 이유입니다."

"보시고 두 번째 이유를 말씀하시겠다는 것인가요?"

"그렇습니다."

혈야향이 잠시 위지천을 쳐다보더니 우연에게로 시선을 옮겼다.

"가주께 보내 드리려고 했던 것을 가져와라."

잠시 후 위지천은 우연이 가져온 얄팍한 봉서와 두툼한 종이 묶음을 읽기 시작했다. 조용하지만 왠지 모르게 긴장이 감도는 시간은 반 시진이나 계속되었다.

'역시 십마련에 대한 정보는 없다.'

이공에 대한 것은 역주가 받드는 은거 기인 정도로 치부되었고, 동친왕에 대한 것도 그와 관계된 인물에 대한 열거에 불과했다. 하지만 정보는 광범위하면서도 정확했고 그로 인해 얻은 것도 꽤 있다.

이마역이 용담호혈이고 동친왕과 끈을 맺고 있는 자가 사사명이 아니라 그의 아들 회왕懷王 사조의라는 점 그리고 빙정석을 이용해 술법을 펼치던 우촉이 사사명의 군사였다는 점 등이 그것이다.

그리고 또 하나 의외의 발견은 자신과 질긴 악연이랄 수 있는 최목우가 사사명의 밑으로 들어가 멸천우방대장군이라는 칭호로 육만의 병사를 거느리고 있다는 것이었다.

사락!

위지천이 마지막 종이를 내려놓자 기다렸다는 듯 혈야향이 입을 열었다.

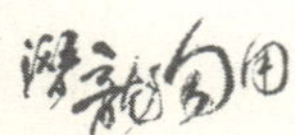

“이제 두 번째 이유를 말씀해 주실 수 있을 것 같은데……
더 기다려야 하는 건가요?”

“아닙니다, 말씀드리지요.”

이렇게 말을 시작한 위지천은 잠시 시간을 둔 뒤에야 다시
천천히 입을 열었다.

“내 질문이 듣기에는 매우 거북할 수도 있을 것입니다. 하
나 그냥 넘어갈 수 없는 일이기에 묻는 것이니 그리 알아주
십시오.”

“가주께서 그리 말씀하시니 듣기가 겁납니다. 하지만 중
요한 일이라니 들어야지요. 말씀하시지요.”

“그럼 말씀드리겠습니다. 문주께서 지금까지 내게 해 주
신 조치들이 순수한 호의입니까 아니면 동맹에 준하는 일입
니까?”

“조사의 무학을 이어 준 호의라고 말하면 믿으실 건가요?”

“믿습니다. 하지만 호의로만 받아들이겠지요.”

같은 길을 가면 좋은 관계로 남겠지만 다른 길을 가면 언
제든 칼을 뽑을 수 있다는 얘기다.

혈야향의 얼굴이 굳어졌다.

“그럼 동맹에 준하는 일이라고 말씀드리면 어떻게 하실
생각이신가요?”

“밀문의 뒤에 폭풍이 서 있겠지요.”

“천하제일세가의 보호를 받는다. 아주 좋군요. 그런데 지

금까지도 좋았는데 왜 갑자기 관계를 명확히 하려고 하시는지 말씀해 주실 수 있나요?”

위지천이 허리를 곧추세우며 바로 앉았다. 순간 전혀 무공을 익히지 않은 것처럼 보이던 위지천이 어떤 일이 있어도 무너지지 않을 것 같은 태산으로 변했다.

‘설마 이 정도였단 말인가!’

혈야향도 자신의 모든 것을 내보이면 위지천과 같은 기세를 뿜을 수 있다. 하지만 지금처럼 자연스럽게 할 자신은 없었다. 우연이 어째서 위지천과는 절대 적이 되면 안 된다고 말했는지 알 것 같았다.

위지천의 경지를 어렴풋이나마 느끼는 혈야향의 귀에 그의 대답이 들려왔다.

“십마련이란 곳이 있습니다. 천하가 그들의 손아귀에 있다고도 하지요. 문주께서는 혹시 그들에 대해 아십니까?”

혈야향은 이제야 위지천이 무엇 때문에 이곳에 왔는지 알 수 있었다. 자신들이 보낸 정보에는 십마련에 대한 글귀가 하나도 없었으니 말이다. 이제 결정해야 할 때가 왔다. 하지만 섣불리 대답할 수 없었다.

“어떻게 알게 되었는지 들을 수 있겠습니까?”

“위지대운, 흑령 사진환, 혈사련주 단수기, 소담선생. 이렇게 말하면 되겠습니까? 위지대운을 숨겨 준 동친왕도 한 명일 수 있고요.”

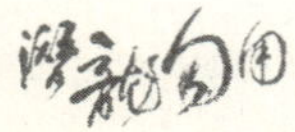

십마련 중 다섯이 드러났다. 아니, 이마역을 물어봤으니 자신만이 알고 있던 이공도 드러났다고 봐야 했다. 거기에 자신까지 포함하면 자그마치 일곱이다. 수백 년을 이어 왔다는 십마련이 자신의 대에 와서 모든 것이 드러나고 있었다.

"나에 대해서도 알고 있나요?"

"문주께서도 십마의 한 사람이었습니까?"

엄청난 사실을 듣고 있음에도 위지천의 표정은 담담하다 못해 무심해 보였다.

"모르셨나요?"

"의심은 하고 있었습니다."

"그랬군요."

"예."

"그래서 오셨나요? 나를 죽이러……."

"그런 생각까지는 해 보지 않았습니다."

"왜죠?"

"확신이 없었거든요."

"그럼 확신이 섰다면 칼을 뽑으셨을 거라는 얘긴가요?"

"나는 아직 문주의 대답을 듣지 못했습니다."

"이곳이 밀문의 본원이라는 사실을 알고 계시나요?"

"팔십일 명만으로 저를 막을 수 있을까요?"

팔십일 명으로 이루어진 야보夜保는 밀문의 마지막 힘이다. 그리고 그 힘이 지금 이곳을 지키고 있다. 지금 위지천은 그들을 말하고 있는 것이다.

혈야향은 아무런 대답도 하지 않고 위지천을 바라보았다.

위지천 또한 별다른 말 없이 혈야향을 바라보았다.

이런 시각이 반각쯤 지났을까. 마침내 혈야향이 입을 열었다.

"가주께서는 십마련에 어떻게 대처하실 생각이신가요?"

"없앨 생각입니다."

위지천의 대답이 곧바로 흘러나왔다. 미리 생각했던 질문이라는 뜻이었다.

"그럼 혹시 가주께서는 십마련이 일공의 지시에 따라 움직이는 조직이라고 보시는 건가요?"

"아닙니까?"

"가주께서는 공이라 불리는 사람들을 너무 무시하시는군요. 물론 의사 결정에 일공의 뜻이 가장 높게 평가받기는 합니다. 하지만 공이라는 사람들 모두 하나 이상의 지역을 다스리는 단체의 수장입니다. 그런 그들이 억누른다고 순순히 따르겠습니까?"

전혀 예상하지 못했던 대답이다.

"그럼 지금까지 일어난 일들이 대부분 두서너 명의 연합으로 이루어졌다는 말씀이십니까?"

"한 사람이 일으킨 일도 많지요. 물론 나머지 아홉 공의 묵인이 있어야 되지만, 사실 그것도 자신의 이권에 결부되지

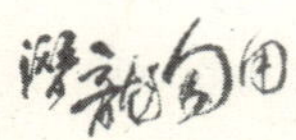

만 않으면 대부분 묵인하는 편이니 말뿐인 조항이랍니다.”

“그럼 만약 일공이 저를 공격하라고 한다면 나머지 공들은 어떻게 행동하실 거라고 생각하십니까?”

“이공은 종복을 자처하고 있으니 무조건 따를 것입니다. 하지만 다른 사람들은 자신의 이권에 따라 움직이겠지요. 물론 지시를 따르지 않아도 배신이나 배반이라는 말은 하지 않습니다.”

자신에게 칼을 겨눈 자는 이공이었다. 하지만 이공이 일공의 종복을 자처한다면 모든 것이 일공의 지시에 따라 일어난 일일 수도 있다. 일공과 이공에 대해 더 알아야 했다.

“일공에 대해서 알려 주시겠습니까?”

“일공은 모든 것이 비밀이랍니다. 그가 무공을 익혔는지조차도 알지 못하니까요. 내가 아는 것은 그저 그가 이공이 모는 마차를 타고 나타난다는 것뿐입니다.”

“그럼 이공은 일공에 대해서 알겠군요.”

“그건 나도 모르지요.”

그야말로 비밀스러운 사람이라는 말이다. 하지만 아직 이공이란 가능성이 남아 있었다. 그리 나쁜 일만은 아니었다. 이제 다른 것을 더 들어야 했다.

“만약 십마련 내에서 이권이 부딪치면 어떻게 합니까?”

“가끔 오공이 나서서 중재도 하지만 그것은 일공이 회의에 참석하지 않은 경우이고 대부분은 일공의 조정으로 끝이

납니다. 어찌 되었건 그는 우리들의 스승이니까요."

"혹시 중재나 조정으로 끝나지 않아서 직접 싸운 경우도 있었습니까?"

"예전에 한 명 있었지요. 십공이 일공에게 반기를 들었거든요."

"결과는 어떻게 되었습니까?"

"가주께서도 아실 텐데요. 혈선강으로 유명했던 무량제라는 사람."

짐작했던 대답이다. 그럼에도 직접 들으니 새삼스럽다.

"그랬군요."

"사람들은 위지대운이 무량제를 잡은 것으로 알고 있습니다."

"그럼 그것이 아니란 말씀입니까?"

"당연히 아니죠. 십공이 하찮은 그런 무리들에 죽음을 당했겠습니까. 사실 무량제는 일공이 보낸 사람들에게 죽음 당했습니다. 그리고 미리 합의한 바대로 위지대운에게 십공의 무공이 넘어갔고요."

"무량제를 잡기 전부터 일공과 위지대운이 알고 있었다는 말씀이시군요."

"그렇지요. 그렇지 않으면 어찌 십공의 무공이 아무런 연관도 없는 위지대운에게 넘어갔겠습니까."

"지금 말씀을 듣다 보니 각각의 자리에 무공이 있다는 애

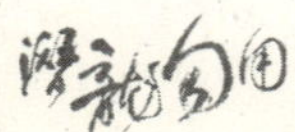

기 같은데 제 생각이 맞습니까?"

"맞습니다. 그래서 십마에 속한 사람들은 대부분 일공을 아는 상태로 무공을 전수받지요. 가끔 무공을 먼저 배우고 일공을 만나는 경우도 있지만요."

흑령이 어째서 우연히 얻은 것처럼 자신의 손에 무공이 왔다고 하는지 알 것 같았다. 흑령은 무공을 먼저 배운 사람이었던 것이다.

"그러니까 지금까지의 말씀을 종합해 보면 십마련은 상하관계가 아닌 수평적 관계이고, 이권에 따라서 움직이는 단체라는 것이군요."

"자리에 따라 발언권이 조금 강하고 약하고의 차이는 있지만 그것 또한 능력만 된다면 넘어설 수 있는 것이니 그렇게 말할 수도 있겠지요. 이제 내가 알고 있는 것은 대충 말씀드렸으니 다시 묻지요. 십마련에 어떻게 대처하실 건가요?"

"그 대답을 드리기 전에 먼저 한 가지만 묻겠습니다. 이제 십마련 중 내가 아는 사람은 일곱입니다. 만약 그들이 모두 제거되면 십마련은 어떻게 되겠습니까?"

"일공만 존재한다면 십마련은 다시 살아날 것입니다. 그가 바로 십마련이니까요."

위지천은 고개를 끄덕였다. 그도 그렇게 생각하고 있었기 때문이다.

"그럼 일공만 사라지면 어떻게 되겠습니까?"

“그래도 십마련은 살아남겠지요. 남은 아홉 사람은 그만한 힘이 있으니까요.”

역시 예상했던 대답이다.

“그렇다면 일공과 여섯 사람이 사라지면 어떻게 되겠습니까?”

“왜 여섯이지요?”

“문주께는 칼을 겨누고 싶지 않군요. 물론 단순한 호의입니다.”

혈야향의 얼굴에 처음으로 미소가 떠올랐다.

“그럼 십마련은 축소되거나 사라지겠지요.”

“제 대답은 그것으로 하겠습니다.”

혈야향은 말없이 위지천을 쳐다보았다. 처음과는 확연히 달라진 눈빛이다. 어찌 보면 흑령이 남기고 간 마지막 눈빛과도 같은 그런 눈빛이었다.

“일공이 무공을 익혔는지는 우리들 누구도 알아내지 못했지요. 그러나 만약 무공을 익혔다면 천하에 적수가 없을 것이라는 것은 공동의 의견이었습니다. 그런 그를 상대할 자신이 있으십니까?”

“저는 무공을 익힌지 알 수 있던가요?”

혈야향은 대답을 하지 않았다.

위지천은 환하게 미소 지었다. 밀문은 이제 걱정하지 않아도 되는 우군이었다. 그런 사실을 확인이라도 시켜 주듯 혈야향의 입에서 십마련의 비밀이 흘러나오기 시작했다.

"가주께서 아직 모르는 두 사람은 만독곡의 곡주인 오궁치와 농막의 막주 백령 유덕부랍니다. 그중 백령은 농막의 일이 아니면 칼을 뽑지 않는 자이니 서로 부딪칠 일이 없지만, 오궁치는 가급적이면 빨리 정리하시는 것이 좋을 거예요. 그는 소담선생과 매우 가까운 사이거든요."

"그렇군요."

"그리고 소담선생이 뿌려 놓은 씨앗은 그리 걱정하실 필요 없습니다. 그가 그곳들의 주인이라는 사실은 그의 씨앗을 운영하는 몇 명의 간부밖에 알지 못하는 사실이니까요. 그들만 제거하면 씨앗은 소담선생과 전혀 관련이 없는 장소로 바뀔 것입니다."

은밀함이 가지는 단점이 드러나는 순간이었다. 그런 사실을 확인이라도 시켜 주려는 듯 혈야향의 말이 이어졌다.

"소담선생이 사라져도 마찬가지일 것입니다. 아마 그렇게 되면 그들이 먼저 나서서 소담선생과의 관계를 청산하려고 할지도 모르지요. 위지가의 폭풍에 휘말리고 싶지 않을 테니까요."

이렇듯 소담선생으로부터 시작된 십마련의 이야기는 한참 동안이나 계속되었고, 밀문의 특급 문서만을 모아 둔 비밀 금고로 위지천을 안내하는 것으로 끝이 맺어졌다.

"정말 세상의 비밀은 모두 이곳에 있군."

　비밀 금고를 나오면서 위지천이 했다는 말이니 특급 문서
의 가치가 어느 정도인지 알 것이다.

　위지천이 떠난 그날 저녁 혈야향은 우연을 불렀다.
　"더 이상 막지 않으마. 이제 내 뜻대로 해라."
　우연은 말없이 자리에서 일어나 조용히 삼배를 올렸다.

뭔가 얻는 것이 있을지도……

이른 오후, 백하白河의 서안에 위치한 당하唐河.

만독곡이 있는 대별산과는 하루 거리에 불과한 이곳에 말을 탄 위지천과 그의 일행들이 들어섰다.

"오늘은 이곳에서 쉬겠소."

뒤따르던 자들이 고개를 끄덕였다. 그런데 초 원주와 육정기, 구사우만 보일 뿐 유덕과 도치, 철연은 물론이고 위지가의 다른 가신들도 보이지 않았다.

"지금쯤이면 태산에 도착했겠지?"

"쉬지 않고 달린다고 했으니 그럴 것입니다. 하지만 활동은 내일 저녁부터나 시작될 것입니다."

초 원주의 대답에 위지천이 고개를 끄덕였다.

"이마역의 감시는 어떻게 하고 있소?"

얼마 전 위지천이 의도적으로 놓아준 자는 예상대로 이마역으로 들어갔고, 그 사실을 안 위지천은 감시를 지시했다. 지금 위지천은 그것을 묻고 있는 것이다.

"은영 둘과 밀영 셋을 보내 멀리서 감시만 하게 했습니다."

"잘하였소."

이런 이야기를 하며 천천히 말을 몰던 위지천 일행의 앞에 육 척은 훨씬 넘어 보이는 거구의 중년인이 나타났다.

털썩!

"거력패, 만상께 인사드립니다."

만상輓商, 상인을 이끈다는 말로 어찌 들으면 거대 상인을 부르는 것 같다. 하지만 만상은 그런 칭호가 아니었다. 조사가 보부상으로 천하를 이끌었다고 해서 만들어진 칭호로, 만상은 조사처럼 대접해야 할 사람을 일컫는 하오문도들만의 은어였다.

피식!

위지천의 입가에 옅은 미소가 떠올랐다. 헤어지기 전 혈야향은 앞으로 문도들이 조사처럼 모실 것이라고 했다. 그런다고 진짜 이런 식으로 나서는 사람이 있을 줄은 몰랐다.

"이곳을 맡고 있나?"

"예, 만상."

얼마나 소리가 큰지 지나가는 사람이 모두 쳐다본다. 조금

쑥스럽기는 하지만 그렇다고 싫은 기분은 아니었다.

위지천의 미소가 조금 더 진해졌다.

"그만 일어나라."

"예, 만상."

대답과 함께 벌떡 일어선 거력패는 곧바로 길을 안내하기 시작했다.

"어이, 비켜. 야야!"

덩치만 보아도 주눅 들 사람이 인상까지 쓰며 소리를 지르니 비키지 않을 사람이 없다. 조금 전까지만 해도 말을 타고 가기에는 조금 좁다고 느꼈던 거리가 이제는 뻥 뚫린 관도 같다.

그렇게 안내를 받아 신호루라는 객점의 별채에 짐을 푼 위지천은 육정기, 초 원주와 함께 거력패를 방으로 불러들였다.

"내 얼굴을 보자고 찾아온 것은 아닐 것이고…… 그래, 나를 찾은 이유가 뭔가?"

"무림맹 사람들이 이곳으로 오고 있습니다."

"그들이 왜?"

"만독곡을 징벌한다고 합니다."

"만독곡을?"

"예, 만상."

"그러는 데에는 이유가 있겠지?"

"육 년 전쯤 내로라하는 문파의 윗분들이 거의 동시에 드러누운 적이 있었습니다.”

순간 위지천의 뇌리에 스쳐 지나가는 일이 있었다.

“혹시 그들을 치료한 사람이 당가의 독수화편 당수염인가?”

“그것을 어떻게 아십니까?”

“나와 조금 관련이 있네. 그런데 그 일이 만독곡과 무슨 관련이 있다는 것이지?”

“그 일의 원흉이 만독곡주 오궁치였다고 합니다.”

“그랬군.”

“예, 만상.”

“오는 자들은 누구인가?”

“중견으로는 이번 원정의 대표인 화산의 문주인 창궁검호 蒼穹劍虎 낙원제가 해원대解怨隊를 이끌고 오고 있으며 이십여 명의 무림 명숙과 장로 다섯 분, 호법 네 분이 참여하고 있습니다.”

해원대는 무림맹이 내세우는 세 개의 무력 단체 중 서열이 위의 조직으로, 인원은 백 명이다. 거기에 또 삼십여 명의 중견이라면 한 개의 문파를 상대하기 위해 나섰다고 보기에는 좀 과한 면이 있다. 그런데 거력패의 말은 아직 끝난 게 아니었다.

“거기에 후기지수로는 사수四秀 중 곤수 사마혁과 해원대의 부대주 검수 남궁현수 그리고 새로 매화난검이라는 별호를 얻은 화산의 옥허와 종남의 천성쾌검天星快劍 운제동, 거

기에 육웅사화에 들어 있는 화산의 창천익과 산동악가의 악
필 등이 참여하고 있고 그 뒤를 수십여 명의 젊은이들이 따
르고 있습니다.”

사람도 많고 아는 이름도 많다. 그런데 대부분은 별로 보
고 싶지 않은 사람이다. 한번쯤 다시 만나고 싶은 사람도 있
기는 하지만 말이다. 위지천의 표정이 별로 좋지 않다.

“또 내가 알아야 될 일이 있나?”

“제갈포유가 감숙에서의 일과 연상곡의 일로 인해 총사
자리에서 밀려났고, 만화곡이 관군의 공격으로 풍비박산되
었습니다. 그리고 이번 일이 끝나면 창궁검호가 총사의 자리
에 오른다는 소문도 있습니다.”

“결국 그렇게 되었군. 그런데 수연표국에 대한 이야기가
없는 것을 보니 그들은 살아났나 보군.”

“예, 연상곡의 일을 무마하는 데 수만금이 들었다고 합니
다. 물론 그 돈의 대부분은 제독동창의 손에 들어갔고요.”

관리라고 하는 것들의 짓거리가 그런 줄은 알고 있었지만
역시 그래도 입맛은 썼다.

“무림맹 사람들은 언제 도착하나?”

“여러 곳에서 출발한지라 도착 시간은 일정하지 않습니
다. 하지만 늦어도 모레 저녁에는 모두 도착할 것입니다.”

“오늘 저녁에 도착하는 자들도 있나?”

“검수 남궁현수 소협이 이끄는 무리가 오늘 저녁에 도착

할 것이고, 곤수 사마혁 소협이 이끄는 무리가 오늘 저녁 늦게나 내일 새벽에 도착할 것입니다.”

“그렇군. 그나저나 그 정도의 움직임이라면 만독곡에서도 눈치챘을 것 같은데, 아닌가?”

긁적긁적!

거력패가 덩치에 어울리지 않게 머리를 긁고 있다.

“만독곡은 저희들도 잘 모릅니다. 다만 상당한 양의 곡식과 부식을 사들인 것으로 보아 당장 도망가지는 않을 것이라 판단하고 있습니다.”

곡식과 부식을 사들였다면 그 말이 맞다. 그런데 문제는 왜 그랬냐는 것이다.

‘설마 모르고 있단 말인가.’

위지천은 떠오른 생각을 지워 버렸다.

만독곡주는 십마 중 하나다. 그런 자가 정보를 소홀히 할 리 없다. 그런데도 지금과 같은 상황을 모른다. 말도 되지 않는 소리다.

‘그럼 옥쇄玉碎.’

만독곡은 한 지역의 패주니 당연히 많은 이권을 가지고 있을 것이다. 하나 그것 때문에 앉아서 죽음을 맞이한다는 것은 어딘지 모르게 아귀가 맞지 않는다. 패霸를 추구한다면 모르지만 자신이 듣기로 만독곡은 그런 곳이 아니었다.

‘설마 자신이 있다는 것인가!’

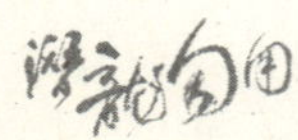

지금 상황에서는 그것밖에 답이 없다.

"만독곡을 도우러 오는 곳이 있나?"

"만독곡을 도우러 오는지는 모르겠지만 혈사련의 참인대와 흑령 사진환 대협이 출발했다고 합니다. 하지만 그들이 아무리 빨리 온다고 해도 이곳까지 오려면 보름은 걸립니다. 그 정도면 만독곡은 끝났을 것이고요."

위지천은 거력패와 생각을 달리했다.

'흑령과 혈사련은 분명 이곳으로 온다.'

같은 십마련 소속이니 자신의 생각이 맞을 것이다. 그리고 혈사련의 참인대는 믿을 수 없지만 흑령 사진환은 믿을 수 있다. 흑령 사진환이라면 최소한 패배는 막아 줄 수 있다. 그는 그럴 만한 힘이 있으니 말이다.

문제는 만독곡이 과연 보름을 버틸 수 있느냐는 것이었다.

'그들은 버틸 수 있다.'

그럴 자신도 없다면 십마련의 한자리를 차지하는 그가 이토록 조용히 있을 리 없었다. 뭔지는 모르지만 분명 믿는 구석이 있었다.

"그나저나 이 정도 일이면 알려져도 벌써 알려져야 하는데 이제야 알게 된 이유가 무엇이냐?"

위지천이 생각에 잠길 때마다 말없이 그를 바라보고만 있던 거력패가 서둘러 입을 열었다.

"무림맹의 이번 행사가 아주 은밀했습니다. 사람들을 나

눠서 다른 방향으로 출발시킨 것도 그렇고 이곳과 멀리 떨어
진 곳에서 합친 것도 그렇습니다. 그다음에 엄청난 속도로
이곳으로 이동하는 것까지요. 창궁검호 낙원제가 이번 행사
에 많은 것을 건 것 같습니다.”
　“많이 걸었겠지. 아니, 모든 것을 걸었다고 해야 하나.”
　“예?”
　“그냥 그런 것이 있다.”
　거력패는 더 이상 묻지 않았다. 만상이 그렇다고 하면 그
런 것이다. 이제 전하라는 말도 다 전했고 이번 사건에 대해
알고 있는 것도 거의 다 말했다.
　“더 물으실 말씀이 없으시면 이만 물러가겠습니다.”
　“고마웠다.”
　“당연히 해야 할 일이었습니다. 곁에 영리하고 발 빠른 놈
하나 남겨 놓겠습니다. 무슨 일이 있으시면 그놈에게 말씀하
십시오.”
　“알았다.”
　“그럼 저는 이만.”
　넙죽 절을 한 거력패는 곧바로 방을 나갔다.
　조용해진 방 안.
　지금까지 위지천의 왼쪽에 서서 묵묵히 듣고만 있던 육정
기가 입을 열었다.
　“어떻게 하실 겁니까?”

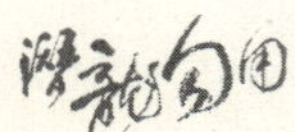

위지천은 대답 대신 시선을 오른쪽으로 돌려 초 원주를 바라보았다.

"어떻게 생각하시오?"

"함정입니다."

기다렸다는 듯 초 원주의 대답이 흘러나왔다.

씨이익!

위지천의 입꼬리가 슬쩍 위로 들렸다.

"보름은 버틸 수 있다고 생각하는 것이겠지?"

"물론입니다."

"그럼 뭐가 있을까?"

"만독곡은 독술과 독진으로 유명한 곳입니다."

역시 기다렸다는 듯 대답이 흘러나온다.

"그 정도는 무림맹도 예상하고 있을 것 같은데."

"지난 삼십 년 동안 외부인은 아무도 들어가지 못한 곳입니다. 그동안 무엇이 바뀌었는지 어떻게 알겠습니까."

"그렇군. 그럼 어떻게 해야 할까?"

"저 같으면 조금 기다려 보겠습니다."

"무림맹과의 결과를 지켜보라는 말이오?"

"그게 좋지 않겠습니까?"

"하긴 그렇군. 그럼 그동안 이곳에서 기다리느니 한 분이나 만나고 옵시다. 만나고 싶지 않은 자들도 많이 오니 말이오."

초 원주의 얼굴이 굳어졌다.

“흑령을 만나실 생각이십니까?”

“자신이 아니면 아무도 건들지 못하게 하겠다는 약속을 어겼으니 한번 만나 봐야 되지 않겠소?”

침투경 때문이든 아니든 간에 곤란에 처하게 한 사람이다. 그런 사람을 다시 만난다고 하니 초 원주로서는 걱정하지 않을 수 없다.

위지천이 빙긋이 웃는다. 자신이 있다는 표시다. 초 원주는 말릴 수 없음을 깨달았다.

“내일 새벽에 출발하는 것으로 하겠습니다.”

고개를 끄덕인 위지천은 육정기에게로 고개를 돌렸다.

“기다리자네요.”

피식!

육정기의 입가에 좀처럼 보기 힘든 미소가 떠올랐다.

“알겠습니다. 유덕 소협에게도 조금 더 기다리라고 전하겠습니다.”

“그냥 앉아서 기다리지만 말고 소담선생에게 가는 정보를 잘라 버리라고 하시오. 유덕이라면 알아서 잘 처리할 것이니 그렇게만 전하면 될 것이오. 아마 소담선생이 많이 답답해 할 것이오.”

“그렇게 전하라 말하겠습니다.”

이른 저녁 엄청난 폭설이 내리기 시작했다. 처음에는 그저

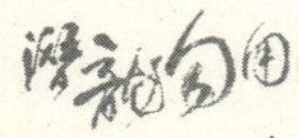

조금 흩뿌리는 정도에 불과했다. 그러던 것이 어느 순간 폭설로 변했고 지금은 발목 높이까지 쌓였다. 그런데도 눈은 여전히 앞이 안 보일 정도로 쏟아진다.

열린 문을 통해 별채 앞에 쌓여 가는 눈을 바라보던 위지천이 고개를 돌렸다.

"도착이 늦어질 것 같구려."

"그럴 것입니다. 아무리 무림인이라도 이런 날씨는 피하고 싶을 테니까요."

잠자는 시간까지도 위지천의 곁을 떠나지 않는 초 원주의 대답에 육정기가 가볍게 고개를 끄덕였다. 한서불침의 경지에 오른 그도 이런 날씨에는 움직이고 싶지 않았던 것이다. 그러나 세상에는 예외인 사람도 있다.

"사우보고 이제 그만 들어오라고 하시오."

"말한다고 듣겠습니까?"

"하긴."

육정기의 대답에 위지천이 고개를 끄덕였다.

구사우는 조혈수를 건네받은 이후 쉬는 시간이 거의 없다. 비가 오나 눈이 오나 축시가 되기 전까지는 언제나 무공 수련을 한다. 그것은 이동 중에도 변함이 없다. 지금도 그는 별채 뒤꼍에서 창과 조혈수를 휘두르고 있다.

도치가 천재성으로 무공을 익힌다고 한다면 구사우는 노력으로 무공을 익힌다. 그래서인지는 모르지만 아직은 어느

모로 보나 도치가 위다. 하지만 머지않아 구사우도 도치의 수준에 도달할 것이다.

하나 도치를 뛰어넘지는 못할 것이다. 도치는 천재이면서도 노력을 게을리하지 않기 때문이다. 그래서 구사우는 자신을 극한의 상태까지 몰아가는 방법을 선택했다.

구사우가 지금도 창과 조혈수를 휘두르는 이유, 구사우는 도치를 넘어서고 싶은 것이다.

그런데 세상에는 구사우처럼 날씨와 관계없이 움직이는 사람이 여럿 있는 모양이다.

"해원대 부대주 남궁현수가 위지가주께 뵙기를 청하오."

별채 밖에서 외친 소리가 커다랗게 들려온다. 눈이 오기 전에 도착했는지 아니면 눈길을 헤치고 왔는지 모르지만 검수 남궁현수는 마을에 도착했고 위지천이 머무는 장소를 찾아왔다.

어찌 보면 간단한 일이다. 하지만 이곳은 남궁세가와 전혀 관련이 없는 지역이다. 그럼에도 이토록 빠르고 정확하게 찾아온 것을 보면 오대세가의 최고가 남궁세가라는 말은 결코 허언이 아니었다.

"들어오시오."

나직한 음성이 별채를 벗어나 입구에 서 있는 남궁현수의 귀에까지 날아갔다.

제법 큰 키에 삼십 대 초반의 잘생긴 얼굴, 거기에 백색 유

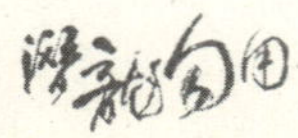

삼까지…….

무공을 익히지 않은 사람이 본다면 여지없이 문사다. 허리에 찬 백색 장검까지도 문사들이 멋으로 찬다는 검처럼 보일 정도다.

하지만 무공을 익힌 사람, 그것도 적이라면 가급적 그의 곁에 가지 않으려 할 것이다. 이 순간에도 그는 잘 벼린 검처럼 보이니 말이다.

이런 상대적인 평가를 받는 그가 바로 검수 남궁현수다. 후기지수 중에서 최고라는 사수도 그를 시작으로 만들어졌고, 역대 최연소 부대주의 자리도 그의 차지였다. 그런데 그런 그의 얼굴이 딱딱하게 굳어 있다.

그가 면담을 요청한 외침은 뭇 짐승이 사자의 울부짖음 앞에서 꼼짝 못 한다는 사자후獅子吼의 공부를 담았다. 그만큼 그의 외침에는 힘이 담겨 있었다.

그런데 돌아오는 음성은 옆 사람에게 말하듯 나직한 말소리다. 그런데 그 소리가 상당한 거리를 날아와 자신의 귀에 꽂혔다.

'역시 십칠존이라는 건가.'

인정하기는 싫지만 그는 자신보다 훨씬 높은 경지에 도달해 있다. 삼환 중의 한 명이자 자신의 조부이며 우상이기도 한 무환武晥 남궁현 할아버지의 말소리가 조금 전에 들려온 음성과 비슷하다는 느낌까지 든다.

‘설마.’

남궁현수는 떠오른 이름을 애써 지웠다. 하지만 여전히 가슴이 무겁다.

‘만나 보면 알겠지.’

남궁현수는 자그마한 문을 손으로 밀었다.

끼이이익!

평소에는 신경도 쓰지 않았을 자그마한 소음까지도 왠지 귀에 거슬린다.

문 안으로 들어선 남궁현수는 제일 먼저 육정기의 살기에 놀랐다.

“검귀 대협을 뵙습니다.”

포권지례를 마치고 고개를 돌리던 남궁현수는 존재감마저 희미한 초 원주의 모습에 다시 한 번 놀랐다.

“십보여의十步如意 초려한 대협께 인사 올립니다.”

비록 자신을 위지세가의 마부라 칭하던 그지만, 그의 위명은 한때 천하를 흔들었다. 조부께서도 십보여의의 비도술만은 상대하고 싶지 않다고 했다. 남궁현수가 초려한에게 가볍게 고개를 숙인 이유다.

이렇듯 두 사람을 향해 연거푸 인사한 남궁현수의 시선이 마지막으로 위지천을 향했다.

‘반박귀진返撲歸眞.’

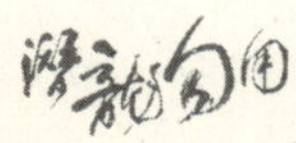

무공을 익히지 않은 것처럼 평범한 위지천의 모습에는 아예 어이가 없었다.

책에서나 보던 경지다. 최고의 경지라는 등봉조극에는 못 미치지만 그래도 이 정도면 천하제일을 외쳐도 누가 뭐라고 할 사람이 없다.

그런데도 위지천은 아직까지 진귀로만 알려져 있다. 자신이 목소리에 놀란 이유도 그것 때문이 아니던가.

남궁현수는 여전히 맞잡고 있는 자신의 두 손을 위로 들어 올렸다.

"천하제일 폭풍세가의 가주이신 진귀 위지천 대협을 뵙습니다."

지금 위지천의 모습은 그가 꿈에서나마 이루고 싶은 경지다. 남궁현수는 그 마음을 인사에 담았다.

정중하지만 비굴하지는 않은 남궁현수의 태도에 위지천의 눈이 반짝였다.

'그릇이 다르군.'

화산의 장천익과 산동악가의 악필이 그를 따른다고 해서 그다지 마음에 두지 않았던 이름이다. 하지만 지금 본 그는 그들과 차원이 달랐다.

우 대주가 새로운 시대의 주인 중 한 명이 될 것이라고 단언했던 화산의 옥허와 사천에서 만난 종남의 운제동 그리고 소림의 자랑인 곤수에 이어 검수까지 눈에 들어왔다.

'도치야, 사우야. 열심히 해야 되겠구나.'

잠시 도치와 사우를 떠올린 위지천은 두 손을 모아 포권의 자세를 취했다.

"위지천이오. 만나서 반갑소."

나이만 놓고 본다면 남궁현수가 연상이니 위지천의 말투는 예의가 아니다. 하지만 무림은 배분과 실력이 우선이다. 가주이다 보니 윗대와 같은 배분이고, 실력 또한 월등히 높으니 남궁현수가 위지천의 말투에 불만을 가질 리 없다.

"반갑게 맞아 주시니 감사합니다."

"이쪽으로."

자신의 옆자리를 권한 위지천은 찻잔을 내준 후 이미 식어 버린 찻주전자를 집어 들었다.

쪼르륵!

찻주전자는 여전히 차다. 하지만 찻잔에 고인 찻물에서는 김이 모락모락 피어오른다. 그렇게 남궁현수의 찻잔을 채워 준 위지천은 자신의 찻잔에도 차를 따랐다. 그의 찻잔에서도 김이 피어오른다.

"눈이 내리는 별채에서 철관음이라. 좋군요."

차를 한 모금 마신 남궁현수의 말에 위지천이 빙긋이 웃는다. 그런 미소를 호감으로 받아들인 것일까. 남궁현수의 입에서 곧바로 본론이 흘러나왔다.

"가주께서도 만독곡 때문에 오셨습니까?"

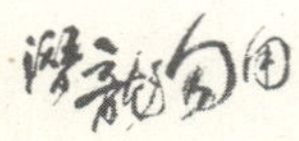

"아니오. 그냥 지나가는 길이오."

"하면 제가 왜 이곳에 왔는지 모르시겠군요."

"대충 들어 알고는 있소."

"그러시군요."

어떻게 아느냐, 어디까지 아느냐 하는 말도 없이 그냥 수긍해 버리는 남궁현수의 태도에 위지천은 또 한 번 피식 웃었다.

"눈이 그치면 가시겠군요?"

"그럴 생각이오."

"가까운 관우묘라도 가서 눈이 오래 오길 기도해야겠습니다."

"그럼 아직 도착하지 못한 사람들에게 원망을 들을 텐데, 그래도 괜찮을지 모르겠소."

"그들이야 가주께서 말씀 안 하시면 어찌 내 기도를 알겠습니까."

"하하. 그런가요?"

"그럼요."

이후 위지천과 남궁현수는 무공의 기초에 대해 이야기를 나누었다. 무슨 거창한 무리나 무공구결 같은 것들은 그들의 대화에 들어 있지도 않았다.

그런데 특이하게도 한 자루 검 같기만 하던 남궁현수의 기세가 시간이 갈수록 조금씩 감춰지고 있었다.

　연방 쌓여 가는 눈과 달리 조금씩 옅어져 가는 남궁현수의 기세가 쏟아지는 폭설 속에서 길을 찾아 나아갔다. 그리고 두 시진 후 남궁현수는 기세를 완전히 감춘 모습으로 자리에서 일어났다.

"오늘의 은혜 잊지 않겠습니다."

"은혜랄 것이 뭐 있겠소. 그저 서로 마음이 닿았다고 생각하시오."

"가주께서는 그리 생각하십시오. 전 은혜라고 생각하겠습니다."

"그럼 그렇게 하시오."

　위지천의 미소를 뒤로하고 남궁현수는 떠났다. 인연이 된다면 다시 볼 것이고, 그렇지 않다면 영원히 만나지 못할 것이다. 그럼에도 위지천은 미련이 남지 않았다. 만나고 헤어지는 것, 모든 것이 다 그렇게 흘러가는 것이기 때문이었다.

"남궁세가의 이름은 다음 대에도 밝겠군."

"암초만 만나지 않으면 그럴 테지요. 잘하면 장래의 무림맹주가 그의 것이 될지도 모르고요. 하나 누구도 폭풍을 막을 수는 없습니다."

　초 원주의 대답에 위지천이 피식 웃는다.

　휘익! 휘리리릭!

　이른 새벽 눈은 그쳤지만 그동안 쌓인 눈은 무릎 높이다.

일반인이라면 집 밖으로 나오지도 않을 것이다. 그런데 그 눈에 희미한 흔적만을 남기며 빠른 속도로 이동하는 무리가 있었다.

"헉헉!"

"은영 십구호, 밀영 이십호. 돌아가라. 만독곡으로 가라."

숨을 몰아쉬는 백색 안개 두 덩어리가 허공 속으로 사라졌다.

"은형 십팔호, 밀영 십구호. 너희들도 가라."

또다시 두 개의 안개 덩어리가 허공으로 사라진다. 이제 따라오는 자들은 없다. 짧게는 이십 년, 길게는 사십 년이 넘게 무공을 익힌 자들이 모두 떨어져 나갔다. 그럼에도 구사우는 여전히 가볍게 따라온다.

"아무래도 주군께서 은밀원의 무공을 손 좀 봐 주셔야 할 것 같습니다."

배시시.

요즘 들어 무척이나 웃음이 많아진 위지천이다. 경공이 빈약함을 한탄한 초 원주의 말에 빙긋이 웃을 정도니 말이다.

이제 온전히 네 명만 남아 언덕을 넘고 개울을 건넜다. 그렇게 한없이 달릴 것 같던 그들이 걸음을 멈춘 곳은 길가에 세워진 자그마한 주막이었다.

"곤수!"

많은 사람들 속에서 사마혁과 운제동 그리고 도관을 쓴 청

년 도인의 모습이 보인다. 아마 그가 새로 별호를 얻었다는 도문 소속의 옥허일 것이다. 그리고 그 뒤로 보이는 이십여 명의 청년들, 이들은 지난밤 무섭게 쏟아지던 폭설을 이곳에서 피했으리라.

"천위지!"

"진귀!"

"위지가주!"

세 사람의 입에서 튀어나온 각기 다른 이름에 모여 있던 자들의 눈이 커진다.

"오래간만이오."

예전과는 정반대의 말투다. 그럼에도 곤수 사마혁은 그 점을 꼬집지 못했다. 아니, 두 손을 맞잡고 고개를 숙였다.

"사마혁, 위지가주께 인사드리오."

앞으로 나서려던 운제동이 멈칫하며 걸음을 멈추었다. 자신이 가장 닮고 싶은 곤수와 가장 만나고 싶었던 사람 사이에 뭔가 사연이 있다는 것을 느꼈기 때문이다.

"당신을 만나고 싶지 않았소."

"이해하오."

"내 칼은 아직도 그날의 분기를 잊지 않고 있소."

"그것도 이해하오."

"만약 칼이 뽑히면 어떻게 할 것이오?"

"가지고 싶지 않은 이름이지만 내 이름 석 자에는 사마라

는 이름이 들어 있소. 버리고 싶다고 버릴 수 있는 것이 아니
더이다."

"당신의 은혜는 갚았다고 생각하오."

"넘칠 만큼 받았소."

"그럼 이제 원怨만 남은 것이니 다음에 만날 때는 이렇게
말로 하지 않을 것이오."

"기꺼이 곤을 세울 것이오."

"소림이라 하여도 내 칼을 멈추게 할 수는 없소."

"본 가와의 일에 소림의 이름이 나올 일은 없을 것이오."

"좋소. 다음에 봅시다."

"편히 가시오."

위지천은 몸을 돌렸다. 그러고는 곧바로 허공으로 날아올
랐다. 그런데 그가 떠난 자리에는 아무런 흔적도 남아 있지
않았다.

사마혁은 그때서야 위지천이 지금까지 눈 위에 서 있었고,
경공 또한 무탄력으로 시전했다는 사실을 알게 되었다.

"하아!"

짙은 한숨이 그의 입에서 흘러나왔다.

위지천은 그리 멀지 않은 곳에서 걸음을 멈추었다.

"왜 그냥 두셨습니까?"

"초 할아범."

가주가 아닌 위지천으로서의 부름이다. 본가에 다시 들어왔을 때 들어 본 이후 처음이다. 좋지 않을 리 없었다.

"말씀하시지요."

"죽이지 않고 해결할 수 없을까?"

"살려 주고 싶으십니까?"

"마음이 곧은 사람이야. 정도 있고……."

지금 본가에 도착해 있는 사마소려, 주모가 될지도 모르는 분에 대한 배려도 그 안에 들어 있다는 것을 모를 초 원주가 아니다. 하지만 그 사실은 굳이 밝힐 필요가 없었다.

"소림의 배움은 깊고도 깊지요."

위지천은 말없이 고개를 끄덕였다. 그런 위지천을 잠시 쳐다본 초 원주가 다시 입을 열었다.

"가법은 지켜져야 합니다."

"그걸 내가 어찌 모르겠소."

"하지만 가법에도 정은 있지요."

하늘을 향하던 위지천의 시선이 초 원주에게 돌아갔다.

"사마에는 세 개의 각이 있으나 하나의 각은 이미 소멸하였습니다. 해서 남은 각은 두 개. 하지만 하나의 각은 세가를 지키는 담에 불과하니 그들의 무력은 하나의 각, 즉 천각만 남았다고 할 것입니다."

"그렇다고 볼 수 있지."

"그들의 죽음과 전 가주와 현 가주 그리고 소가주의 내공이라면 집법원에서도 주군의 뜻을 받아들일 것입니다.”

사마세가를 대장군부 시절로 되돌린다는 말이다. 아니, 어찌 보면 그때보다 못한 수준이다.

“천각과 세 명의 내공이라. 받아들이기 쉽지 않겠군.”

“그럴 것입니다. 아예 사마를 내놓으려 할지 모르지요. 하나 그러면 모두 죽습니다. 곤수도 물론 피해 갈 수 없고요. 천하는 넓지만 가주가 서 있는 폭풍은 천하를 날려 버릴 수 있습니다.”

광오하다. 하지만 호법 한 명이 구대문파를 넘어서는 위지세가다. 그 누가 있어 초 원주에게 지금의 말이 틀렸다고 하겠는가!

“만독곡과 소담선생의 일이 끝나면 사마세가로 갈 것이오. 늦어도 한 달이면 될 것이니 사마혁에게도 알려 주시오.”

“마을에 도착하는 대로 하오문을 통해 알리겠습니다.”

“그렇게 하시오. 이제 그만 갑시다.”

육정기를 선두로 한 움직임이 다시 시작되었다.

숭산과 그리 멀리 떨어지지 않은 평정산 자락에 있는 운가촌.

총 삼십여 가구가 사는 자그마한 산골 마을이다. 산에서의 삶이야 다 비슷한 것이지만 이곳은 다른 곳과 달리 평화롭다. 숭산의 장삼 자락이 넓고도 크다는 것이 절로 실감이 난다.

그런 산골의 계곡 한쪽에 위지천과 흑령이 앉아 있다.

타닥! 타다닥!

모닥불 위에는 커다란 산돼지가 익어 가고 주위에는 술병이 가득하다. 멀리서 두 사람을 내려다보는 세 사람만 없다면 정다운 사람끼리 이야기를 나누는 흥겨운 장소처럼 보일 정도다.

"내가 이쪽으로 오는 것은 어찌 알았느냐?"

"바람이 전해 주더이다."

"폭풍이 이제 바람까지 안았느냐?"

"바람이야 원래 폭풍에 속한 것 아니겠습니까."

"하긴 그렇군. 그나저나 미안하다."

사과치고는 참 허술하다. 하지만 위지천은 그 마음을 받아들였다. 그는 진심으로 막으려 했다는 것을 알고 있었기 때문이다.

"그럴 수도 있지요."

"이해해 주니 고맙다. 그럼 이제 그런 쓸데없는 이야기는 그만하고 나를 찾아온 까닭이나 들어 보지. 아무런 이유도 없이 이곳까지 오지는 않았을 것이니 말이야."

콸콸콸!

술병을 들어 반쯤 남은 술을 목구멍에 부어 버린 위지천이 빈 술병을 바닥에 내려놓았다. 잔에 따라 조금씩 마시던 평소의 음주와는 완전히 다른 방식이다. 그렇게 술을 내려놓은 위지천은 메고 있던 현호도를 뽑아 바닥에 꽂았다.

푸욱!

"십마를 지우려 합니다."

"허허!"

천하를 아우르는 십마다. 그런데 아직 서른도 되지 않은 청년이 자신들, 아니 천하와 맞서려 한다니 웃음이 절로 나온다.

"십마의 몇이나 안다고 그런 소리를 하느냐?"

"아홉을 압니다."

일공은 자신도 모르니 위지천이 알 리 없다. 그렇다면 자신처럼 일공을 제외한 나머지 모두를 안다는 말이다. 놀라움이 일지 않을 수 없다. 하지만 흑령은 그런 것을 나타낼 만큼 경험이 일천하지 않았다.

"그것이 전부가 아니다."

"알고 있습니다. 어쩌면 천하를 상대해야 할지도 모르지요. 아니, 천하를 상대해야겠지요."

"그런데도 하겠다는 것이냐?"

"폭풍의 율법은 침범하는 자를 용서하지 않습니다. 십마는 본 가를 넘보지 않았어야 했습니다."

"자신은 있고?"

"글쎄요. 무림은 깊고도 깊은 숲이니 그 안에는 나를 넘어서는 자도 있을 것입니다. 하지만 내 의지는 그것을 덮고도 남음이 있지요.”

“심위천하心威天下.”

흑령의 표정이 처음으로 변했다. 무공을 익히지 않은 사람처럼 평범한 모습으로 나타났을 때 이미 어느 정도는 짐작했다. 하지만 마음으로 천하를 위협하는 수준에 올랐을 것이라고는 생각도 못 했다.

“십마 전부를 적으로 삼을 생각이냐?”

“전부는 아닙니다.”

“그럼 어떻게 할 생각이냐?”

“일부는 같이 갈 생각입니다.”

“혹 지금 그 생각에 동참한 사람도 있느냐?”

“그것은 말씀드릴 수 없습니다. 다만 십마 중에는 분명 내 뜻을 따를 사람이 있을 것입니다.”

흑령은 잠시 위지천을 쳐다보더니 천천히 술병을 기울였다.

꿀꺽!

“그것이 또 다른 십마가 될 것이라고는 생각하지 않느냐?”

술병을 내려놓은 흑령의 말에 위지천은 사뭇 당황했다. 그 점은 생각지도 못했기 때문이다. 하나 이미 뜻을 세웠으니 뒤로 물러설 수는 없었다.

“그럴 수도 있을 것입니다. 하지만 그것이 또 다른 십마가 되더라도 지금과는 완전히 다를 것입니다. 폭풍은 군림을 원

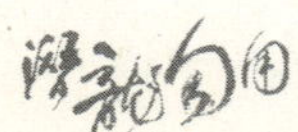

하지 않습니다.”

권력은 나누어 가질 수 없다는 속성을 모르는 치기 어린 대답이다. 그런데 그 대답이 싫지가 않았다. 아니, 오히려 기대가 되었다.

“하하하하!”

흑령은 한동안 그렇게 환하게 웃었다. 그러고는 들고 있던 술병을 던져 버리고 자리에서 일어났다.

“후일을 기약했던 후삼식 이십칠초를 겨뤄 보자. 그것만 받아 낸다면 너의 십마련의 한자리는 내 것이 될 것이다.”

혈야향과 같은 길을 가겠다는 말이다. 천하제일을 논하는 그의 말이고 보면 결코 단순하게 해석할 수 없다. 지금이라도 그가 부르면 최소 수십은 달려올 것이니 말이다.

피식!

엷은 미소를 지은 위지천이 자리에서 일어났다.

“만약 패하시면 어떻게 하시겠습니까?”

“그럼 바짓가랑이라도 붙잡아야지. 일공을 떠난 나에게 가장 안전한 곳은 네 품이 될 테니 말이다.”

“하긴 그렇네요.”

쑤욱!

위지천은 땅속에 박혀 있는 현호도를 뽑아 들었다. 그러자 흑령도 기다렸다는 듯 자신의 검을 뽑았다.

차앙!

파무破武! 투박한 철검의 이름치고는 사납다. 하지만 누구도 그 이름이 이상하다 생각하지 않는다. 그것이 흑령이 가진 힘이었다.

"간다."

겨우 일 장, 근신공박을 한다고 해도 남을 거리다. 그런데 그런 곳에서 검을 휘두르니 그야말로 순식간에 칼날이 눈앞으로 다가온다.

휘익!

현호도가 칼날을 곧추세워 파무를 맞이한다.

카앙!

칼날이 부딪치는 소리치고는 너무 크다. 파무에 그만한 힘이 실렸다는 것이다. 그럼에도 현호도는 철벽처럼 굳게 자리를 지키고 있다.

휘리릭!

파무가 현호도를 돌아 다시금 위지천의 목을 노린다. 후삼식의 일 초식, 회回의 묘리가 담긴 상보벽산上步劈山이다. 현호도가 위치한 곳은 목과 겨우 팔 촌의 거리에 불과하다. 그런데 그 거리를 돌아서 나오니 순식간에 오 촌의 거리가 좁아진다.

위지천이 움직인 때가 그 순간이었다. 왼발을 앞으로 내밀며 흑령의 팔꿈치 안쪽으로 파고든 위지천의 손이 정면을 향해 뻗어 나간다.

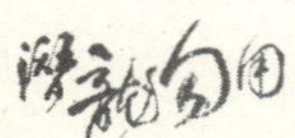

슈슉!

파무는 이미 목표를 잃어버렸고 현호도는 흑령의 가슴을 향하고 있다. 흑령으로서는 참으로 곤란한 상황이 아닐 수 없다.

하나 천하제일이라 불리는 흑령이다.

스르륵!

미끄러지듯 좌로 회전한 흑령의 손에서 파무가 또 한 번 회전을 한다. 동그란 원을 그리는가 싶더니 어느새 원의 중심을 향해 나아간다.

또다시 목을 향하는 것으로 봐서는 처음과 똑같은 상보벽산이다. 하지만 지금의 상보벽산은 조금 전과는 완전히 달랐다. 흑령의 심득이 실린 변초라는 얘기다.

푸르르르!

파무가 살아 있는 것처럼 칼끝이 요동친다.

순식간에 뒤를 잡힌 위지천, 거기에 파무가 노리는 것이 어디인지도 확실하지 않다.

목인가 싶으면 가슴으로 바뀌고, 가슴인가 싶으면 어느새 어깨로 향한다. 이제 눈 한번 깜박일 시간이면 파무가 몸을 헤집을 것이다. 그런데도 위지천의 행동에는 다급함이 보이지 않는다.

흑령은 고수다. 아니, 초인이라 불린다. 그런 그가 보이지 않는다고 느끼지 못할 리 없다.

‘무슨 속셈이지?’

움직이지 않으니 오히려 더 이상하다. 하나 파무를 멈출 생각은 없다. 기회란 자주 오는 것이 아니기 때문이다.

스팟!

파무에 힘을 실었다. 그리고 어깨를 향해 쭉 뻗었다. 이대로 목숨을 거두기에는 그의 마음이 허락하지 않았던 것이다.

‘뚫었다.’

아니다. 감촉이 느껴지지 않았다.

사르르르!

파무가 뚫은 위지천의 신형이 바람에 흩어지듯 사라졌다.

“이형환위移形換位!”

흑령은 놀란 눈으로 이 장 정도 떨어진 곳에서 현호도를 늘어트리고 있는 위지천을 바라본다. 굳이 의식하지 않아도 자연스럽게 기가 느껴지는 경지에 오른 지 십 년이 다 되어 간다. 아무리 이형환위라도 상대하지 못할 리 없다.

하나 그것은 미리 예상하고 있는 경우에 해당되는 말이다. 조금 전처럼 아무것도 모르는 상태에서 그가 자신의 곁으로 이동했다면 그리고 도를 휘둘렀다면……. 막기는 막았을 것이다. 하지만 상당한 피해를 입었을 것이고 결국 양패구상 내지는 자신의 패배로 끝났을 것이다.

철컥!

흑령은 검을 거두었다. 더 이상 파무를 휘두르는 것은 자

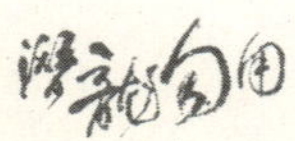

존심이 허락하지 않았다.

"졌다."

"이제 겨우 일 초 이 변식을 구경했을 뿐입니다. 그리고
선배께서는 모든 것을 다 사용하지도 않으셨습니다."

수水는 물론이고 토土의 기운까지 공空으로 만들어 버리던
멸滅의 내공을 말하는 것이다. 하지만 흑령은 고개를 가로저
었다.

"이미 결정 난 승부다. 더 이상 검을 휘두르는 것은 구차
한 짓이야. 또 너와 같이 죽고 싶은 생각도 없고. 그러니 그
만하자."

위지천은 피식 웃으며 현호도를 거두었다.

"그럼 이제 저와 같이하시는 겁니다."

"졌으니 별수 없지 않느냐. 하지만 너무 큰 기대는 하지
마라. 혼자인 내가 도와줄 수 있는 일은 그리 많지 않다."

"알고 있습니다. 흑령께서는 뒤에서 음모를 꾸미는 놈들
만 막아 주십시오."

"음모나 막아라. 아예 나를 뒷방 늙은이 취급하는구나."

"하하, 그런가요. 아무튼 뒤는 선배께 맡기겠습니다."

"걱정 마라. 이번에는 약속을 어기는 일이 없을 것이다."

역시 흑령은 약속을 지키지 못한 것을 가슴에 담고 있었다.

위지천은 다시 한 번 피식 웃어 보였다.

"멋지구나."

“무엇이요?”

“지금의 네 웃음 말이다. 예전의 너는 어딘지 모르게 경직되어 있었거든. 그런데 지금은 아주 여유롭다. 반박귀진에 올랐기 때문만은 아닌 것 같은데 아무튼 지금의 네 모습 보기 좋다.”

씨이익!

위지천의 웃음이 더욱 진해졌다.

흑령이 피식 웃더니 바닥에 놓여 있는 술병 중에 하나를 집어 들고는 몸을 돌렸다.

“만독곡의 만형살진萬形殺陳을 조심해라.”

그 말을 끝으로 흑령은 돌아갔다. 위지천이 어디를 목표로 하는지 아는 것이다.

“낙원제가 고생 좀 하겠습니다.”

어느새 곁으로 돌아온 초 원주의 말에 위지천은 고개를 끄덕였다.

“그래도 가실 것입니까?”

“어차피 가야 할 길이오. 그리고 흑령께서 조심하라는 것이 뭔지 보고 싶기도 하고…….”

위지천은 만형살진에 대해 어느 정도는 안다. 독과 살상무기가 진법과 어울려 최고를 이루었다는 살진. 만들어진 이래 아무도 뚫지 못했고 들어간 자들은 모두 시체가 되었다고 했다. 하지만 그것이 전부였다. 위지천은 그 실체를 보고 싶었다.
 ‘뭔가 얻는 것이 있을지도…….’
 연상곡에서의 깨달음. 위지천은 그것을 다시 느껴 보고 싶은 것이다. 위지천의 눈빛이 진지해졌다.

지나친 조심성이라는 마가 끼지

백유림과 오 리 정도 떨어진 관도 입구.

또각또각!

당나귀를 탄 채 주위를 둘러보며 천천히 움직이는 사내가 관도를 벗어나 백유림으로 가는 길에 들어섰다.

그 사내의 이름은 사칠±七! 사씨 집안의 일곱 번째 아들이다.

사실 시골에서 농사나 짓던 집안에서 태어났으니 사씨 집안이랄 것도 없다. 하나 그는 천자문을 어깨너머로 배울 정도로 영리했다. 그러다 보니 가끔 남의 편지를 대신 써 주었고 결국 그것이 직업이 되었다.

그런 그에게 행운이 찾아온 것은 스물다섯 살 되던 해. 그러니까 지금으로부터 십사 년 전이다. 그의 손님이던 기녀를 통해 황궁에 물건을 납품하는 제웅상회에 들어가게 되었고, 들어간 지 보름 만에 삼급 서기, 일 년 후에는 일급 서기가 되었다.

환관이 주요 고객이다 보니 황궁의 정보에 밝았고, 그렇게 얻은 정보를 한 곳에 전해 주면 곧바로 돈이 되어 돌아왔다. 한 달 녹봉 여섯 냥은 그야말로 당과 값에 불과했다.

그런 그가 장안을 떠나 굳이 이곳 산동까지 오게 된 것은 노름에 손을 대서다. 처음 얼마간은 조금씩이나마 땄었다. 그런데 어느 순간 갑자기 잃기 시작하더니 지금은 두 채의 장원까지 모두 잡힌 상태다.

하지만 걱정은 하지 않았다. 지금 손에 쥔 정보만 넘겨주면 잡힌 두 채를 찾는 것은 물론이고 한 채의 장원도 더 살 수 있을 것이다. 그렇기에 일 년에 겨우 한 번이나 주는 휴가를 얻어 이곳까지 온 것이지만 말이다.

"라라라라라!"

기분이 좋으니 콧노래가 절로 나온다. 다시는 노름 같은 것 안 하겠다는 다짐도 한다. 하나 그것이 이루어질지는 하늘도 모르는 일이다. 아무튼 한껏 기분이 올라선 사칠은 당나귀의 고삐를 말아 쥐었다.

말이 아닌 당나귀이다 보니 빨리 달린다고 해도 지금과 별반 차이가 없을 것이지만 그래도 조금이나마 빨리 도착하고

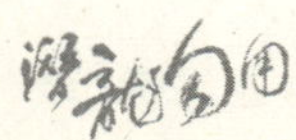

싶었던 것이다.

"이랴."

따닥따닥!

말발굽 소리와 비교할 수는 없지만 그래도 제법 괜찮은 소리가 들려온다.

바람이 얼굴을 스친…….

"어어!"

바람이 불지 않았다. 혼자서만 달려가는 당나귀가 보였다. 잘린 고삐와 함께 허공에 뜬 자신의 두 다리가 보였다. 그리고 멱살을 잡은 손도 보였다.

"커억!"

옷깃을 움켜쥔 것만으로 자신을 공중으로 띄운 사내가 그의 눈앞에 나타났다. 육 척은 되어 보이는 키에 흉갑까지 찬 모습이 영락없이 장수다.

"사칠!"

아니라고 해야 한다는 생각이 뇌리를 스친다. 하나 그의 입에서 나온 말은 생각과는 전혀 다른 대답이었다.

"웬 놈이냐?"

힘을 가진 환관을 상대하면서 부을 대로 부은 간이 오늘도 쓸데없는 짓을 해 버렸다.

"맞나 보군."

쑤욱!

옷깃을 헤치고 들어온 손이 자그마한 봉서를 꺼내 든다.

"안 된다, 이놈아! 그것은 안 된다!"

봉서를 쥔 사내의 눈이 싸늘해지는 것이 느껴진다. 그리고 그것이 그가 본 마지막이었다.

우두둑!

목이 부러진 사칠이 축 늘어졌다.

"너는 이것을 유덕 공자에게 전해 주고 다른 대원은 흔적을 지워라."

사칠의 시체와 뺏은 봉서를 뒤따르는 두 명의 대원에게 각각 넘긴 우 대주의 표정이 그리 밝지만은 않다. 무공도 모르는 자를 죽였기 때문이다. 하지만 어쩔 수 없는 일이었다.

"미안하다."

그것으로 끝이었다. 세가를 위해서라면 무슨 일이든지 할 수 있는 그에게 한 사람의 죽음은 그리 오래 가슴에 머물지 못했다.

"다음은 누구냐?"

"혈사련의 목오대입니다."

목오대目烏隊!

평범한 삶을 가장한 채 살아가는 혈사련의 눈과 귀다. 각지에 퍼져 있는 탓에 숫자는 짐작도 할 수 없고, 정체 또한 움직이기 전에는 알아채기 힘들 정도다. 하지만 그들을 노리는 자가 밀문이었다.

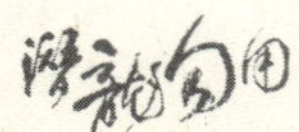

“몇 명이나 온다고 하더냐?”

“동평과 녕양 그리고 곡부에서 각각 한 명씩 움직였다고 합니다.”

“도착 시간이 다르겠군.”

“예, 대주.”

“동평 쪽은 지금처럼 철기맹에 맡기고 녕양과 곡부 쪽은 우리가 맡는다.”

“도치 공자께서 또 뺀다고 싫어하지 않겠습니까?”

“이런 일은 우리들이 맡아서 하는 것이 좋다. 유덕 공자께서도 인정한 일이니 도치 공자의 일은 유덕 공자께서 알아서 할 것이다. 모두 정리했으면 그만 이동하자.”

이미 여덟을 잡아낸 폭풍삼대가 또 다른 먹이를 찾아 이동하고 있었다.

슈슝! 슈슝!

이십여 대의 화살이 엄청난 속도로 바람을 가른다.

타닥! 타다다닥!

절대 막을 수 없을 것이라 생각했던 화살들이 검과 창에 막혀 힘없이 옆으로 튕겨 난다. 하지만 검과 창의 궤적 밖을 벗어난 화살은 본래의 의도대로 허공을 뚫었다.

퍼억!

찌이익!

"크윽!"

신음 소리와 함께 두 명의 은밀대원이 모습을 드러냈다.

"이제 그만 물러나게 하시오. 더 이상은 무리요."

초 원주의 얼굴이 붉어졌다. 걱정하지 않아도 된다면서 은밀대원을 이곳까지 데려온 사람이 그였기 때문이다.

─모두 처음 들어온 장소로 돌아가 명령을 기다려라.

─예, 원주.

스르르륵.

듣기 힘들 정도로 미약한 소리를 내며 사라지는 은밀대원들의 기척을 느끼던 초 원주의 시선이 상처 하나 없이 굳건한 자세로 서 있는 구사우에게 향했다.

'역시 주군의 도움을 받아야 돼.'

초 원주의 결심이 점점 더 굳어지고 있었다.

그런 마음을 아는지 모르는지 위지천은 무심한 눈으로 주변을 둘러보고 있었다.

'운무진雲霧陣과 미로진迷路陣을 섞은 후 부족한 부분을 기관 장치로 메운다. 누가 생각해 낸 것인지 모르지만 정말 기막히군.'

참으로 뛰어난 살진이다. 그런데 더욱 기가 막힌 것은 이제 초입에 불과하다는 것이다. 본격적으로 살진이 시작되는

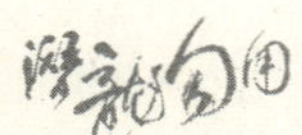

지금부터는 또 어떤 기묘한 배치를 보게 될지 자못 궁금하기까지 하다.

"이제 안으로 들어가면 하늘도 보이지 않을 것이오. 그러니 모두 조심하시오. 자, 가 봅시다."

위지천이 걸음을 옮기자 구사우가 그 뒤를 따르고 초 원주가 다음에 서며 육정기가 제일 뒤를 맡는다.

사르르륵.

또다시 안개가 그들을 가로막는다. 하지만 이미 경험해 본 운무진인지라 위지천이 발자국을 만들면 일행은 한 치도 어긋남 없이 발자국을 따라 걷는다. 한참 그렇게 걷던 위지천이 걸음을 멈추었다.

'이상하군.'

이 정도쯤 왔으면 독진이든 기관 장치든 무언가 공격이 있어야 했다. 그런데 아무런 시도도 느껴지지 않으니 계속해서 나아가기가 꺼려졌다. 물론 혼자라면 어떤 어려움도 능히 헤쳐 나갈 자신이 있었다.

하지만 자신은 혼자가 아니었다. 그렇다고 이제 와서 돌아가라고 할 수도 없다. 진법을 모르는 자가 돌아가기에는 너무 깊게 들어왔기 때문이다.

'별수 없군.'

위지천은 선 채로 기감을 펼쳤다. 지난번처럼 통증으로 고생한다면 크나큰 위험이 될 수도 있겠지만 현재의 상태에서는 다른 방법이 없었다. 무리하지만 않으면 참을 만했던 경험도 이런 결정을 내리는 데 도움이 되긴 했지만 말이다.

인중에서 한 마리의 용이 창공을 향해 날아올랐다.

'독진毒陣.'

제일 먼저 느껴지는 것은 꽤 먼 거리에 있는 뱀이었다. 운무진에 들어서면 본능적으로 긴장하게 된다. 하지만 오랜 시간 아무런 일도 발생하지 않으면 긴장은 풀어지고 정신은 해이해진다.

그때를 이용해 독사로 공격을 한다. 다시 또 느끼는 거지만 참으로 절묘하다. 왜 만 가지 형태의 살진이라고 이름 붙였는지 알 수 있을 것 같다. 사람의 심리에 맞추어 진법을 추가하고 변화시킨 진법, 참으로 획기적이다.

'으윽!'

기감을 거두어들이자 역시 통증이 느껴진다.

하지만 넓게 펼치지 않아서 그런지 이내 통증이 사라진다. 이 정도면 참을 만하다. 아니, 별로 불편함이 느껴지지 않는다.

'좋아.'

몸도 정상이고 진법의 본질도 꿰뚫었다. 거기에 일행들은 믿을 만하다. 그렇다면 거칠 것이 있을 리 없었다.

"갑시다."

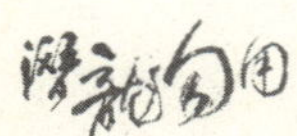

위지천의 움직임이 빨라졌다.

슈슈슉!

희뿌연 하늘 속에서 화살과 비수는 물론이고 혈적사와 철질려에 투개정까지 쏟아진다. 그야말로 암기란 암기는 모두 다 이곳에 있는 것 같다.

하지만 그것을 막는 자들도 평범하지는 않다. 암기가 날아들자마자 방패를 든 자들이 앞으로 튀어 나가더니 곧바로 원형진을 형성해 암기를 막아 내고 있었기 때문이다.

티딩! 타다다닥!

수많은 암기들이 방패에 꽂히거나 튕겨 난다. 하나 암기는 종류도 많고 빨랐으며 숫자도 많았다. 방패 사이를 비집고 들어간 암기들이 사람들의 몸에 꽂혔다.

"커헉!"

"끄아아악!"

무릇 살아 있는 것들은 그리 쉽게 생명이 끊어지지 않는다. 그런데도 암기에 맞은 자들은 거품을 뿜거나 검붉은 피를 흘리며 순식간에 목숨을 잃었다.

독毒, 그것도 아주 극악한 독이 분명했다. 그럼에도 원형진 안에 몸을 숨긴 채 검이나 도를 이용해 암기를 막고 있는 자들은 그다지 동요하는 기색이 없다. 하긴 열흘이 넘게 만형살진을 헤매고 있으니 그럴 만도 했다.

아무튼 그렇게 한참 날아오던 암기가 뚝 끊기자, 방패 뒤에 몸을 숨기고 있는 자들이 그제야 몸을 일으켰다.

"이번에는 여섯인가?"

"그런 것 같습니다."

창궁검호 낙원제의 말에 삼절옥수 수지한이 고개를 숙였다.

무림맹 진법전주 삼절옥수三絶玉手 수지한!

검과 진법, 그림에 뛰어나다 하여 삼절三絶이요, 손이 옥처럼 곱다 해서 옥수玉手다. 무림맹이 생긴 이래 각 전의 전주는 구대문파의 수장과 비슷한 대우를 받는다. 그럼에도 수지한은 몸을 숙이고 있었다. 그는 처세까지 능한 사절四絶이었던 것이다.

아무튼 그런 대답을 당연하다는 듯 받아넘긴 낙원제는 바닥이 보이지도 않을 정도로 널려 있는 암기를 보며 고개를 설레설레 흔들었다.

"정말 징그럽군."

"그러게 말입니다."

"이제 끝난 것 같으니 다시 가 보세."

수지한의 눈빛이 흔들렸다. 일행이 처음 죽었을 때만 해도 무척이나 슬퍼했던 낙원제다. 그런데 이제는 시체조차 묻어주지 않은 채 출발을 종용하고 있다. 물론 일주일이나 살진을 헤매고 있으니 피곤하기도 할 것이다. 하지만 이것은 아니라는 생각이 들었다.

하나 수지한은 아무런 말도 하지 못했다. 특출한 배경도 없이 실력과 처세로만 전주의 자리에 오른 그이다 보니 총사의 자리가 확실한 낙원제의 명을 어기기 어려웠던 것이다.

"그렇게 하시지요."

수지한은 대답과 함께 걸음을 내디뎠다.

철컥!

무언가 눌리는 소리가 발밑에서 미약하게 들려온다. 제갈 총사가 있을 때에야 이인자에 불과했지만 지금은 누가 뭐라든 진법과 기관 장치의 일인자다. 그런 그가 지금의 소리를 모를 리 없다.

"모두 모여라."

방패가 펼쳐지며 또다시 원형진을 이루었다.

그때였다.

휘리릭!

어디선가 날아온 모래가 모여 있는 자들의 머리 위로 떨어졌다.

치직. 치지직.

"끄아악!"

"끄아아악!"

"귀왕령鬼王靈이다."

수지한의 얼굴이 노랗게 변했다. 지금까지의 암기야 인정해 줄 수 있다. 각 문파의 비기가 섞인 암기라 해도 철 다루는 능력만 뛰어나다면 충분히 만들어 낼 수 있는 것들이었기 때문이다. 하지만 귀왕령은 달랐다.

귀신의 왕이라는 이름을 가진 당문의 절대 비기. 당문에서조차 다룰 수 있는 사람이 채 열 명도 안 된다. 그런데 그런 물건이 다른 곳도 아닌 당문과 절대 공존할 수 없는 만독곡에서 날리고 있으니 믿을 수가 없었던 것이다.

"바람의 반대쪽으로 움직여라. 격공장으로 날려라. 삼 장 밖으로 물러나라."

낙원제의 음성이 크다. 하나 그렇게 쉽게 막을 수 있는 것이었으면 당문의 절대 비기가 되지도 못했다.

쿠웅! 털썩!

바닥에 쓰러지는 자들이 하나둘씩 늘어나더니 어느새 절반이 넘는 숫자가 목숨을 잃었다. 하지만 아직도 십여 명이 비명을 지르며 피를 토해 내고 있다.

"끄아아아악!"

당문이라고 해도 몇몇을 제외하고는 감히 해독할 엄두도 못 내는 것이 귀왕령이다. 그렇기에 당문 사람들도 귀왕령을 사용하기 위해서는 사슴 가죽으로 만든 장갑을 낀다. 그런데 지금은 당문도 모두 본가로 돌아가 버린 상태다. 저들을 살릴 길은 없었다.

딸각! 슈아아아악!

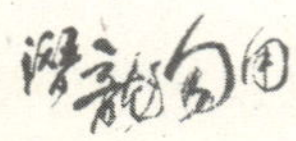

쾌자결快字訣의 매화낙섬梅花落暹에 이은 변자결變字訣의 매화빈분梅花頻紛이 허공을 베어 갔다. 그리고 고통에 힘겨워 하던 자들이 가슴을 움켜쥔 채 짚으로 만든 허수아비처럼 힘없이 쓰러졌다.

털썩!

어차피 살릴 수 없는 자들이니 고통을 덜어 주는 것이 나쁘다고 할 수는 없다. 하지만 한 번의 칼질로 십여 명의 심장을 베어 버린 솜씨나, 그런 손 속을 펼치고서도 무심한 시선으로 시신을 바라보는 행동은 이제 일행에게 두려움까지 느끼게 한다.

그와는 좀 대조적으로 낙원제의 도움을 받아 겨우 생명을 유지한 수지한은 살아남은 자들의 숫자에 절망했다.

'남은 자가 고작 마흔한 명이라니…….'

처음 들어섰을 때만 해도 백삼십이 넘는 숫자였다. 그런데 이제는 처음의 삼분의 일도 안 되는 숫자로 변해 버렸으니 그럴 만도 했다.

절망에 빠지기는 낙원제도 마찬가지였다. 그런데 문제는 돌아갈 수 없다는 것이었다. 이대로 돌아간다면 제독동창의 도움을 받는다고 해도 총사 자리에 앉을 수 없을 것이기 때문이었다. 총사를 넘어 무림맹주까지 바라보는 그로서는 절대 선택할 수 없는 일이었다.

"수 전주, 갑시다."

수지한은 억지로 몸을 일으켰다. 그에게 포기는 곧 추락을 의미하는 것이었기 때문이다.

우우웅!
위지천의 손끝에 모인 귀왕령이 환한 빛과 함께 사라진다.
"정말이지 지독하군."
"그러게 말입니다. 그런데 저들이 어떻게 귀왕령을 구했을까요?"
"초 원주, 혹시 독안신수라고 아십니까?"
"당문의 자랑이었다가 스스로 몰락의 길을 걸은 그를 어찌 모르겠습니까."
"그럼 그가 독안노조와 동일 인물이라는 것도 아십니까?"
"그게 사실입니까?"
"그렇습니다. 사실 그는……."
위지천의 이야기는 그렇게 시작되었다.
독안신수獨眼神手 당초기!
전 가주인 독수화편毒手華編 당수염의 사숙으로, 천하에 만들지 못할 것이 없다 해서 신의 손이라 이름 붙여진 자다. 하지만 그는 쇠를 벗어나고 싶어 했다. 그래서 그는 독초와 독물에 손을 대기 시작했다.

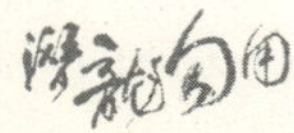

그의 손에서 수많은 독이 만들어졌다. 당문의 역사를 새로 썼다고 해도 과언이 아닐 만큼 그의 공은 컸다. 하지만 수많은 독초와 독물은 그의 정신을 피폐하게 만들었고 결국 당문의 한 축이던 독수대를 한 줌 재로 만들며 막을 내렸다. 당문의 역사 속에서 사라진 것이다.

그렇게 사람들은 모두 그가 죽은 것으로 알았다. 당문에서 세상에 그렇게 알렸기 때문이다. 하지만 그는 죽은 것이 아니었다. 그는 독수대를 뚫고 세상에 나왔고 독안노조獨眼老祖라는 이름으로 강호를 활보했다.

그럼에도 당문은 그를 막아서지 못했다. 그만큼 그가 무서웠던 것이다. 그는 먹고 싶으면 아무 곳에나 들어가서 먹었고 자고 싶으면 천하가 모두 그의 집이었다. 하지만 그런 악행이 오래갈 리 없었다.

일 년도 되지 않아 그를 죽이기 위한 척살대가 조직되었고 결국 그는 신강으로 도망갔다. 이백여 명이나 되는 자들이 모였음에도 그를 죽이지 못했다는 것만 봐도 그의 실력이 어느 정도인지 짐작이 갈 것이다. 아무튼 그는 그렇게 사람들의 뇌리 속에서 사라졌다.

그런데 그는 그대로 사라진 것이 아니었다. 신강으로 도망간 후 몸을 추스르며 한 명의 제자를 가르치기 시작했고 이십 년 후 제자에게 복수를 부탁하며 숨을 거두었다. 그리고 그 제자는 지금 독마군毒魔君이라는 이름으로 만독곡의 장로가 되어 있다.

위지천의 이야기가 모두 끝나자 구사우가 의아한 표정으로 질문을 던졌다.

"그런 사실이 어떻게 지금까지 감춰질 수 있었지요?"

"강호에서 독마군을 아는 사람은 없다."

"강호행을 하지 않은 건가요?"

위지천은 고개를 가로저었다.

"그의 강호행은 꽤 많았다. 그는 스승의 복수를 했거든. 사실 만독곡의 악명은 거의 그가 저질렀다고 해도 과언이 아니다."

"그런데 어찌……."

말을 하던 구사우의 눈이 커졌다.

"혹시 모두 죽인 건가요?"

위지천은 고개를 끄덕였다.

"그는 손을 쓰면 한 명도 살려 주지 않았다."

"역시 그렇군요. 그런데 대형께서는 어떻게 그런 사실을 알고 계시는 거죠?"

"밀문의 특급 문서는 수준이 높더구나."

밀문을 통해 알았다는 말이다. 구사우는 '그렇구나.' 하는 표정을 짓더니 이내 전방으로 시선을 돌렸다. 당문을 공적으로 몰아갈 수 있는 이야기를 듣고서도 별 관심이 없는 구사우의 순수함에 위지천이 피식 웃었다.

'그래, 너는 계략 같은 것 알 필요 없다. 무를 향해 올곧게 가거라.'

꼬르륵!

구사우가 머쓱한 표정으로 머리를 긁적인다.

위지천의 웃음이 더욱 진해졌다.

"그래, 거의 다 왔으니 이곳에서 배를 채우고 출발하자."

"예, 대형."

구사우는 서둘러 자신이 메고 있는 보따리를 풀었다.

잠시 후 육포와 물로 배를 채운 위지천 일행은 다시 걷기 시작했고 두 번의 위험을 무사히 통과하고 나서야 파란 하늘이 보이는 곳에 도착했다.

아직 살진이 완전히 끝난 것은 아니지만 희뿌연 하늘 밑에서 어둡고 환한 것만으로 밤과 낮을 구별해 온 그들에게는 파란 하늘을 보는 것만으로 즐거운 일이 아닐 수 없다. 하지만 그들의 얼굴은 곧바로 일그러졌다.

"위지가주를 뵈오."

"검귀 대협을 뵙습니다."

창궁검호 낙원제와 수지한은 물론이고 곤수 사마혁과 검수 남궁현수까지……. 겨우 육십도 안 되는 숫자만 살아남았지만 위지천이 아는 얼굴은 전부 다 이곳에 있다. 그만큼 그들의 무공은 뛰어났다.

"낙원제라 하오."

별로 만나고 싶지 않은 자다. 하지만 세상일이란 것이 어쩔 수 없이 해야만 할 때도 있다. 위지천은 두 손을 모아 포권의 예를 취했다.

"위지천이라 합니다."

"천하의 진귀 대협이라는 소문을 내 믿지 않은 것은 아니지만 오늘 보니 소문도 진실보다는 많이 축소되었다는 생각이 듭니다그려."

"그렇게 봐 주시니 감사합니다."

"진귀 대협께서 감사할 일이 무엇이오. 오히려 이번 징벌에 참여해 준 진귀 대협께 내가 감사해야지요."

이런 상황에서도 자신이 대표라는 점을 강조하는 낙원제의 말에 위지천은 절로 눈살이 찌푸려졌다. 체면이 아니라 그것보다 더한 거라 해도 같이 있고 싶지 않았다.

"이곳까지 오느라 많이 힘들었으니 이제 그만 쉬어야겠습니다."

"당연히 그래야지요."

위지천의 변화를 알아채지 못할 낙원제가 아니었지만 잡을 명분이 없었다. 그 또한 이곳에 도착해 반나절이 넘게 쉬었으니 말이다.

위지천이 쉰다고 해서일까. 남궁현수와 운제동, 옥허는 물론이고 육정기와 초 원주를 쳐다보고 있던 자들도 얼굴 가득 아쉬운 표정을 담고 고개를 돌렸다.

위지천은 사람들과 조금 떨어진 거리에 자리를 잡은 후 곧바로 눈을 감았다.

'곤란스럽군.'

본진을 빠져나오기 전에 한 번만 살펴봤다면 이런 상황은 겪지 않아도 되었다. 본진의 대부분이 이곳으로 연결되지만 다른 곳으로 가는 방법도 있었기 때문이다. 통증도 통증이지만 열하루가 지났으니 당연히 통과했을 거라 생각한 것이 잘못이었다.

'그나저나 어떻게 한다.'

낙원제와 같이 움직일 생각은 전혀 없다. 하지만 자신이 움직이면 낙원제가 분명 따라올 것이다. 꽤 오랜 시간을 쉰 것 같은 그가 여전히 자리를 지키고 있는 것만 봐도 알 수 있는 일이었다.

위지천은 우선 지금과 같은 상황을 겪지 않기 위해 기감을 펼쳤다. 제일 먼저 느껴지는 것은 팔십여 장 밖에 있는 백오십여 명이었다.

살기에 젖은 늑대의 심상이 그려지는 것이 백여 개이고 나머지는 대부분 독사의 심상이 그려진다.

'참인대가 벌써 도착했군.'

분명 자신보다 늦게 들어왔을 것이다. 그럼에도 앞에서 기다린다는 것은 만독곡만의 비밀 통로가 있다는 이야기였다.

하긴 당연한 일이었다. 그렇지 않으면 은밀대원도 모두 돌아
간 곳을 매번 통과해야 하니 말이다.

위지천은 더욱 기감을 확장했다.

열 명, 스무 명……. 사백여든두 명. 그리고 마침내 넷의
특출한 심상과 독룡毒龍의 심상이 가슴에 그려졌다.

'네 명의 장로와 만독곡주 오궁치.'

다섯 모두 평범하지 않았지만 오궁치의 기운은 그중에서
도 특출했다. 흑령과 비슷한…… 아니, 기운의 크기만 놓고
본다면 흑령보다 한 수 위다. 그럼에도 그는 초인이라 불리
지 않았다. 그가 얼마나 자신을 잘 감추는지 알 수 있는 대목
이었다.

'후후, 특급 문서도 틀릴 때가 있군.'

위지천은 미소를 남겨 놓은 채 천천히 기운을 거두어들
였다.

'크윽!'

미소가 일순간에 사라진다. 처음에 비하면 두통 정도에 불
과했지만 그래도 삼백 장을 넘게 살펴본 후유증은 꽤 컸다.

'이거야 원, 도무지 적응이 안 되니…….'

이 고통에서 벗어나기 위해서는 상단전이 완전히 열려야
한다는 것 정도는 위지천도 안다. 다만 그 방법을 모르니 알
아내기 전까지는 지금처럼 상단전의 기운을 키울 수밖에 없
는 것이지만 말이다.

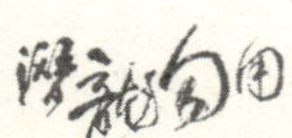

위지천은 어둠이 찾아오고서야 자리에서 일어났다. 기다 렸다는 듯 낙원제가 자리에서 일어난다.

"이제 출발합시다."

낙원제의 말이 귀에 들려온다. 너무 더러워서 듣는 것만으 로도 구역질이 나올 것 같다.

위지천은 이미 일어서 있는 구사우와 초 원주, 육정기를 바라보았다.

"우린 돌아갑니다."

그 말이 끝이었다. 낙원제가 부르는 소리도 남궁현수의 애 달픈 한숨 소리도 사마혁이 고개를 흔드는 소리도 듣지 않았 다. 위지천은 그저 왔던 곳으로 다시 들어가 버렸다.

우우웅!

다시 또 하늘이 희뿌연 색으로 바뀐다. 하지만 위지천의 걸음걸이는 변함이 없다. 그로부터 이틀 뒤 위지천은 전혀 다른 곳에 모습을 나타냈다.

하늘은 파랗고 주위는 온통 회색 바위다. 마치 하나의 거 대한 바위를 깎아 만든 것 같은 기괴한 모양에 일행은 다시 금 주위를 둘러본다.

"이곳이군요."

구사우의 말에 위지천은 고개를 끄덕였다. 만독곡의 비밀 통로, 위지천은 마침내 그것을 찾아냈다.

"그럼 가 볼까."

　　육정기와 구사우가 앞으로 나선다. 진법의 혼란스러움에서 벗어난 그들에게 이런 정도의 길은 탄탄대로나 마찬가지였다.

　　스르릉!

　　육정기는 검을 뽑아 들었다. 멀지 않은 곳에 두 명의 기척이 느껴진다. 독공이 아닌 독술을 사용하는 자들, 독을 사용할 수 있는 시간만 주지 않으면 삼류에 불과한 자들이다.

　　파삭!

　　육정기가 차고 오른 바위의 윗부분이 힘없이 부서졌다.

　　서걱! 파밧!

　　검과 창이 막힘없이 허공을 가른다.

　　"커헉!"

　　두 사람이 움직이고 있음에도 무기가 부딪치는 소리도 큰 비명 소리도 나지 않는다. 그저 소리라고는 숨이 막힌 사람이 내는 신음 소리와 같은 것이 전부다.

　　ー다음 장소로 이동하겠습니다.

　　ー오른쪽은 그냥 놔두고 왼쪽만 정리하시오.

　　ー명을 따릅니다.

　　육정기와 구사우가 사라지고 그 뒤를 위지천과 초 원주가 따른다.

　　ー저들을 그냥 놔두실 겁니까?

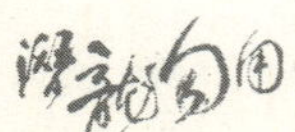

위지천이 그냥 놔두라고 한 오른쪽에는 무림맹의 사람들이 있다. 그것도 이제는 이십여 명에 불과하다. 모두 무공이 뛰어난 자들이라 참인대는 무사히 통과했지만 더 이상은 무리였다. 저대로 놔둔다면 전멸이 확실했다.

─우리가 내곡에 들어가면 저절로 포위망은 풀릴 것이오.

인연을 무시하지 않겠지만 그들을 위해 목표를 변경하지는 않겠다는 의지의 표현이다. 초 원주는 더 이상 말을 하지 않았다. 주군의 뜻이 그렇다면 따르면 되는 것이다.

삭치원은 독호대毒護隊의 대원이다.

만독곡의 전사 중에서도 상위 서열로만 이루어진 독령대毒靈隊에는 못 미치지만 그래도 독령대 바로 밑 서열로 이루어진 독호대이기 때문에 곡 내에서는 물론이고 곡 외에서도 제법 대접을 받는다. 그런데 오늘은 왠지 기분이 이상하다.

장로이자 독령대의 대주이신 독마군께서도 염려할 것 없다고 하셨지만 좀처럼 기분이 나아지지가 않는다. 그렇게 생각하니 자신이 맡고 있는 내곡의 입구에서 뭔가 어른거리는 것 같기도 하다.

'내가 왜 이러지.'

한 번도 느껴 본 적이 없는 감정이라 더욱 이상하기만 하다.

'안 되겠다.'

삭치원은 공력을 끌어 올렸다. 만독곡의 기본이자 모든 것이기도 한 만독진공萬毒進功이 비릿한 내음과 함께 온몸을 채워 나갔다. 남들은 독공이라 비웃을지 모르지만 자신에게는 어떤 것과도 바꾸지 않을 힘이다.

꽈악!

불안감은 사라지고 손에 힘이 들어간다. 무엇이든지 녹여 버릴 것 같은 힘도 느껴진다.

"하하, 진작 이럴…… 커헉!"

언제 날아왔는지도 알 수 없는 비수가 그의 심장에 깊숙이 박혔다. 그리고 그의 앞에 비수를 든 초 원주가 나타났다.

"자네의 친구도 같이 따라갈 테니 너무 서러워하지 마시게."

옆에 있던 동료가 목이 갈라진 채 쓰러지는 것이 눈에 보인다.

"역시 내가 잘못…… 본 것이 아니었…….."

털썩!

초 원주는 통나무처럼 쓰러진 삭치원의 심장에서 비수를 뽑아냈다.

- 안으로 진입하겠습니다.

- 아니, 됐소. 지금부터는 내가 맡겠소.

현오도를 뽑아 든 위지천이 경비가 사라진 내곡을 향해 달려가기 시작했다.

휘리릭!

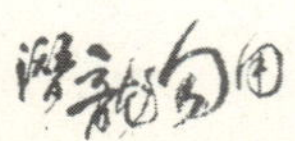

서걱!

초식도 없다. 그저 숨어 있는 자들을 향해 내리긋거나 좌우로 휘두르는 것이 전부다. 그럼에도 아무도 막지 못했다. 세워 둔 통나무를 자르듯 그렇게 앞으로 나아가던 위지천이 걸음을 멈춘 것은 돌로 만든 거대한 건물 앞에 도착해서였다.

한겨울의 매서운 바람을 막기 위해 쳐 놓은 듯 보이는 커다란 장막 안에서 나직한 음성이 새어 나왔다.

"네놈은 누구냐?"

위지천을 의아한 눈으로 바라보는 사람은 팔십도 넘어 보이는 노인으로, 얼굴과 손에는 검버섯이 가득하고 허리도 부실한지 반쯤 구부린 채 지팡이에 의지해 겨우 서 있다. 그 뒤로는 네 명이 서 있었는데 사십 대의 여인부터 칠십 대의 노인까지 연령대가 다양하다.

'녹염파선綠炎破善 유선옥, 탈백섬도奪魄閃刀 고무환, 흑웅폭권黑雄暴拳 수형진, 독마군毒魔君 나항 그리고 만독곡주 오궁치.'

밀문에서 보았던 인상착의와 다를 것이 없으니 곧바로 누군지 알 수 있다. 장로들 뒤에 서 있는 열 명도 누구인지 알 것 같다.

'독령대.'

만독곡의 힘이라고 불린다고 했던가. 거리가 상당함에도 비릿한 내음이 코를 찌르는 것이 그들의 독공이 어느 정도인지 짐작이 간다.

삐익! 삐이익!

어디서 부는 것인지는 모르지만 날카로운 피리 소리도 계곡 전체에 가득하다.

"다시 한 번 묻겠다. 네놈은 누구냐?"

위지천의 차림새는 비수가 없어진 것을 빼놓고는 달라진 것이 없다. 그럼에도 오궁치는 위지천을 알아보지 못하고 있었다. 하긴 위지천의 행로를 알아차리지 못한 데다 낙원제가 나타날 것으로 예상하고 있었을 것이니 그리 이상한 것도 아니었다.

위지천은 대답하지 않았다. 뒤따라오던 일행이 도착하면 자신이 대답하지 않아도 바로 알아차릴 것이기 때문이었다. 그리고 예상대로 육정기와 초 원주, 구사우가 도착하자 오궁치는 이름을 묻지 않았다. 대신 그는 다른 것을 물었다.

"나와 적이 되려는 것인가?"

집요하고 잔인하기가 당문과 버금가는 오궁치다. 평소의 오궁치라면 피가 흐르는 도를 들고 나타난 사람에게 이런 말을 묻지도 않았을 것이다.

하지만 지금은 때가 때이니만치 오궁치는 묻지 않을 수 없었다. 그런데 돌아오는 대답은 그의 예상과 전혀 달랐다.

"나를 적으로 만든 사람이 당신이거늘. 이제 와서 적이 되려고 하느냐 묻다니 정말 우습지 않소?"

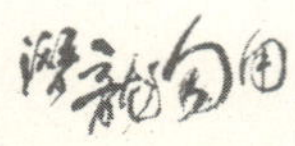

“그게 무슨 말이냐?”

“부공진 장로원주, 양충 호법원주, 독채원 폭풍일대장. 생각나는 것이 있을 것이오.”

까맣게 잊고 있던 이름이다. 아니, 자신이 한 일이 아니었다. 자신은 그저 독을 원하기에 주었을 뿐이다. 하지만 강호의 은원이라는 것이 모두 그렇게 엮이는 것이 아니던가.

“그래서 복수하러 왔다?”

“그렇게 알아도 틀린 것은 없소.”

“그런데 겨우 네 명이라. 진귀께서 나를 너무 무시하시는군.”

피식!

위지천의 입꼬리가 위로 말려 올라갔다.

“그거야 손을 마주 대 보면 알 것이고. 그래, 당신이 먼저 오시겠소?”

도발이다. 그것도 직접적인 도발이다.

녹색 빛을 띤 오궁치의 눈이 세모꼴로 변하며 살기가 떠오른다.

위지대운을 이겼다고 했을 때만 해도 별것 아니라고 생각했다. 위지대운 정도는 자신도 쉽게 이길 수 있었기 때문이다. 하지만 지금 평범한 모습으로 나타난 위지천은 두려웠다. 오궁치가 선뜻 나서지 못하는 이유다.

그러나 오궁치 뒤에 서 있는 자들은 달랐다. 특히나 앞뒤 가리지 않고 성격대로 움직이는 사람은 더욱 그렇다. 만독곡에서는 지금 한발 앞으로 나서는 흑웅폭권黑雄暴拳 수형진이 바로 그런 자였다.

"이거야 원. 곡주, 대체 저놈이 누구기에 그렇게 저자세로 나가는 것이오. 나에게 맡겨 주시오. 한주먹에 피 떡으로 만들어 놓겠소."

오십 대 초반 정도로 보이지만 접은 소맷자락 사이로 드러난 팔뚝은 여인의 허벅지보다 굵고 풀어 헤친 옷자락 사이로 나타난 가슴은 철벽을 두른 듯 굳건하다. 공부가 적지 않음이다.

"말조심하시오. 대형은 당신께 그런 말을 들을 분이 아니시오."

"뭐라? 이 쥐꼬리만 한 놈이!"

구사우의 표정이 굳어졌다.

"대형, 허락해 주십시오."

위지천은 흑웅폭권을 쳐다보았다.

만독곡의 장로 중 탈백섬도奪魄閃刀와 함께 독공을 사용하지 않는 자다. 약간의 위험은 있겠지만 죽을 정도는 아니다. 아니, 그와의 대결에서 산散과 천穿의 묘리만 깨친다면 구사우가 이길 수도 있다.

끄덕!

위지천은 고개를 끄덕였다.

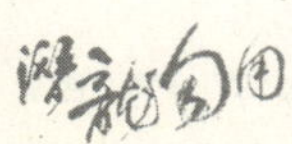

꽈악!

창을 움켜쥔 구사우의 눈이 불타오르기 시작했다.

"오시오. 당신의 말이 틀렸다는 것을 내가 직접 보여 주겠소."

"뭐라. 이런 썩을 놈이……."

폭권이라는 이름이 붙을 만큼 성정이 급한 흑웅폭권이 구사우를 향해 달려들었다.

파박!

구사우도 땅을 박차며 앞으로 튀어 나갔다.

슈슈슉!

구사우의 창이 한 마리의 뱀으로 변해 흑웅폭권의 가슴을 향해 날아갔다.

"헉!"

흑웅폭권의 입에서 자신도 모르게 다급한 소리가 흘러나왔다. 어리다고 방심한 탓에 공중에 뜬 채로 창을 맞이하게 생겼기 때문이다. 하지만 당문과도 어깨를 나란히 한다는 만독곡의 장로다.

우우웅!

흑웅포권의 주먹이 검은색으로 변하는가 싶더니 창날을 정면으로 부딪친다.

파앙!

날을 가진 쇠와 주먹이 부딪친 것이라고는 믿을 수 없는 소리가 두 사람의 중간에서 터져 나왔다. 하나 그것은 시작에 불과했다.

파바바방!

창날이 세 개로 보일 만큼 엄청난 속도로 움직이는 구사우의 창을 흑웅폭권은 손을 권과 장을 연방 변화시키며 막아냈다. 서로 한 치도 밀림이 없다.

여기서 밀리면 수세가 될 수밖에 없다는 것을 둘 다 본능적으로 알고 있기 때문이다.

'대체 어디서 이런 놈이……'

처음 나섰을 때만 해도 한주먹이면 충분할 거라 생각했다. 그런데 벌써 오 초가 지나갔다. 그러고도 우위를 잡지 못했다. 참으로 어이없는 일이지만 상대는 쉬운 놈이 아니었다.

금방이라도 터져 나올 것 같던 흑웅폭권의 호흡이 잔잔해졌다. 인정할 것을 인정하는 흑웅포권, 그는 역시 고수였다.

"나도 가만히 있으면 안 되겠군."

탈백섬도가 앞으로 나섰다.

육정기가 탈백섬도를 향해 발을 내디뎠다. 기다렸다는 듯 녹염파선이 앞으로 나와 탈백섬도의 곁에 섰다.

-채대를 이용해 날리는 독을 조심하시오.

-예, 주군.

육정기의 걸음걸이는 흔들림이 없다. 그가 어째서 초인이라 불리는지 알 수 있는 대목이다.

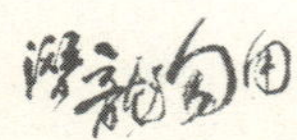

"그럼 나도 가만히 있을 수 없지."

독마군도 앞으로 걸어 나온다.

"거기까지."

비수를 뽑아 든 초 원주가 독마군의 발걸음을 막았다.

- 손목의 기관 장치를 조심하시오.

- 걱정 마십시오.

초 원주의 몸에서 기세가 피어나기 시작했다. 일반인이라
도 따끔함을 느낄 정도로 날카로운 기세다.

"십보여의라. 기대가 되는군."

"서운하지는 않을 것이네."

"하하, 그런가."

독마군의 말투에는 여유가 넘쳐흐른다. 하지만 연방 사방
으로 움직이는 눈에는 날카로운 빛만이 가득하다.

위지천은 천천히 주위를 둘러보았다.

흑웅폭권에게 약간 밀리고 있기는 하지만 여전히 창끝이
매서운 구사우와 녹염파선의 채대 때문에 몸놀림이 원활하
지는 않지만 탈백섬도의 쾌도를 여유롭게 받아넘기는 육정
기 그리고 굳어 버린 것처럼 몸을 움직이지 않는 초 원주와
독마군.

육정기가 잡혀 있는 것이 의외이기는 하지만 그런 정도는
금방 풀어낼 사람이다. 그럼 구사우와 초 원주 또한 여유가
생길 것이니 잘 어울린 한판이다.

위지천은 오궁치에게로 시선을 돌렸다.

"우리도 시작해 봅시다."

"이름을 얻으니 세상이 주먹만 하게 보이는 모양이구나."

"당신이 가르쳐 주시겠소?"

"크흐흐흐! 그것도 좋겠군."

지팡이를 잡은 오궁치의 왼손 엄지손가락이 살짝 움직였다.

그때였다.

와아아아!

차장! 차자장!

요란한 함성 소리와 함께 칼 부딪치는 소리가 가까운 곳에서 들려온다. 아마도 내곡으로 들어오려는 낙원제 일행을 피리 소리를 듣고 돌아오던 만독곡 무사들이 막아선 것 같다. 그 반대인지도 모르지만 말이다.

오궁치의 얼굴에 초조함이 떠올랐다. 조금만 더 기다리면 진귀를 마음대로 할 수 있다. 죽음까지도 말이다. 그렇게만 된다면 지금의 상황은 금방 역전시킬 수 있다. 낙원제 따위는 그다음에 생각해도 된다.

우선은 시간을 벌어야 했다. 설령 자신이 조금 위험해지더라도 말이다.

"일령과 이령만 남고 나머지는 입구를 지켜라."

"존명."

오궁치의 뒤를 지키고 있던 사내들 중 여덟 명이 곧장 내곡 입구를 향해 달려갔다.

"세 명으로 되시겠소?"

"너 같은 놈이야 나 하나로도 충분하지."

말은 그렇게 하면서도 전혀 공격할 기미가 보이지 않는다.

"오지 않겠다면 내가 가지요."

뚜벅!

위지천이 한 걸음을 내딛자 오궁치가 그만큼 뒤로 물러서
며 손을 내밀어 위지천의 걸음걸이를 막는다.

"잠깐."

"하실 말씀이 있으시오?"

"그 일은 내가 한 것이 아니다."

"알고 있소."

"그런데도 나를 핍박하겠다는 말이냐?"

"당신은 그 독이 어떤 결과를 낳는지 그리고 어디에 쓰이
는지 알고 있었소. 그런데도 당신은 독을 넘겨주었소. 당신
같으면 그런 사람에게 죄가 없다고 하겠소?"

"난 그것을 어디에다 쓰는지 몰랐다. 그저 나중에 들었을
뿐이다."

"그래서 죄가 없다는 것이오?"

위지천의 왼손 엄지손가락이 살짝 떨리는 것이 오궁치의
눈에 들어왔다. 어지간해서는 절대 알아볼 수 없는 작은 변
화임에도 쉽게 알아차린 것은 그가 온 신경을 그곳에 두고

있었기 때문이다.

오궁치의 변화가 시작된 것이 그때였다.

제일 먼저 오궁치의 발밑에 있는 잡초들이 재로 변해 공중으로 날아올랐다.

푸쉬쉬쉬!

모든 것을 공으로 만들어 버리던 흑령 사진환이 연상될 정도로 내공을 일으킬 때 일어나는 현상이 똑같다.

다음으로는 오궁치의 굽었던 허리가 곱게 펴졌다.

우두두둑!

얼굴과 손에 가득한 검버섯이 흔적도 없이 사라졌고, 오척도 안 돼 보이던 그가 순식간에 육 척의 장신으로 변했다. 죽음을 앞둔 것 같은 팔십의 노인이 순식간에 쉰 살 정도로 젊어진 것이다.

"크하하하. 진귀."

"말씀하시오."

"난 위지대운이 독으로 무엇을 할 것인지 모두 알고 있었다."

"그럴 줄 알았소."

"그런데도 내 말을 받아 주었단 말이냐?"

"당신이 시간을 끄는 이유가 궁금했거든."

"크하하하. 호기심이라. 넌 쓸데없는 것에 목숨을 걸었구나."

"그렇게 생각하시오?"

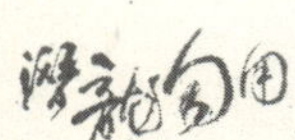

"크하하하. 젊음은 좋지. 하지만 젊음이란 것에는 자꾸 어리석음이라는 마가 낀단다. 지금의 너처럼 말이다."

"왜 그렇게 생각하는지 말해 줄 수 있소?"

"굳이 말할 필요 없지. 네가 느끼면 될 테니까."

차자자장!

"막아라."

"끄아아악!"

요란한 칼부림과 비명 소리가 점점 가까워 온다. 하지만 오궁치는 그거에는 신경도 쓰지 않은 채 큰 소리로 누군가의 이름을 불렀다.

"사련아!"

장막 뒤에서 여인이 걸어 나온다. 얼굴을 면사로 가려 용모는 물론 나이도 알 수 없다.

하지만 풍만한 가슴과 가냘픈 허리로 보아 서른은 넘지 않은 것 같다.

"오사련이라고 한다. 내 딸이지. 손도 제법 맵고 말이지."

무공이 상당히 높다는 말일 것이다.

"딸을 부른 이유가 있겠구려."

씨이익!

오궁치의 입가에 비릿한 미소가 떠올랐다.

"앞으로 자주 보게 될 사람이니 인사나 해 두어라. 이쪽은 내 딸 사련. 저쪽은 그 이름도 거대한 폭풍위지세가의 진귀 위지천 대협이란다. 크하하하.”

오궁치는 너무 즐거웠다. 이제 사련이 입을 열기만 하면 진귀는 자신의 것이 된다. 아니, 정확히 말하면 사련의 것이다. 하지만 사련이 자신의 뜻을 어길 리 없으니 결국 자신의 것이나 마찬가지였다.

“안녕하세요, 진귀 대협.”

오궁치의 귀에는 천상의 음률처럼 들려온다.

‘됐다.’

오궁치의 웃음이 진해졌다. 이런 놈 때문에 걱정한 사람들이 우습게 보인다.

“이제 하나씩 처리해 볼까!”

몸 안 가득 피어오른 긴장감을 털어 낸 오궁치는 장로 두 명을 무섭게 몰아붙이는 육정기에게로 시선을 돌렸다.

“진귀에게 저놈을 죽이…….”

말이 끝나기도 전에 위지천이 땅을 박차며 앞으로 튀어 나갔다.

그런데 방향이 이상했다. 그가 향하는 곳에는 오궁치가 서 있었기 때문이다. 순식간에 오궁치와의 거리가 사라진다. 그리고 현호도가 바람을 갈랐다.

쉬리리릭!

휘리릭!

세 번의 칼질에 이은 한 번의 찌르기에 불과하다. 하지만

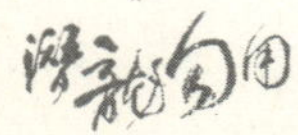

결과는 참혹했다.

털썩!

독령대의 두 사내와 사련이라는 이름을 가진 여인은 목이 잘린 채 바닥에 쓰러졌고, 얼굴 가득 놀란 빛을 띠고 있는 오궁치의 가슴에는 현호도가 박혀 있다.

"당신은 쓸데없는 것에 목숨을 걸었어."

"커억. 어떻게…….."

위지천이 도를 쥐고 있지 않은 왼손을 검은 반점이 가득한 노인으로 되돌아간 오궁치의 눈앞에 들이댔다. 중단전이 깨져 쇠약해진 오궁치지만 엄지와 검지 사이에 낀 뇌정고를 보지 못할 정도는 아니었다.

"당신은 이런 것에 의존하지 말았어야 했어. 그랬다면 지금보다 훨씬 힘들었을 거야. 도망쳤다면 잡기도 쉽지 않았을 것이고."

"비겁한 자식……. 끄윽!"

"누가 비겁한지는 당신이 더 잘 알 거야."

위지천은 손가락에 힘을 주었다.

찌익!

뇌정고가 터지며 튀어나온 진액이 오궁치의 얼굴에 가득 묻었다.

"늙음에는 현명함도 따르지만 가끔은 지나친 조심성이라는 마가 끼지. 당신처럼 말이야. 사마!"

부우욱!

현호도가 눈을 동그랗게 뜬 오궁치의 심장을 가르며 반대쪽 목덜미로 빠져나왔다.

털썩!

'당신은 십마 붕괴의 신호가 될 것이오.'

오궁치의 이런 허망한 죽음이 주는 충격 때문이었을까!

육정기의 발걸음을 막고 있던 녹염파선의 채대가 힘없이 잘리더니 곧이어 탈백섬도와 녹염파선이 가슴과 목이 갈린 채 죽음을 맞이했다.

초 원주와 기세 싸움을 벌이던 독마군도 이마에 비수를 꽂은 채 뒤로 넘어갔다. 이제 남은 사람은 구사우와 흑웅폭권뿐이다.

하나 흑웅폭권의 기세는 갈수록 줄어든다. 하긴 주위에 온통 적뿐이니 구사우에게 집중할 수 없었을 것이다. 그리고 그것은 허점이 되어 창날의 침입을 허락했다.

푸욱!

턱밑을 뚫고 들어간 구사우의 창날이 흑웅폭권의 정수리에서 반짝인다.

"그만 가자."

위지천은 처음 들어왔던 곳이 아닌 반대 방향으로 걸음을 옮겼다. 길이 뚫린 곳이 아니어서 들어왔을 때와 달리 고생은 좀 하겠지만 낙원제를 다시 보는 것보다는 그쪽이 나았다.

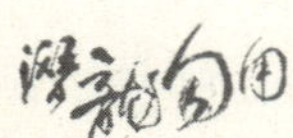

낙원제가 몇 명을 이끌고 이곳으로 들어올지는 알 수 없
다. 다만 몇 명이 들어오든 남아 있는 자들을 처리할 정도는
될 것이다. 그 정도면 되었다.
낙원제는 승리라는 축하를 가져가기 위해서라도 위지천이
라는 이름을 감출 것이니 말이다.

환술이 이런 것이었다니……

태산의 동남쪽 외곽에 있는 사당.

바다가 보이지도 않는 곳임에도 불구하고 해난을 구조하는 마조를 모셔 놓은 것이 이곳이 산동성임을 실감할 수 있다. 그곳의 중앙에 위지천과 유덕, 초 원주가 앉아 있다.

"낙원제가 총사가 되었습니다."

"아직 무림맹에 도착하지도 않았을 텐데 벌써 총사 자리를 차고앉았다니 기회를 잡는 능력만큼은 뛰어나군."

"맹주의 패착이지요."

"그거야 그가 걱정해야 할 문제지 우리가 걱정할 문제가 아니지 않느냐?"

"언뜻 생각하기에는 그렇습니다. 하지만 자세히 들여다보면 대형과도 깊은 관련이 있습니다.”

“나와 관련이 있다?”

“예, 대형. 낙원제가 아직은 기반이 약하니 당분간은 조용히 있을 것입니다. 하지만 얼마간 시간이 흐르면 그는 어떤 식으로든 무림맹과의 동맹을 물고 늘어질 것입니다.”

“변화를 바란다는 말이냐?”

“그렇습니다. 어떤 식으로든 변화가 일어나지 않으면 그의 권한은 변하지 않을 테니까요. 그리고 좋지 않은 일로 물러나기는 했지만 아직 제갈포유가 살아 있습니다. 정도 무림 최고의 책사가 말입니다.”

“제갈포유를 흠집 내기 위해서라도 동맹을 건드린다는 말이구나?”

“그렇습니다. 제갈포유는 가만히 놔두면 분명히 다시 살아납니다. 그가 괜히 정도 무림 최고의 책사라는 얘기를 듣는 것이 아니니까요. 낙원제도 그 사실을 직시하고 있을 것입니다.”

위지천은 고개를 끄덕였다.

“내가 어찌하면 되겠느냐?”

“일 년 안에 십마련의 실체를 밝히시면 됩니다. 그럼 낙원제도 동맹을 건들기보다는 더욱 강화하려 애쓸 것입니다.”

“일 년이라. 바쁘겠군.”

유덕이 빙긋이 웃었.

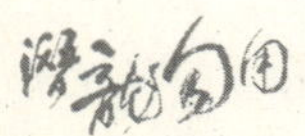

“이곳에 오신 김에 이정기 장군도 만나십시오.”

언젠가 한번은 만나서 고마움을 표시하려고 했던 사람이니 거부감은 없다. 다만 유덕이 권할 때는 뭔가 목적이 있다는 것이었다.

“이유는?”

“대형께서 지금 전어사의 직책을 가지고 있기는 하지만 황제가 바뀌면 아무 필요도 없습니다. 그러니 미리 그때를 대비해야 합니다.”

“황제는 아직 젊다.”

유덕은 고개를 가로저었다.

“아니란 말이냐?”

“황제는 얼마 살지 못합니다. 사사명도 마찬가지고요. 일년 안에 지금과는 비교할 수 없을 정도로 세상이 발칵 뒤집힐 것입니다. 그리고 그때가 동친왕을 정리할 때입니다.”

“지금은 손대면 안 된다는 것이구나?”

“사사명과 동친왕의 힘이 합쳐진 상태입니다. 절대 건드려서는 안 되지요. 그러니 이곳에서의 일이 끝나면 혈사련부터 정리하십시오.”

“알았다. 네 말대로 하마. 그나저나 너의 공부가 천기를 헤아리는 수준에 도달한 줄은 모르고 있었구나.”

“아직은 큰 것을 보는 수준에 불과합니다.”

“겸손은……. 아무튼 축하한다.”

“감사합니다.”

“또 내가 알아야 할 것이 있느냐?”

“소담선생에 관한 것입니다.”

“그가 왜?”

“그동안 소담선생은 무공을 익히지 않은 것으로 알려졌습니다.”

“그렇지.”

밀문의 특급 문서에도 소담선생은 무공을 익히지 않은 것으로 되어 있었다.

“그런데 이번에 그를 감시하는 도중 이상한 일이 있었습니다.”

“무엇이냐?”

“모두 막으면 이상하게 생각할 것 같아 정보를 가지고 온 자들 중 둘을 골라 소담선생과 만나게 했습니다. 그런데 그들이 흔적도 없이 사라졌습니다.”

“그를 수행하는 사람들 중 하나가 그랬을 수도 있지 않느냐?”

“만약 그랬다면 시신이라도 나왔을 것입니다.”

“환술이구나?”

“어떻게 아셨습니까?”

“사공이라면 천기를 헤아리는 네가 알아차리지 못했을 리 없으니, 너의 눈을 감추고 시신마저 사라지게 하는 방법은 환술뿐이지. 속애분신술贖埃分身術!”

“역시 대형이시군요. 전 열흘이 넘게 고민하고서야 알아냈는데 말입니다.”

“내가 알고 있는 것이라 그렇다. 그나저나 시신마저 재로 만들면서까지 그가 본 모든 것을 알아내려 했다면 소담선생이 뭔가 의심을 하고 있다는 것 아니냐?”

“그럴 수도 있지만 한 곳만 열어 주고 나머지는 모두 막았으니 아마 배신했다고 느낄 겁니다.”

“때가 때이니만치 그렇게 느낄 수도 있지. 하지만 그는 소담선생이다.”

유덕의 눈이 커졌다.

그랬다. 지금 자기가 상대하는 사람은 그냥 책사도 아닌 천하를 한 손에 넣고 주물렀던 사람이다. 그런데 그것을 잊고 있었다. 유덕은 절대 하고 싶지 않은 말을 할 수밖에 없었다.

“그는 알고 있습니다.”

“나도 그렇게 생각한다. 그럼 그가 어디까지 알고 있겠느냐?”

“저를 제외한 나머지 모두를 알고 있을 것입니다. 아니, 어쩌면 저까지 알고 있을지도 모릅니다.”

“그렇다. 그는 그런 사람이다. 그럼 이제 어떻게 하겠느냐?”

“계략을 꾸미기 전에 당장 쳐야 합니다. 아니, 어쩌면 늦었을지도 모릅니다.”

“늦었다고 느낀 때가 오히려 빠른 법이다. 가자.”

위지천은 자리를 털고 일어섰다.

“백유림에 기생하는 소담선생의 수족을 잘라 내시오.”

“예, 주군.”

초 원주의 대답이 시원하다.

늦은 오후, 유덕을 앞세워 소담선생의 거처에 도착한 위지천은 어이가 없었다.

“네 이놈! 네놈이 아무리 천하를 위진한다고 해도 어찌 이곳을 넘본단 말이냐?”

“피 묻은 무기를 들고 이곳에 들어서다니. 네놈들이 선대 황상께서 내려 준 현판을 무시하자는 것이냐?”

백유림의 문사들이 모두 모여 앉아 자신의 일행을 성토하고 있으니 참으로 난감한 일이었다.

유덕도 이런 상황은 예측하지 못한 듯 곤혹스러운 표정이 가득하다. 하지만 대형과 함께 천하를 경영하겠다고 마음먹은 그다. 게다가 지금은 상황을 타개할 물건도 가지고 있다. 헤치고 나가지 못할 이유가 없었다.

유덕은 얼굴에 떠오른 표정을 깨끗이 지운 후 한 걸음 내디뎠다.

“청송일은께 묻겠습니다.”

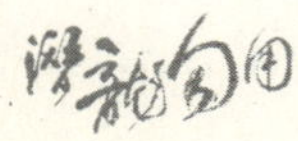

청송일은靑松一隱.

서른 살에 종오품에 해당하는 한림원 직학사翰林院 直學士를 제수받을 정도로 학문이 뛰어난 사람이다. 하지만 그는 음모와 계략이 판치는 중신들의 행태가 마음에 들지 않았고, 결국 서른둘의 나이에 벼슬을 뿌리치고 이곳에 들어왔다.

팔십이 되는 지금까지도 백유림의 어떤 직책에도 오르지 않을 만큼 고고한 삶을 살고 있으니 그가 바로 백유림의 본모습이라 할 것이다.

흰 수염을 가슴까지 늘어트린 노인과 유덕의 시선이 맞닿았다.

"말씀해 보시게."

"일은께서는 이 땅이 누구의 것이라고 생각하십니까?"

"그거야 당연히 황상의 땅이 아니겠는가."

"그런데 어찌하여 전어사의 앞길을 막는 것입니까?"

청송일은이 놀란 눈으로 옆을 바라보았다.

"사람의 목숨을 개돼지와 똑같이 생각하는 무림인의 말을 어이 믿으십니까."

청송일은의 시선을 받은 백색 문사복의 노인이 억울하다는 표정으로 외친다. 하지만 유덕은 그의 눈에서 놀란 빛을 보았다. 그도 대형이 온 것은 모르고 있었던 것이다.

백색 문사복의 노인을 잠시 더 바라본 청송일은의 시선이 유덕에게로 돌아왔다.

“제왕령을 보여 줄 수 있겠는가?”

유덕은 위지천에게로 고개를 돌렸다.

“보여 주시지요.”

위지천은 말없이 품속에서 호제비와 제왕령을 꺼내 들었다.

“황상을 뵈오이다.”

백여 명의 문사 중 팔십여 명이 제왕령과는 격이 다른 호제비를 향해 몸을 숙였다. 그중의 선두는 청송일은이었다.

위지천은 호제비와 제왕령을 다시 품속에 넣었다.

“일어나시오.”

“은혜에 감읍하나이다.”

몸을 일으킨 청송일은의 시선이 위지천을 향한다.

“하명하시옵소서.”

“황실의 근간을 세우려고 하오. 비켜 주실 수 있겠소?”

“명을 따릅니다.”

누가 목표인지 모를 청송일은이 아니다. 하지만 그는 묻지도 따지지도 않았다. 그저 곧바로 자리에서 일어나 자신의 처소를 향해 걸음을 옮겼다. 호제비를 향해 몸을 숙인 팔십여 명의 문사가 그 뒤를 따랐다.

이제 남은 자는 이십여 명. 제왕령과 호제비까지 무시한 자들이니 모두 소담선생의 수족이라 봐도 무방하다.

“죽여라.”

위지천의 입에서 차가운 지시가 내려졌다.

쓰윽!

둔치도를 뽑아 든 도치가 기다렸다는 듯 앞으로 나서자 커다란 도를 든 철연이 그 뒤를 따른다.

차앙!

위지천이 세운 뜻의 피는 모두 자신이 감수하기로 마음먹은 육정기가 날카로운 쇳소리와 함께 움직이고, 대도를 치켜 든 우 대주와 폭풍삼대가 그 뒤를 따른다.

무려 백여 명이다. 그것도 천하에 이름을 떨치는 자들이 말이다. 어지간한 문파 하나 정도는 가볍게 무너트릴 수 있는 그들을 무공도 제대로 익히지 않은 이십여 명이 막을 수는 없는 일이었다.

서걱서걱!

"끄아아악!"

간혹 문사가 아니라 무림인인 듯 보이는 자들도 있다. 하지만 그들조차 한 번의 칼질에 힘없이 목숨을 내놓는다. 황제까지도 유림의 고향이라고 불렀던 백유림이 순식간에 피에 잠겼다.

"이곳에서 기다리시오."

위지천은 유덕만 거느린 채 피로 만들어진 길을 걸어 소담 선생이 거취하고 있는 집의 대문 앞에 섰다.

─환술이 펼쳐져 있다.

─알고 있습니다.

　－진실과 거짓을 구별할 수 없는 진추허유眞追虛留와 만
근의 압력이 온몸을 짓누른다는 만압층萬壓蹭이다. 감당할
수 있겠느냐?
　－제 몸 하나는 지킬 줄 압니다.
　－그 정도면 됐다. 들어가자.
　끼이익!
　문이 열렸다. 그리고 위지천과 유덕이 사라졌다.

　터벅터벅!
　걷는 것조차 힘들다. 얼굴만 어렴풋이 기억나는 부모님이
나타나더니 이제는 꿈에서도 보고 싶은 스승이 자신을 부른다.
　“유덕아!”
　온몸에 피를 묻힌 채 애절하게 자신의 이름을 부르는 소리
가 가슴을 쥐어뜯는다.
　목 놓아 울고 싶다. 달려가서 스승의 품에 안기고 싶다.
하나 그럴 수가 없었다. 지금의 모습은 스승의 형상만 빌려
만들어진 사념 덩어리였기 때문이다.
　터벅!
　발은 천근이고 한 걸음은 천 리 길 같다. 만근의 압력이라
는 말이 절로 실감 난다. 정말 이대로 주저앉아 쉬고 싶다.
들어오자마자 헤어진 대형의 듬직한 등이 자꾸만 생각난다.
　“유덕아.”

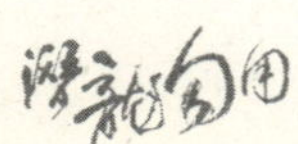

저놈의 사념 덩어리는 어찌 그리 자신의 마음을 잘 아는지 이제는 스승의 모습이 대형의 모습으로 바뀐다.

"썩 꺼져라."

마음의 공부를 담아 지른 외침이니 사념 덩어리는 허망하게 사라질 것이다. 조금만 걸으면 다시 자라나서 마음을 괴롭힐 테지만 말이다. 그런데 이번에는 이상하게 사념 덩어리가 사라지지 않고 계속 다가오고 있었다.

'이제는 사라지지도 않다니, 정말 지독하군.'

유덕은 쥐고 있던 섭선에 무량신공이 아닌 천기를 엿본다는 기묘천서의 공부를 담았다. 실체가 아닌 허상의 사념 덩어리에 내공은 아무런 쓸모도 없었기 때문이다.

슈슉!

섭선은 한 치도 어긋남 없이 사념 덩어리를 향해 나아갔다.

터헉!

사념 덩어리가 유덕의 손목을 잡아채더니 빙긋이 웃었다.

"그러다가 정말 찌르겠다."

"정말 대형이십니까?"

"내가 아니면 누가 이곳까지 너를 찾아오겠느냐?"

피식!

옅은 미소를 지어 보인 유덕이 털썩 주저앉았다.

"잠시만 쉴게요."

"그래라."

유덕은 눈을 감았다.

유덕을 잠시 바라본 위지천은 정면으로 시선을 옮겼다. 눈이 푸른색으로 변하며 묘산안이 눈을 떴다. 환술로 인해 일그러진 기운들과 환술에 사용된 기물 중 마지막 기물이 눈에 들어온다.

손바닥만 한 삼각기.

신계의 영험함이 담긴 대추나무 가지와 만 가지 사념이 담긴 만장輓章 조각은 이미 없앴으니 저것만 없애면 술법은 모두 사라질 것이다.

위지천의 손가락이 삼각기를 향했다.

둥실둥실!

삼각기가 혼자서 공중으로 떠오르더니 이내 한 줌의 재가 되어 바람 속으로 사라진다. 묘산안도 때를 같이해 조용히 사그라진다.

우우우웅!

일그러진 기운들도 자연스럽게 제자리를 찾아간다. 그런 기운의 변화를 느낀 것일까. 유덕이 눈을 떠 위지천을 바라본다.

"이제 움직일 수 있겠느냐?"

"예, 대형."

"그럼 가자."

쓰으윽!

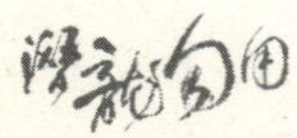

유덕이 몸을 일으키는 것과 동시에 위지천의 안전만을 위해 존재하는 은밀대원들의 움직임도 다시 시작되었다.

초옥 앞에 선 사내가 고개를 숙였다.
"안으로 드시지요. 기다리고 계십니다."
계속해서 이곳에 서 있던 자이니 문사들의 비명 소리도 들었을 것이고 술법이 깨져 나가는 것도 보았을 것이다. 그럼에도 사내는 담담한 표정으로 위지천과 유덕을 맞이하고 있다. 평범한 자가 아닌 것이다.
"당신이 공형진이군."
"소인배에 불과한 저를 폭풍의 주인께서 알아주시니 참으로 감사합니다."
공손히 머리를 조아리는 공형진을 바라보는 위지천의 눈빛이 차갑다.
"말이 반지르르하니 요설饒舌이요, 살기를 감추고 고개를 숙이니 효웅梟雄이라. 죽여라."
푸욱!
"커억."
자신의 심장을 뚫고 앞으로 튀어나온 검을 바라보는 공형진의 표정이 복잡하다.
사실 은신술이라면 누구에게도 지지 않는다고 자부하던 그다. 도망치려고 마음먹었다면 지금 자신의 등을 찌른 자들 정도는 간단히 뿌리칠 수 있었다. 하지만 도망치지 않았다. 아니, 도망칠 수가 없었다. 소담선생이 이길 경우 자신은 분명히 죽을 것이기 때문이다.

그리고 사실 표현하지는 않았지만 어떤 경우라도 자신은 살 수 있을 거라 생각했다. 소담선생이 이기면 당연히 사는 것이고, 그 반대의 경우라도 진귀는 자신을 죽일 수 없을 것이라 믿었다. 소담선생에 대해 자신보다 잘 아는 사람이 없기 때문이었다.

그래서 다가오는 자들도 무시한 채 거리낌 없이 진귀를 맞이했다. 그런데 결과는 다짜고짜 칼질이었다. 진귀는 정보가 필요하지 않았던 것이다.

'형진아, 이 어리석은 놈아.'

공형진은 자신의 어리석음을 꾸짖는 것을 끝으로 눈을 감았다.

"가자."

닫힌 문으로 향하는 위지천의 걸음걸이가 다시 시작되었다.

끼이익!

"어서 오너라."

십 년이란 세월이 무색할 만큼 열린 문을 통해 들려오는 목소리가 예전과 똑같다. 공형진의 죽음조차 모르는 것이 아닌가 싶을 정도다.

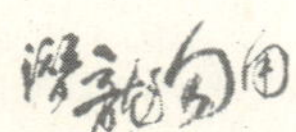

－사람이 한 명 더 있는 것 같습니다.

－여인이다. 무공을 익히지는 않았다.

－파멸의 기운도 느껴집니다. 어찌 보면 진법 같기도 하고 또 어떻게 보면 환술 같기도 한데 전 도저히 무엇인지 모르겠습니다.

－전진의 장문공부 중에 진법과 환술을 섞어 만든 적존멸蹟存滅이라는 공부가 있다. 내가 보기에는 그것을 한 단계 더 끌어올린 것 같은데 나도 자세한 것은 펼치는 것을 한 번 봐야지만 알 것 같다.

－환술에 이제는 사라진 전진의 무학까지 익혔다는 말입니까?

－아무래도 그런 것 같다. 그리고 환술도 두 개가 더 펼쳐져 있는데 이것 또한 발동이 돼야지만 알 수 있는 특이한 것이다. 하지만 달라질 것은 없다.

저벅저벅!

말뿐만이 아니라 말을 끝내는 것과 동시에 열린 문을 향해 걸어가는 위지천의 등에서도 굳은 의지가 느껴진다.

'그래, 물러설 수도 되돌아갈 수도 없는 길이다.'

상황이 바뀌면 거기에 맞춰 대처하면 될 일이었다. 유덕은 어깨를 펴고 위지천의 뒤를 따랐다.

위지천은 소담선생을 향해 세 번 절했다. 그리고 다시 두 번의 절을 더 했다.

"다섯 번이라. 하하하."

소담선생의 웃음이 어색하다. 세 번의 절은 스승에 대한 공경의 의미이고, 이어진 두 번의 절은 관계를 끝낸다는 의미임을 알아차린 것이다.

"이제 너를 예전의 이름으로는 부르지 못하겠구나."

"그깟 호칭이 무슨 문제이겠습니까?"

"하긴 그렇구나. 하지만 네 뜻을 알았으니 더 이상 스승 노릇을 할 수는 없는 일. 그래도 차 한 잔 정도는 같이 마실 수 있겠지?"

"물론입니다."

"그럴 줄 알았다. 거기 앉아라."

위지천이 소담선생이 가리키는 방석에 앉자 화로 옆에 앉아 있던 여인이 찻주전자를 들어 찻잔을 채우기 시작했다.

쪼르르륵!

"어디서나 볼 수 있는 평범한 차이지만 맛은 제법 괜찮을 것이다."

"그럴 것입니다. 만박서원에서도 차를 끓이는 솜씨만큼은 선생을 따를 자가 없었으니까요."

"각오는 하고 있었지만 스승이 아니라 선생이라 불리니 기분은 별로 안 좋구나."

위지천은 아무런 대답도 하지 않은 채 여인이 주는 찻잔을 받아 차를 한 모금 마셨다.

씰룩!

위지천의 왼쪽 눈이 심하게 떨렸다.

"왜, 맛이 없느냐?"

"아닙니다."

위지천은 찻잔을 바닥에 내려놓았다.

피식!

위지천을 향해 옅은 웃음을 지어 보인 소담선생의 시선이 이번에는 위지천의 조금 뒤쪽에 앉아 있는 유덕을 향했다.

"그대는 누구인가?"

"유덕이라고 합니다."

"유덕이라. 난 그대와 일면식도 없는 것 같은데……."

"그렇습니다. 저와는 초면이시지요. 하지만 저의 스승은 잘 아실 것입니다."

"자네 스승이 누구인데 그러나?"

"낙 진 자 후 자를 쓰십니다."

"시강을 지내셨던 낙진후가 그대의 스승이란 말이군."

"그렇습니다."

"그렇군. 그런데 왜 이곳으로 왔는가? 자네 스승을 죽인 곳은 혈사련이 아닌가?"

역시 소담선생은 스승의 죽음을 잘 알고 있었다.

꽈악!

　유덕은 주먹을 말아 쥐었다. 그렇게라도 하지 않으면 당장 튀어 나갈 것 같았기 때문이다.

　“그곳에 가기 전에 몇 가지 물어볼 것이 있어 찾아뵈었습니다.”

　마음과는 달리 차분하기 그지없는 음성이다. 유덕의 공부가 평범하지 않다는 것을 보여 주는 일례라 할 것이다.

　“강호의 무부들이 하는 일을 내가 어찌 안다고 나에게 물으러 왔는가?”

　“하면 선생께서는 제 스승의 죽음에 대해 아는 것이 없으시다는 말씀이시군요?”

　“당연한 것 아닌가?”

　얼굴색 하나 변하지 않고 하는 말에 유덕은 미쳐 버릴 정도다. 하지만 아직은 칼을 품고 있어야 할 때였다.

　“하면 마지막으로 한 가지만 더 묻겠습니다.”

　“아는 것이 없다고 해도 막무가내군. 하지만 한 가지라니 내 들어 봄세. 그래, 무엇을 알고 싶은가?”

　“혹시 십마련이라고 아십니까?”

　“누가 보내서 온 놈이냐?”

　차가워진 얼굴에 달라진 말투, 조금 전과는 확연히 다른 태도다.

　“십마련을 안다는 뜻으로 받아들여도 되겠습니까?”

　“누가 보내서 온 놈이냐 물었다.”

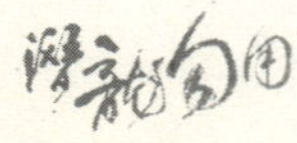

더욱 차가워진 음성, 이제는 살기마저 느껴진다.

"스승께서 황궁을 떠난 것은 당신의 정체를 알았기 때문입니다. 그리고 십마련 속에 혈사련의 단수기와 위지세가의 검절이 있다는 것도 알아냈지요. 이제 다시 묻겠습니다. 제 스승의 죽음에 대해 아무것도 모르십니까?"

소담선생의 시선이 위지천에게 돌아갔다.

"저놈의 배경이 너냐?"

위지천은 찻잔을 들어 차를 마실 뿐 아무런 대답도 하지 않았다. 그런 위지천의 뒤에서 다시 유덕의 음성이 들려왔다.

"천하의 소담선생께서 더 이상은 거짓을 말하지 않을 거라 믿고 다시 한 번 여쭙니다. 진정 제 스승의 죽음에 아무런 관련도 없으십니까?"

소담선생의 시선이 다시 유덕에게로 돌아갔다. 눈가에 비릿한 웃음을 담고서 말이다.

"그놈은 쓸데없는 곳에 너무 관심이 많았어."

"그래서 죽이신 겁니까?"

"그냥 놔두기에는 너무 위험했거든. 그런 면에서 너는 스승에게 자부심을 가져도 될 것이다. 내가 위험하다고 생각한 놈은 그놈이 처음이었거든."

유덕이 자리에서 벌떡 일어섰다. 하지만 아랫입술을 깨문 채 두 손을 움켜쥐기만 했다.

"금방이라도 달려들 것 같더니…… 왜, 두려우냐?"

두렵다는 말이 냉정을 찾아 준 것일까. 유덕은 다시 자리에 앉았다.

"내 질문은 끝났지만 아직 대형의 질문이 남았으니 우선은 참겠소. 하지만 그 대답이 끝나면 방금 전에 당신이 조롱한 대가를 피로써 받아 낼 것이오."

"대형이라. 하하하."

소담선생은 그렇게 한참을 웃고서야 위지천에게로 시선을 돌렸다.

"그래, 너도 십마련이냐?"

"만박서원에 갔을 때 제가 누구인지 아셨습니까?"

"천위지라. 웃기지 않느냐! 하하하."

"아셨다는 말씀이시군요?"

"당연하지 않느냐? 성과 이름만 바꾼 채 나타난 너를 누가 알아보지 못하겠느냐."

"그런데 어째서 비밀 서고까지 열어 주었습니까?"

"너의 재능이 어느 정도인지 알고 싶었다고나 할까. 아무튼 나는 요즘 그 부분을 후회한다. 만약 그때 내가 조금만 욕심을 버렸다면 지금 너와 이런 실랑이를 할 필요도 없었을 테니 말이다."

"저를 이용해 본 가를 노릴 생각도 했던 것입니까?"

"네가 조금만 더 무능했다면 그랬을 테지. 하지만 그러기에는 네가 너무 위험했다. 낙진후보다 네가 더 위험했다고 하면 조금 위안이 되겠느냐?"

"그런데도 왜 아무런 규제도 안 한 채 사마세가로 보내신 겁니까?"

"그럴 필요가 없다고 생각했지. 그런데 너는 생각이 다른가 보구나."

"일이 끝나면 저를 죽일 줄 알고 계셨군요."

"사마궁은 자신의 처지도 모르면서 욕심만 많은 늙은이지. 그런 그가 나도 두려워하는 너를 살려 두겠느냐. 어림없는 소리지. 그런데 너무 무능했어. 하긴 그러니 지금처럼 너에게 당하고만 있는 거겠지만 말이다."

"그러셨군요. 그나저나 군대에서는 왜 저를 가만히 놔둔 겁니까?"

"죽을 줄 알았지. 저 밖에 누워 있는 놈이 그렇게 보고를 했거든. 손대지 않아도 죽을 것이라고. 죽일 놈이지."

이미 죽은 자를 죽일 놈이라고 표현하고 있었다. 공형진은 위지천이 아니더라도 어차피 죽을 운명이었던 것이다.

"이제 마지막으로 한 가지만 더 묻겠습니다. 이곳에서 저를 기다리신 이유가 뭡니까?"

"지금 나를 봐라. 내가 몰린 거지 어찌 너를 기다린 것이냐?"

"저도 처음에는 그런 줄 알았습니다. 그런데 하루 이틀 가지고는 어림도 없는 적존멸까지 준비해 놓으셨더군요."

"적존멸이라! 정확히 말하면 적존멸이 아니라 파황멸破凰

滅이지만 파황멸이 적존멸을 바탕으로 한 것이니 그렇게 보는 것도 무리는 아니지. 그나저나 적존멸은 어디서 보았느냐? 비고에 있던 책은 내가 치웠는데 말이다."

"비고에서 본 것이 아닙니다."

여유로운 표정으로 일관하던 소담선생의 얼굴에서 미소가 지워졌다. 그만큼 적존멸은 세상에 알려지지 않은 공부였다.

"너의 공부가 놀랍구나."

"쉽지 않았습니다."

이제는 완전히 사라진 전진파의 비전을 기반으로 한 것이니 알아보는 것만도 쉽지 않은 것은 당연했다. 그런데 소담선생은 위지천의 말 속에서 묘한 느낌을 받았다. 적존멸을 알아본 것만으로 그친 것이 아니라 적존멸이란 비공 자체를 익힌 것 같았다.

'설마!'

그럴 일은 없겠지만 위지천이 적존멸을 익혔을 가능성도 고려해야 했다. 하지만 그렇다고 해서 달라질 것은 없었다. 모든 상황을 고려해 지금의 만남을 준비했으니 말이다.

씨이익!

소담선생의 입가에 묘한 미소가 떠올랐다.

"그건 그렇고, 이제 예전으로 돌아가야 하지 않겠느냐. 다시 구배지례도 하고 말이다."

"선생께서도 오궁치만큼이나 쓸데없는 것에 집착하시는

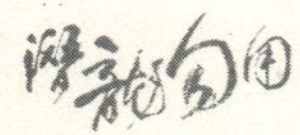

군요.”

소담선생의 얼굴이 다시금 굳었다. 적존멸에 대한 것을 들었을 때보다 더욱 심하게 말이다.

“그를 만난 것이냐?”

그의 목소리가 경직되었다고 느낀 사람은 위지천만이 아닐 것이다.

“이곳에 오기 전에 잠시 들렀습니다.”

“만독곡은 낙원제가…….”

소담선생은 말을 끊었다. 그러고는 묘한 눈으로 위지천을 쳐다보았다.

“네가 한 짓이냐?”

“오궁치를 말하는 거라면 그렇습니다.”

“그의 딸도 만났느냐?”

“오사련이라고 하더군요.”

“그런데도 맨정신으로 상처 하나 없이 이곳까지 왔다?”

“그도 선생처럼 쓸데없는 것을 너무 믿더군요.”

“만 관의 금과 이십 년의 세월을 투자한 결과가 쓸데없는 것이다. 하하하, 정말 어이가 없군.”

얼굴에는 허탈한 표정이 역력하고 웃음소리는 공허하기 그지없다. 하긴 어찌 그러지 않겠는가. 지금 이 순간 위험을 무릅쓰면서까지 위지천을 기다린 이유가 완전히 물거품이 되었으니 말이다. 가장 믿고 있던 대책까지도…….

“그럼 저 애는 더 이상 살아 있을 필요가 없겠군.”

소담선생의 시선이 다소곳이 앉아 있는 여인에게로 돌아갔다. 하지만 이 순간 소담선생의 모든 것은 위지천에게 맞춰져 있다. 미세한 움직임과 숨소리 그리고 심장 박동 소리까지 위지천의 모든 것이 소담선생에게 전해진다.

소담선생은 처음부터 위지천의 말을 믿고 있었다. 하지만 혹시나 하는 마음도 없지 않았다. 그런데 결과는 진실의 확인이었다. 위지천에게서는 어떤 두려움도 걱정도 느껴지지 않았던 것이다.

‘정말로 필요 없게 됐군.’

처음부터 필요에 의해 키운 아이다. 게다가 다음 계획을 진행하는 데에는 거추장스럽기까지 하다. 정리를 하는 데 머뭇거림이 있을 리 없다.

쓰으윽!

소담선생은 여인을 향해 왼손을 들어 올렸다.

“사死.”

소담선생이 앉아 있는 곳에 여러 가지 도형이 섞인 오망진이 그려지는가 싶더니 이내 그의 손에서 푸른빛이 튀어나왔다.

퍼억!

이마에 콩알 크기만 한 구멍이 뚫린 여인이 힘없이 옆으로 쓰러졌다.

털썩!

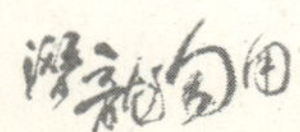

위지천의 눈이 반짝였다.

'진법으로 기운을 모으고 그 힘으로 환술을 쓰는 것이 아니라 환술로 자연의 기운을 가져오고 진법으로 발동시키다니 완전히 반대가 되었군. 파괴력이 조금 떨어지기는 하지만 생각과 동시에 기운을 쓸 수 있으니 더욱 무서워졌다고 봐야겠어. 하지만 그것뿐 진법과 환술이 섞인 것은 똑같다.'

이런 생각을 하는 사이 소담선생의 눈은 유덕에게로 옮겨졌다.

"그만하시는 것이 좋을 것입니다."

소담선생의 시선이 위지천에게로 돌아갔다.

"너도 적존멸을 알고 있다고 했으니 이 방에 있는 사람들의 목숨이 전부 내 손에 있다는 것 정도는 알고 있을 것이다. 그런데도 나보고 멈추라고 하는 것이냐?"

"적존멸이 펼쳐지면 삼 장의 거리에서는 무적이라고 하지요. 파황멸도 비슷한 범위를 가진 것 같으니 저와 유덕을 범위 안에 둔 것은 인정하겠습니다. 하지만 목숨까지도 손에 쥐고 있다고 생각한다면 그것은 이것처럼 오판입니다."

위지천은 입속에 들어 있던 뇌정고를 바닥에 뱉었다.

푸쉬쉬!

이미 죽은 뇌정고가 재로 변해 사라졌다.

"예상하고 있던 일이지만 너의 능력은 참으로 놀랍구나. 하지만 적존멸과 파황멸은 전혀 다르다. 그런데도 내가 왜 너의 말을 믿어야 하느냐?”

“저는 매우 이기적입니다. 관계없는 사람에 대해서는 죽음까지도 무관심하지만 관계된 사람에 대해서는 손가락 하나 다치는 것도 못 봅니다.”

“그러니 그만해라?”

“예.”

“내가 멈추지 않겠다면 어떻게 하겠느냐?”

“다시는 파황멸이라는 것을 펼칠 수 없을 것입니다.”

위지천은 두 손을 바닥에 댔다.

“지금부터는 내가 맡겠다.”

“알겠습니다.”

유덕은 순순히 고개를 끄덕였다. 파황멸을 막을 수 없는데도 자신이 계속하겠다고 우길 수는 없었기 때문이다.

“진陣, 공空.”

화아악!

하얀빛과 함께 나타난 선들이 위지천을 중심으로 사방으로 뻗어 나갔다.

사사사삭!

선들은 순식간에 여러 가지 도형이 섞인 오망진을 그려 냈다. 언뜻 보면 소담선생의 파황멸을 떠올릴 정도로 비슷하다. 하지만 자세히 보면 파황멸과는 많이 달랐다.

그려진 도형의 위치나 숫자도 그렇지만 발동하기 전까지

는 흔적도 보이지 않는 파황멸과 달리 위지천이 그려낸 선은 뚜렷하게 드러나 있었다.

그런 선들을 유심히 바라보던 소담선생의 시선이 위지천에게로 돌아갔다.

"무엇이냐?"

"선생의 파황멸을 본떠서 만들었으니 파황공破晃空 정도로 부르면 될 것입니다."

소담선생은 더 이상 묻지 않았다. 자신이 보기에도 파황멸과 지금의 선술線術은 같은 기초 위에 세워졌기 때문이다. 자신과 달리 가볍게 환술진을 펼치는 것이 마음에 걸리기는 했다. 하지만 그것뿐이었다.

파황멸은 한번 보고 진체眞體를 깨달을 만큼 허술한 것이 아니었다. 그 정도였다면 파황멸에 이끌려 십마련에 들지도 않았을 것이고, 지난 사십 년 동안 파황멸에 매달리지도 않았을 것이다. 소담선생은 자신을 믿었다.

"막아 보아라."

쓰으윽!

소담선생은 유덕을 향해 왼손을 들어 올렸다.

"사死."

소담선생이 앉아 있는 곳에서 또다시 여러 가지 도형이 섞인 오망진이 그려지는가 싶더니 이내 푸른빛이 튀어나왔다.

화아악!

원래대로라면 '퍼억!' 소리가 들려야 한다. 하지만 푸른 빛은 바닥에서 솟아난 하얀빛과 함께 허공으로 사라졌다.

"다시 막아 봐라."

소담선생이 왼손과 함께 오른손도 들어 올렸다.

탁자와 화로 그리고 이미 시체가 되어 버린 여인이 앉아 있던 방석을 중심으로 세 개의 원이 그려지며 오망성과 합쳐졌다.

우우우웅!

회색 공간이 위지천과 유덕을 감싸 안았다. 방 안의 모든 것이 사라진 것은 물론이고, 세상에 오직 둘만 존재하는 상황이 돼 버린 것이다.

'숨겨진 환술 중 하나는 하늘조차 가두어 버린다는 권건술圈乾術이었군.'

"대형!"

위지천은 손을 들어 유덕의 말을 막은 후 들었던 손을 강하게 내리쳤다.

"파破."

부우욱!

회색 공간이 갈라지며 푸른빛 덩어리를 손바닥 위에 올려놓은 소담선생이 나타났다. 오망성을 그리는 것과 동시에 빛 덩어리를 쏘아 대던 조금 전과는 확연히 다른 상황이다.

'권건술로 가두고 그 시간 동안 기운을 증폭시킨다. 파황

멸은 정해진 것이 아니라 환술을 추가해 또 다른 능력을 발
휘하게 하는 것이었군. 정말 획기적이야.'

위지천이 이처럼 감탄하는 사이 푸른빛 덩어리는 소담선
생의 손을 떠났고, 이내 환한 빛과 함께 흔적도 없이 사라졌
다. 둔갑을 벗어나 공환이라는 경지에 오른 위지천에게 소담
선생의 환술은 그야말로 어린아이의 장난이었던 것이다.

소담선생이 자리에서 벌떡 일어섰다.

"누구에게 배웠느냐? 일마냐?"

위지천을 노려보는 소담선생의 눈빛이 공허하다 못해 싸
늘하기까지 하다.

"아무에게도 배우지 않았습니다."

"거짓말하지 마라. 일마가 아니고서는 파황멸 폭식爆式을
절대 막을 수 없다. 그가 너에게 나를 제치고 십마련에 들어
오라고 한 거냐? 그래서 정보도 끊은 것이냐?"

소담선생의 질문은 집요하다. 대답을 하지 않으면 영원히
끝나지 않을 것처럼 말이다.

"당신 같은 사람을 한때나마 스승으로 모셨다니……."

소담선생을 바라보는 위지천의 눈빛이 허탈하기까지 하다.

그런 시선이 소담선생을 자극한 것일까!

"죽어라."

오망성이 그려지며 푸른빛이 발사되었다. 처음 여인을 죽
일 때 사용했던 방법이다. 하지만 이미 한 번 막힌 것이 다시

통할 리 없었다.

화아악!

바닥에서 솟아난 하얀빛과 함께 푸른빛이 사라졌다. 하나 소담선생은 멈출 생각이 없는지 연속적으로 푸른빛을 발사했다.

"죽어! 죽어!"

소담선생은 이제 유덕뿐 아니라 위지천에게도 파황멸을 사용했다. 하나 그의 노력은 연방 허무하게 무산됐다.

얼마나 그런 쓸데없는 짓을 했을까! 소담선생이 털썩 주저앉았다.

"헉헉."

내공을 사용하지 않는 공부라 해도 체력은 소진된다. 팔순에 가까운 노인이 돼 버린 소담선생으로서는 극심한 분노가 가져다준 충격과 체력 저하를 견뎌 낼 수 없었다.

"대답해라! 대답을 하란 말이다."

이런 상황에서도 소담선생은 연방 대답을 요구하고 있다. 위지천은 소담선생의 그런 모습에서 구역질이 났다.

"십마련의 한자리가 그렇게 좋았습니까?"

"네놈은 모른다."

"당연히 모르지요. 권력의 정점에서 손가락 하나로 세상을 조종하는 기분도 모르고, 제자라는 이름까지도 이용하는 탐욕도 모르며, 자신을 따르던 자들까지도 가차 없이 죽이는

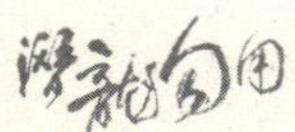

독심도 모르지요. 하지만 한 가지는 압니다."

"무엇을 말이냐?"

"당신은 더 이상 내 스승이 아니라는 사실입니다."

위지천은 자리에서 일어났다.

"무슨 정의니 하는 고상한 것은 아닙니다. 원한이 없다고
도 하지 않겠습니다. 저는 당신을 죽이기 위해 이곳에 왔으
니 이제 그 목적에 충실하겠습니다."

쓰르릉!

위지천은 현호도를 뽑아 들었다.

"당신과 함께했던 시절이 모두 거짓이라는 것을 알았기에
지금은 그 시간조차 역겹지만 그래도 한때나마 스승이라 생
각했으니 고통은 없게 해 드리겠습니다."

쓰으윽!

위지천이 발을 내디뎠다.

그 순간이었다. 망연한 표정으로 앉아 있던 소담선생이 두
손을 번쩍 쳐들었다.

"죽어라."

소담선생은 포기한 것이 아니었다. 그는 앉아서 소진된 체
력을 회복하며 위지천이 자리를 옮기기만을 기다리고 있었
던 것이다.

우우웅!

또다시 생겨난 세 개의 원이 오망성과 합쳐지며 회색 공간

이 위지천과 유덕을 덮쳤다.

씨이익!

소담선생의 얼굴에 비릿한 미소가 떠올랐다.

환술을 펼치기 위해서는 언제나 시전자가 중심에 있어야 한다. 환술을 연구한 지 오십 년이 가까워 오지만 그것만은 어떠한 경우에도 벗어나지 않았다. 그것은 진리였다. 그런데 위지천은 자신이 만들어 낸 환술의 중심에서 벗어났다. 이제 그는 패배할 것이다.

우우웅!

소담선생이 만들어 낸 푸른빛 덩어리는 시간이 갈수록 더 커졌고, 그에 비례해 미소도 점점 더 진해졌다.

그때였다.

검은색 도가 불쑥 그의 눈앞에 나타났다.

부우욱!

서걱!

소담선생은 자신이 만들어 놓은 공간이 갈라지는 것은 물론 자신의 왼손이 잘리는 것도 보았다.

'아아아악.'

머릿속을 가득 메운 고통의 비명 소리는 소리가 되어 흘러나오지 않았다. 고통보다는 어떻게 이런 일이 일어날 수 있는지가 더욱 궁금했다.

'어떻게.'

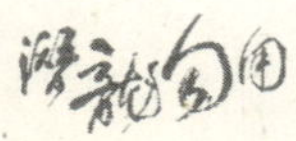

소담선생이 피가 흘러내리는 어깨를 보면서도 이런 생각만 하는 사이 그의 어깨에서 뿜어져 나온 피가 바닥에 떨어졌다.

후두두둑!

그때였다. 방은 물론이고 벽까지 온통 기괴한 문양으로 가득 차는가 싶더니 소담선생이 연기처럼 사라졌다.

"월공술越空術."

위지천의 눈이 커졌다.

환술幻術에는 여러 가지가 있다. 그중에 가장 알려진 것은 부적술로, 미리 그려 둔 부적으로 환술을 일으키는 것이고, 그다음으로는 사사명의 책사 우촉이 사용하던, 수인을 이용한 인제령술이다. 여기까지가 세상에 알려진 환술이다.

하지만 환술의 세계는 더 오묘했다. 지금 소담선생이 그린 지천선술至天線術처럼 말이다. 선으로 하늘에 닿는다는 이름처럼 선으로 환술을 펼치는 모든 술법을 일컫는 지천선술은 환술이 진법과도 연결될 수 있다는 것을 나타내는 대표적인 것이다.

그 외에도 영령술英靈術, 각인술刻印術 등이 있지만 그것을 펼칠 수 있는 사람은 세상에 몇 되지 않을 것이다. 물론 위지천을 포함해서 말이다.

아무튼 월공술은 축지縮地의 개념을 환술에 적용시킨 것으로, 발동되면 대상자를 미리 정해 놓은 곳으로 이동시키는 환술이다. 위지천조차 존재했다는 글만 보았지 실제로 보기는 처음이다.

따라가는 것은 위험했다. 그가 어디를 목표로 했는지 알 수 없기 때문이다. 하지만 따라가야만 했다. 그것도 문양이 사라지기 전에 말이다. 그를 놓치면 밀문의 배신이 드러나게 될 것이고 그로 인해 엄청난 파장이 일어날 것이다.

"이곳에서 기다려라."

앞으로 뛰어가며 큰 소리로 외친 위지천은 소담선생의 자리에 도착하자마자 그가 앉았던 방석에 현호도를 꽂았다.

푸욱!

"파破! 월越!"

번쩍!

방 안을 가득 메웠던 문양이 사라지며 위지천도 함께 사라졌다.

"환술이 이런 것이었다니……."

초옥에 혼자 남은 유덕의 목소리가 왠지 처량하게 느껴진다.

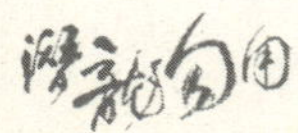

무인으로 남고 싶습니다

강호에는 하루에도 수십 건의 은원이 생긴다. 그리고 그런 은원을 이용해 먹고사는 사람들이 있다.

살수殺手.

무림인들에게 조소의 대상이 되는 자들이다. 하나 비웃기는 해도 그들을 만나고 싶어 하는 사람은 거의 없다. 살수는 대부분 승리의 축배를 준비해 놓고 나서야 모습을 드러내기 때문이다.

그런 면에서 본다면 백밀영百密影은 최고의 살수 단체다. 강호에서 일어나는 살행殺行 중 그들이 벌인 일은 채 백에 다섯도 안 되지만 그들은 단 한 번도 실패한 적이 없었기 때문이다.

그런 단체의 수장 일파귀검—巴鬼劍 탁조광.

정갈하게 다듬은 수염에 유백색 문사복, 거기에 혜지가 깃든 눈빛까지……. 모습만으로는 누가 봐도 문사다. 하지만 그가 바로 십칠존에는 못 미치지만 거의 근접했다는 평가를 받는 구사九邪 중 한 명이다.

사파의 최절정 무인인 만큼 현 무림에서 그를 당황하게 할 일은 별로 없다. 그런데 지금 그가 당황하고 있다. 그것도 얼굴이 노랗게 변할 정도로 말이다.

"사유를 불러라. 공이도 불러와."

피가 뿜어져 나오는 소담선생의 어깨를 붙잡은 채 외치는 목소리가 매우 크다.

사실 그와 소담선생은 남이 아니다. 아무도 모르게 감춰진 일이지만 그는 여섯 살에 소담선생을 만나 제자가 되었고, 사십이 년이란 세월이 흐른 지금까지도 소담선생의 곁을 지키고 있었다.

그가 배운 무공도 전부 소담선생이 건네준 것이고, 그를 따르는 자들 또한 소담선생에게서 나온 돈과 무공으로 키웠다. 그에게 소담선생은 아버지이자 스승이고 주공이었다. 그런 그의 눈앞에 소담선생이 한쪽 팔을 잃은 채 나타났으니 어찌 보면 당황하는 것이 당연했다.

"저희가 맡겠습니다."

제법 의술이 높은 사유와 공이에게 소담선생을 맡긴 탁조

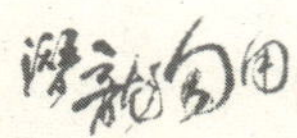

광은 그제야 지금의 상황에 의문을 가졌다.

'어떻게 이런 일이 벌어진 거지?'

소담선생은 만약을 대비한 일이라며 이곳에서 자신을 기다리라고 했다. 그럼에도 탁조광은 전혀 걱정하지 않았다. 소담선생은 자신도 죽일 수 없는 사람이었다. 특히나 그가 마련한 공간에서는 더욱 그렇다.

'대체 누가?'

탁조광의 관심은 이제 소담선생의 팔을 잘라 낸 사람에게로 옮겨졌다. 그러나 그가 누구인지를 아는 것은 그리 긴 시간이 필요하지 않았다.

쑤아학!

소담선생이 나타났을 때와 똑같은 소리가 들리더니 검은색 도를 든 사내가 소담선생이 서 있던 자리에 나타났다.

"위지천이다. 도망가는 자는 쫓지 않겠다."

"죽여라."

누구의 입에서 흘러나왔는지는 중요하지 않다. 소담선생의 적이면 죽여야 했고, 그것이 그들의 소명이었다.

휘리릭!

위지천은 훤히 보이는 선을 따라 현호도를 움직였다.

서걱!

푸하학!

현호도가 한번 움직일 때마다 목이 잘려 나가거나 심장이 갈라진다. 피가 튀고 그것이 모여서 웅덩이를 이룬다. 그러나 신음 소리도 도망가는 자도 없다. 몇몇은 계속해서 달려들고 다른 몇 명은 그늘에 숨어 온갖 무기를 사용한다.

푸슛! 슈하학!

암기가 날아드는가 하면 칼이 날아오고, 검이 날아오는가 싶으면 어디선가 쇠꼬챙이가 가슴을 찔러 온다.

휘이익!

현호도는 달려오는 자의 다리를 베고 뒤따라오는 자의 목을 자른 후 다시 다리를 잡고 쓰러진 자의 폐를 뚫는다.

푸억!

그의 뒤에는 살아 있는 자가 없다. 살아 있는 자는 오직 그의 앞에 있을 뿐이다.

피리링!

바닥에 떨어진 칼 몇 개가 위지천의 발끝에 차여 공중으로 날아가고, 그 뒤를 현호도가 따르며 사선을 그린다.

털썩!

또다시 몇 명의 사내가 힘없이 바닥에 꼬꾸라진다.

사라라락!

서걱!

위지천이 가는 길에는 막힘이 없다. 어떠한 것도 현호도를 막지 못했다. 부딪치는 소리도 들리지 않는다. 현호도가 나아가면 알아서 자리를 내주었고 그 자리로 현호도는 나아간

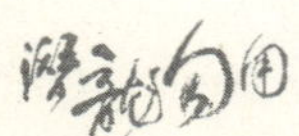

다. 그렇게 나아가던 현호도가 갑자기 움직임을 멈추었다.

푸욱!

쫘악!

"크흐흐흐!"

간혹 사람 중에 심장이 오른쪽에 있는 사람이 있다고 했던가. 만약 있다면 지금 가슴이 뚫린 채 현호도를 움켜쥔 이 사내가 그럴 것이다. 그가 만들어 낸 틈은 즉각 공격으로 이어졌다.

피리링! 슈학!

왼쪽에서는 쇠꼬챙이가 위지천의 가슴을 향해 찔러 오고, 오른쪽에서는 칼이 다리를 노리며 날아온다. 위지천의 상체와 하체가 각기 다른 사람의 표적이 된 것이다.

순간 위지천이 현호도를 놓고 뒤로 한발 물러서는가 싶더니 왼발을 축으로 회전하며 양손을 옆으로 뻗었다.

퍼벅!

쇠꼬챙이를 든 자의 가슴과 다리를 노린 자의 머리가 철퇴에 맞은 것처럼 터져 나간다. 그 순간 앞으로 나아가, 놓았던 현호도를 잡은 위지천의 팔에 힘이 실렸다.

부아악!

손과 함께 가슴이 일자로 잘린 사내가 기둥을 잃어버린 허수아비처럼 뒤로 넘어간다.

부들부들!

"꺼억꺼억."

백밀영의 특급 살수로 누구보다 뛰어나다고 자부하던 사내가 온몸을 떨면서 고통에 찬 신음 소리를 흘려 낸다. 그만큼 지금의 현실은 그에게 놀라웠던 것이다.

툭!

한동안 신음 소리를 내던 사내가 고개를 옆으로 떨구었다.

사내의 신음 소리 때문인지 아니면 머리와 가슴을 한 번의 손짓으로 터트려 버린 위지천의 권공 때문인지 모르지만 살아남은 사람들은 조금 전과 달리 달려들지 않았다. 조용한 침묵이 백밀영과 위지천 사이에 흘렀다.

'십칠존 중 제일은 진귀라고 하더니…….'

지금까지의 상황을 소담선생의 곁에서 묵묵히 지켜보던 탁조광의 손에 땀이 축축이 젖어 든다. 백밀영 중 남은 숫자는 이제 겨우 사십여 명, 어느새 육십이란 숫자가 죽음이라는 이름으로 바닥에 몸을 뉘었다.

소담선생도 흘린 피 때문인지 아니면 충격 때문인지 모르지만 이미 정신을 놓았다. 이대로 가다가는 백밀영이 사라지는 것은 물론이고 소담선생도 죽을 것이다.

─선생을 너희에게 맡기마. 죽음으로 동친왕부까지 모셔라.

소담선생을 돌보던 사유와 공이의 눈이 커졌다. 지금 탁조광의 지시는 자신의 죽음을 예견하는 것이었기 때문이다. 하나 거부하지는 않았다. 그들 또한 소담선생을 위해 키워진 자들이었던 것이다.

"명을 따릅니다."

약간 덩치가 큰 공이가 소담선생을 업자 사유가 곧바로 길을 안내하기 시작했다.

탁조광의 시선이 위지천에게로 옮겨졌다.

"그대의 무용에 감탄하오. 하지만 이곳을 떠나기는 그리 쉽지 않을 것이오."

탁조광은 위지천을 향해 천천히 걸음을 옮겼다.

"암전暗戰으로 전환하라."

기다렸다는 듯 붉은 노을 속으로 사라지는 백밀영 사이를 걸어온 탁조광이 위지천의 앞에 섰다.

스르르릉!

"나를 죽여야만 쫓을 수 있을 것이오."

검을 뽑아 든 탁조광의 어조가 강인하다. 죽음으로 위지천을 막으려는 것이다. 하지만 그런 탁조광을 바라보는 위지천의 표정은 담담하다 못해 무표정하다.

"나를 얼마나 잡아 둘 수 있다고 생각하지?"

"두 시진은 가능할 것이오."

"그 시간만으로 나에게서 벗어날 수 있을까?"

"충분할 것이오. 나는 내 수하를 믿소."

"수하를 믿는다. 좋지. 하지만 내 단언하건대 그들은 동친왕부로 갈 수 없을 거야.”

탁조광의 눈이 커졌다. 그 순간 위지천이 움직였다.

푸욱!

순식간에 이 장의 거리를 좁혀 버린 현호도가 탁조광의 심장에 깊숙이 박혔다.

“비……겹한 새끼.”

십칠존 중 최고라는 진귀라는 이름을 제외하고라도 위지세가의 가주라는 사람이 설마 이렇게 빈틈을 노려 공격할 줄은 몰랐기에 너무나도 터무니없이 당했다. 탁조광은 그것이 너무 원통한 것이다.

위지천은 태연했다. 아니, 무표정했다.

“나는 명예나 도덕 같은 것에 얽매이지 않는다.”

탁조광의 얼굴에 짙은 어둠이 깔렸다.

“선생……께서는 너무 어려운…… 적을 만드셨…… 커헉.”

죽어서도 눈을 감지 못한 탁조광을 바닥에 내려놓은 위지천은 천천히 주위를 둘러보았다.

“한 시진도 길다.”

죽음을 인도하는 사신의 발걸음이 다시 시작되었다.

타다다닥!

잠깐이라도 쉬었으면 좋겠다. 아니, 물 한 잔 마실 시간만 있어도 좋겠다. 하지만 멈출 수가 없다. 멈추면 금방이라도

그 무서운 검은색 도가 날아올 것 같았기 때문이다. 그렇게
두 시진을 달리던 사유를 멈칫거리게 한 것은 늙고 쇠약한
음성이었다.

"멈춰라."

"그럴 수 없습니다."

공이의 낮은 음성이 귀에 들려온다. 계속 달리라는 뜻이다.

사유는 공력을 끌어 모아 다시 땅을 박찼다.

파박!

"조광이는 어디 가고 너희들만 있는 것이냐?"

"진귀를 막기 위해 남으셨습니다."

"진귀라니. 설마 그놈이 나를 따라왔단 말이냐?"

"예, 어르신."

"허허!"

소담선생은 너무 어이가 없어서 그런지 허탈한 웃음만 흘
려 내고 있다.

사유는 공이와 소담선생의 대화를 들으며 백밀영이라는
이름을 떠올렸다.

'이제 끝인가!'

아직도 정보 조직은 남아 있다. 소담선생도 살아 있으니
다시 그들과 연결할 수도 있을 것이다. 하지만 예전의 조직
으로 돌아가려면 최소한 삼십 년은 걸릴 것이다. 인정하기는
싫지만 백밀영은 끝났다.

‘동친왕부에 도착하는 대로 살길을 모색해 봐야겠군.’

사유는 자신도 모르게 떠오른 생각에 매우 놀랐다. 소담선생과 백밀영을 떠난다는 생각은 한 번도 해 본 적이 없었기 때문이다. 지금의 감정이 매우 어색하고 곤혹스럽다. 하지만 잘못된 생각이 아니라는 것쯤은 안다.

‘공이와 한번 이야기를 해 봐야겠군.’

충성심 하나만큼은 제일이라는 공이이고 보면 그의 대답은 ‘불가不可’일 것이다. 하나 둘만 남을 것이 확실한 지금 그와 떨어지는 것은 쉽지 않은 일이었다.

‘우선은 동친왕부에 무사히 도착하자.’

나머지는 그다음에 생각해도 되는 일이었다.

사유는 다시 또 내공을 끌어모았다. 하단전이 찌릿하다. 내공이 마르고 있다는 증거다. 하지만 멈출 수는 없었다.

‘우욱!’

하단전에서 느껴지는 통증이 제법 아프다. 하나 아직은 참을 만하다. 그리고 그 대가로 얻은 내력도 제법 충만하다. 사유는 모은 내력을 용천혈로 내려 보냈다.

파악!

땅이 눌리며 몸이 공중으로 떠오른다.

화라라락!

옷자락을 날리는 바람이 얼굴에도 스친다. 사유는 지금의 바람이 너무 좋다. 무공을 배우며 제일 즐거웠던 때가 바로

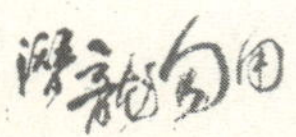

지금처럼 경신술을 사용할 때였다. 어떤 것도 막을 수 없는 자유로움이 온몸을 시원하게 훑고 내려간다.

'가랏.'

사유는 자신의 몸에 뜻을 잔뜩 실었다. 이렇게 한다고 빨라지는 것은 아니지만 이렇게 하면 조금 더 상쾌한 기분을 얻을 수 있었다. 사유의 얼굴에 환한 미소가 떠오른다.

그때였다.

피리링!

다시는 보고 싶지 않은 검은색 도가 그의 눈앞에 나타났다. 그리고 세상이 까맣게 변했다.

쿠웅!

목이 분리된 사유가 썩은 통나무처럼 땅에 나뒹굴었다.

"네놈이."

우뚝 선 공이의 등에 업혀 있는 소담선생의 목소리와 얼굴에 노여움이 가득하다. 하지만 그것이 아무런 쓸모도 없는 허세라는 것은 소담선생도 알고 공이도 안다.

공이는 소담선생을 바닥에 내려놓은 후 공손히 절을 올렸다.

"다음 생에서도 선생을 모시겠습니다."

소담선생은 아무런 말도 하지 않았다. 대신 하나만 남은 오른손을 이용해 은밀히 바닥에 선술을 그리기 시작했다. 그런 소담선생을 잠시 쳐다본 공이는 자리에서 일어나 위지천을 마주하고 섰다.

스르르릉!

"와라!"

굳게 다문 입술과 번뜩이는 눈, 쉽게 목을 내주지는 않겠다는 표현일 것이다.

하지만 공이는 살수로서의 이점을 모두 버린 상태다. 그렇지 않아도 상대가 될 리 없는 그가 위지천을 막을 수는 없는 일이었다.

번쩍!

공이는 가슴을 움켜쥔 채 몸을 돌렸다.

"용서를……."

털썩!

공이는 죽어서도 소담선생을 지키려는 듯 무릎을 꿇은 채 숨을 거두었다.

"네 이놈!"

소담선생은 자신의 앞에 선 위지천을 향해 눈을 부라렸다. 매우 분노한 표정이다.

하지만 이 순간 소담선생의 본심은 다급하기 그지없다. 바닥에 그린 선은 이미 마무리를 했다. 조급하게 그린 탓에 이동 거리가 짧기는 하지만 이 정도면 몸을 숨길 수 있는 시간 정도는 벌 수 있을 것이다.

이제 두 손으로 만들던 수인을 한 손으로 변형만 하면 된

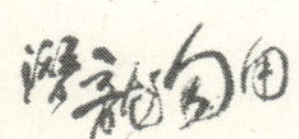

다. 그리 많은 시간은 필요하지 않다. 그저 약간의 시간만 더 있으면 되었다.

"네놈이 정녕 스승을 해할 셈이냐?"

한쪽 팔이 없어진 초라한 몰골이지만 기세만큼은 천하를 아우를 만하다. 그가 어째서 천하의 소담선생이라 불렸는지 알 수 있을 정도다. 그런데 정작 위지천의 표정은 무심하기 그지없다.

"용서는 빌지 않겠습니다."

위지천은 가차 없이 현호도를 휘둘렀다.

서격!

새로 구성한 수인을 은밀히 맺어 가던 소담선생의 목이 공중으로 떠올랐다.

"후우."

소담선생의 주검을 바라보는 위지천의 입에서 긴 한숨 소리가 새어 나왔다. 지금까지의 행동을 봐서는 그냥 짐승의 먹이로 놔두고 싶었지만, 그래도 한때나마 스승이었던 분을 그렇게 놓고 떠날 수는 없었던 것이다.

터벅터벅!

내공도 사용하지 않은 채 걸어가는 위지천의 뒤로 환술을 지운 흔적과 묘비도 없는 무덤만이 덩그러니 남아 있다.

하남 교통의 중심지는 개봉開封이다. 위로는 황하가 흐르고 아래로는 거대한 평야를 가로지르는 넓고 평탄한 관도가 있기 때문이다. 그런 개봉이다 보니 객잔도 유명한 곳이 몇 개 있는데 그중의 제일은 진가루眞佳樓다.

별채의 개수만 무려 이십 개. 거기에 소주의 미인들과 함께 광주 음식을 먹을 수 있는 공간이 따로 있으니 들르는 사람마다 이곳이 천국이라고 한다. 그런 객잔의 한 별채에 위지천이 앉아 있다.

"사사명이 죽었습니다."

위지천을 향해 공손히 말하는 사람은 밀문의 하남 지부장으로 이름은 손국진, 나이는 스물여덟이며 이 객잔의 주인으로 알려져 있다. 어리다면 어린 나이에 한 지역의 지부장을 맡을 정도이니 그의 능력이 어느 정도인지 굳이 말을 안 해도 알 것이다.

"누구에게 죽은 거지?"

"그의 아들인 회왕懷王 사조의입니다."

"사조의?"

"예, 만상."

사조의라면 동친왕과 결탁한 자다. 그의 등극에 십마련이 관여한 것이 분명했다.

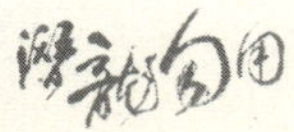

"어떻게 죽었다고 하더냐?"

"건강이 나빠진 사사명이 사조의 대신 둘째 아들인 조청을 태자로 책봉하려 했다고 합니다. 그러자 그 사실을 알게 된 사조의가 반기를 들었고 사사명의 부장部長인 낙열駱悅, 최목우 등이 그와 함께했다고 합니다."

'최목우!'

자신은 물론이고 도치와도 연결된 이름, 참으로 지독한 악연이다. 거기에 낙열, 꼭 외워 둘 이름이었다.

"혹시 사사명의 책사였던 우축에 대해서도 아느냐?"

"그도 사조의 편에 섰습니다. 아니, 그가 사조의를 돕지 않았다면 사조의는 절대 반정을 성공하지 못했을 것입니다."

"그 정도란 말이지?"

"결코 쉬운 상대가 아닙니다."

"그 정도라면 그에 대해 자세히 조사했겠군."

"당연하지요. 하지만 이곳에 있는 자료는 미흡합니다. 그러니 자세한 것을 알려면 문주께 연락해야 합니다. 안녹산에 관계되는 것은 문주께서 따로 취급하고 계시니까요."

"좋아. 이번 반정에 참여한 자들 중 네가 보기에 위험한 자들의 자료를 문주께 요구해라. 제남에서 받아 보겠다."

"명을 따릅니다."

"또 내가 알아야 할 것이 있느냐?"

"이마역의 일부가 만보전萬寶錢에 들렀다고 합니다."

만보전이라면 대륙 제일의 전장이며 천하의 돈 절반이 모여 있는 곳이다. 위지천도 그곳의 분타에서 가주패를 찾은 적이 있으니 처음 듣는 이름은 아니다.

"그가 마부로 위장하고 있으니 손님을 태우고 갈 수 있지 않느냐? 지금까지 그런 일도 자주 있었고 말이다."

"그렇기는 합니다만 그게 이번에는 이상합니다. 손님도 그렇고요."

"무엇이 이상하다는 말이냐?"

"그가 손님과 함께 만보전주를 만났다고 합니다. 그런데 그 손님이 아무래도 녹림총채주인 투귀鬪鬼 안목도 같습니다."

"안목도?"

"예, 만상."

"그가 왜 만보전주를 만난단 말이냐?"

"저도 그게 좀 이상해서 만보전에 대해 자세히 알아보았습니다. 그랬더니 몇 가지 특이한 점이 발견되었습니다."

"무엇이냐?"

"지금의 만보전주는 세상에 알려진 것과 달리 편도진이었습니다. 만보전주로 알려진 편중기의 넷째 아들이지요. 그런데 특이한 것은 편도진의 형제가 한 명도 보이지 않는다는 사실입니다. 자그마치 여덟 명이었거든요."

위지천의 표정이 굳어졌다.

"그들 전부가 죽었다고 보는 것이냐?"

“예, 만상. 그렇지 않다면 저희 눈에 걸리지 않을 수 없습니다. 그리고 또 하나 특이한 점은 편중기의 삶이 상당 부분 감춰져 있다는 사실입니다. 정확히 말하면 여덟 살부터 스물아홉까지 이십일 년의 세월이 흔적도 없습니다.”

“지금 그의 나이가 어떻게 되지?”

“마흔하나입니다.”

“그가 만보전주에 오른 것이 언제인지도 알아보았느냐?”

“그게 정확하지가 않습니다. 하지만 빨라도 이 년은 넘지 않았을 것입니다.”

“그렇게 보는 이유가 있겠지?”

“그가 본전에 들어간 것은 이 년 전입니다. 그 전까지는 청해 분타를 맡고 있었고요.”

“본전에 들어간 시점부터 변화가 시작되었다고 보는 것이구나?”

“예, 만상. 그런데 중요한 것은 안목도가 나타나기 전까지 그가 우리 눈에 전혀 걸리지 않았다는 사실입니다. 지금의 만보전이 용담호혈로 바뀌었다는 것도 마찬가지이지만 말입니다.”

“돈이 있으니 무력을 갖추려고 마음만 먹으면 금방 이룰 수 있겠지. 하지만 밀문의 지부장인 네가 용담호혈이라고 평가할 정도라면 평범한 무인들이 모인 것은 아니겠구나?”

“그렇습니다. 아는 인물로는 창원검蒼元劍이 포함된 팔정

八正의 삼인과 홍발옥수紅髮玉手를 위시한 구사九邪의 사인입니다. 그런데 더욱 무서운 것은 한 번도 보지 못한 자들이 십여 명 있는데 그들이 팔정, 구사와 비슷한 무위로 보인다는 것입니다."

십칠존에 거의 근접했다는 평가를 받는 팔정과 구사다. 그런데 정파로 대변되는 팔정과, 사파의 고수 하면 언제나 첫 번째로 손꼽히는 구사가 한 곳에 모여 있다는 말이니 이상하기 그지없다.

그런데 거기에 밀문에서도 정체를 파악하지 못한 자들이 합류했다고 하지 않은가. 그것도 팔정과 구사에 버금가는 무위를 지니고 말이다. 무심히 지나칠 수 있는 게 아닌 것만은 분명했다.

"그들의 움직임에 특별한 것은 없느냐?"

"정체를 알 수 없는 자들 중 일부가 안목도를 따라나선 것을 제외하고는 별다른 일이 없었습니다."

"그들이 간 곳도 아느냐?"

"쫓는 것을 포기했습니다."

위지천은 고개를 끄덕였다. 그가 진짜로 투귀 안목도라면 따라가는 것은 자살이나 마찬가지다. 포기하는 것이 당연했다.

"다만 그들의 흔적이 순식간에 사라진 것으로 보아 산적들만이 이용한다는 밀도密道로 이동한 것이 아닌가 하는 추

측만 하고 있습니다."

밀도라 불리는 숨겨진 길에는 알려진 것만 몇 가지가 있다. 그중 하나가 표사들이 이동하는 길이고, 또 하나는 사냥꾼과 약초꾼들이 이동하는 길 그리고 마지막은 보따리 장사꾼인 보부상들이 이용하는 길이다.

그런데 오늘 위지천은 또 하나의 밀도를 듣게 되었다. 산적들도 그들만의 길을 이용한다는 것이다. 아마 그들은 그런 길을 이용해 모습을 감추거나 전혀 뜻밖의 장소에 모습을 나타낼 것이다.

"그들의 밀도도 천하에 뻗어 있겠지?"

"그럴 것입니다. 그렇지 않으면 밀도가 아닐 테니까요."

"그렇군. 그건 그렇고, 일부는 만보전주를 만난 것 외에 다른 행동을 하지 않았나?"

"현재까지는 별다른 움직임이 보이지 않습니다."

위지천은 더 이상 일부에 대해 물어보지 않았다. 그가 은밀히 움직이려 한다면 하오문도에 상당 부분을 의지하는 밀문으로서는 그의 움직임을 파악할 수 없을 것이라 생각했기 때문이다.

"그 외에 다른 사항은?"

"염마해가 장기전으로 대항하고 있습니다."

밀상이라는 특수한 직업상 염마해는 인원이 몇 명인지조차 알려지지 않은 조직이다. 그런 그들이 매복과 암습을 위

주로 하는 장기전을 획책한다면 쉽게 승부를 내기 어려울 것
은 불을 보듯 명확했다.

"옥 당주가 고생하겠군."

"처음에는 그랬습니다."

"지금은 아니라는 말이군."

"예, 옥 당주께서는 일행을 삼 대로 나누어 염마해의 거점
을 부수며 나아가고 있습니다."

"삼 대라면 금행대와 목행대, 보충대로 나누었을 것이고,
거점을 알려면 정보가 필요할 테니 그들을 안내하는 자들은
삼성회의 사람들이겠군."

"예, 만상."

"일반인들의 피해가 크겠군."

"어차피 한 번은 겪어야 할 일입니다. 강소성이 지금의 궁
핍에서 벗어나려면 염마해가 사라져야만 하니까요."

"그렇기는 하지. 그래도 강호인들 싸움에 일반인이 죽는
것은 좋은 일이 아니야."

"백유림에 계신 분들이 조금 곤란한 상황에 빠졌습니다."

손국진은 서둘러 대화의 주제를 바꿨다. 위지천의 말이 맞
기는 하지만 강소성의 참담함을 모르는 위지천의 말에 동조
할 수는 없었다. 그만큼 그는 강소성에 대해 잘 알았다. 강
소성은 그의 고향이었던 것이다.

"어떻게 말이냐?"

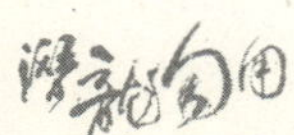

위지천도 더 이상 옥 당주의 행동에 대해 말하고 싶지 않은지 손국진의 말을 되받았다.

"이정기 장군의 병사들이 백유림을 둘러싸고 있습니다."

"어떻게 그런 일이 벌어졌지?"

"은사 중 한 명이 백유림의 상황을 알렸습니다. 이정기 장군의 뜻을 따르는 자가 드러난 것보다 많은 것 같습니다."

"그렇더라도 백유림의 일이 전어사의 행사라는 것 정도는 알 것이 아니냐?"

"알겠지요. 그렇지 않았다면 포위망만 구축하는 것으로 끝나지 않았을 테니까요."

"하긴 그렇군. 그나저나 유덕은 왜 그런 일을 자초했지?"

"아예 떠날 생각을 안 한 것으로 알고 있습니다. 그리고 구 소협이 이정기 장군을 만나러 갔습니다."

위지천은 피식 웃었다. 구사우가 갔다면 백유림의 상황은 시간만 지나면 저절로 풀릴 것이다.

'역시 유덕이군.'

유덕은 처음부터 이런 상황을 예측했음이 분명했다. 그는 구사우를 보내는 것만으로 자신의 지시도 따르고 이정기 장군과의 만남도 성사시키고 있다. 유덕과 도치 그리고 이제는 어엿한 무인이 된 구사우까지……. 마음이 풍족하다.

"내가 또 알아야 할 것이 있나?"

"없습니다."

“그럼 이제 그만 나가서 네 일을 보도록 해라. 난 내일 아침 일찍 떠날 것이니 그리 알고.”

“말을 준비시키겠습니다.”

“그럴 필요 없다. 그냥 왔던 그대로 두 발로 갈 것이니 너도 손님 한 명이 왔다 간 정도로만 생각해라.”

“알겠습니다.”

손국진이 머리를 숙인 후 방을 나가자 위지천의 시선은 다시 탁자 위로 옮겨졌다.

여러 가지 선이 그려진 그림이 눈에 들어온다. 어떤 것은 겹쳐 있고 또 어떤 것은 곡선을 그리고 있다.

‘또 뭐가 있었더라.’

소담선생이 땅에 그린 선술은 이미 완전히 복원했다. 하지만 백유림의 초옥에서 보았던 것은 아직 멀었다. 짧은 시간 보았던 것이라 완전히 알아내기까지는 꽤 많은 시간이 걸릴 것이다.

위지천은 다급하게 생각하지 않았다. 월공술은 그가 꼭 필요해서 연구하는 것이 아니라 소담선생이 사용한 지천선술에서 뭔가 도움이 될 만한 것을 얻을 수 있지 않을까 해서 하는 연구였기 때문이다.

‘축지를 이런 식으로 풀어내다니 정말 탁월하군.’

말이나 글로는 표현할 수 없는 깨달음이 문득 다가왔다. 붓을 잡아 가는 위지천의 눈가에 기쁨이 물들어 가고 있다.

다음 날 개봉을 떠난 위지천의 걸음걸이가 눈에 띄게 달라졌다.

쓰으윽!

발이 바쁘게 움직이는 것도 아니고 그렇다고 땅을 박차지도 않는다. 그저 한 걸음을 내딛을 뿐이다. 그런데도 거뜬히 산 하나를 넘는다.

"좋군."

바람에 따라 흩날리는 옷자락을 바라보는 위지천의 입가에 미소가 떠오른다.

"이번에는 좀 더 멀리 가 볼까."

스르륵!

발을 떼어 놓는 것과 동시에 위지천의 모습이 허공 속으로 사라진다.

터벅터벅!

늦은 오후, 위지천은 개봉을 떠났을 때와 마찬가지로 두 발로 걸어서 제남의 복건객잔에 들어섰다. 그런데 도착한 날짜가 조금 이상했다.

개봉에서 제남까지는 마차를 타면 보통 보름 정도 걸린다. 경공술이 절정에 이른 고수라 해도 칠 주야는 쉬지 않고 달려야만 도달할 수 있는 거리인 것이다. 그런데 위지천은 단지 나흘 만에 도착했다. 그것도 전혀 피로한 기색 없이 말이다.

위지천을 바라보는 복건객잔의 주인 차공원의 눈이 커졌다.

"어떻게?"

오늘 오전에서야 문주가 보낸 자료를 받았다. 모두 속기를 암호로 바꾼 것이라 아직도 몇 명은 번역 작업에 몰두하고 있다. 그런데 나흘 전에 떠났다는 위지천이 도착했으니 놀라는 것이 당연했다.

"좀 빨리 걸었소."

"허허!"

차공원은 그냥 웃었다. 지금 그가 할 수 있는 것은 그것뿐이었기 때문이다.

"안으로 모시겠습니다."

"조용한 곳으로 부탁하오."

그날 밤 위지천은 문주가 보내온 자료를 읽었다. 그리고 그곳에서 우촉과 편중기의 닮은 점을 찾아냈다. 우촉도 십팔 년이라는 세월이 비밀 속에 감춰져 있었던 것이다.

낙열의 자료에도 삼 년이란 세월이 사라져 있었다. 하지만 그 부분은 그리 심각하게 생각하지 않았다. 그 정도는 단순히 실수로 일어날 수 있는 일이기 때문이다. 아무튼 위지천은 다음 날 새벽 복건객잔을 떠났다.

"어서 오시게."

여전히 포위망을 풀지 않은 이정기 장군은 유덕, 구사우와 함께 막사로 들어서는 위지천을 반갑게 맞이한다. 언뜻 보기에도 예전보다 더욱 위엄이 느껴지는 것이 지금 그가 차지하는 위치가 어느 정도인지 알 수 있다.

위지천은 가볍게 포권의 예를 취했다.

"그간 안녕하셨습니까?"

"오, 이제 말도 하시는구먼. 미리 이야기를 듣고 만났으니 그렇지, 모르는 상태에서 봤다면 못 알아봤을 거야."

위지천은 빙긋이 웃었다.

"이제야 감사 인사를 드립니다."

"조혈수 그까짓 것이 뭐가 대단하다고. 더군다나 지금은 그것도 사우에게 넘겼더구먼."

"그렇게 되었습니다."

"그런 것이 필요 없을 정도로 강해졌다면 좋은 것이지. 그러고 보니 내가 쓸데없는 말로 가주를 너무 오래 세워 두었구먼. 우선 좀 앉으시게."

이정기 장군은 자신의 맞은편 자리를 위지천에게 권했다.

"유 소협과 사우에게서 가주의 얘기는 대충 들었네. 고생이 많으셨더군."

"그리 대단한 것은 아닙니다."

"하하하. 그리 대단한 것이 아니다. 역시 설 노야의 외손

다우시네.”

“외할아버지를 아십니까?”

“내가 전에 한 말을 기억하시는가? 눈에 삼성점을 가진 사람에게 도움을 받았다는 말 말일세.”

“조혈수를 주기 전에 하신 말씀이었지요.”

“오! 그래, 기억하시는구먼. 그런데 바로 그분이 설 노야셨다네. 우리 집안이 아주 어려웠을 때 그분의 도움을 받아 연명했었지. 아마 그분이 도와주지 않았다면 지금의 나도 없었을 것이네.”

“그러셨군요.”

“그리고 보면 가주와 나도 보통 인연은 아닌 듯싶네.”

“그렇게 생각해 주시니 감사합니다.”

“그런 말은 하지 않아도 되시네. 비록 반쪽이지만 가주는 고려의 핏줄을 이은 사람이 아니신가. 난 자네를 한 핏줄로 생각하고 있다네. 아무튼 그때 알았다면 더욱 좋았을 것이란 생각을 지난 며칠 동안 했지.”

“그랬다면 지금의 제가 없었을지도 모르지요.”

“그러신가. 하하하하!”

이정기 장군은 한참 동안이나 그렇게 웃었다. 아주 호탕하게 말이다.

“이제 본론으로 들어갑시다.”

이정기 장군이 얼굴을 굳히며 자세를 가다듬었다. 웃음을 그치고 난 후 바로 일어난 변화라 유덕은 물론이고 구사우까지도 어색한 표정이다. 하나 위지천은 담담한 얼굴로 이정기 장군을 쳐다보았다.

"말씀하시지요."

"가주께서 전어사로 도성장군 사마우를 참했다고 들었습니다. 이곳에 오신 이유가 그 때문입니까?"

이정기 장군이 표정을 바꾼 이유가 밝혀졌다. 포위망을 유지한 것도, 한 핏줄 운운한 것도 이것을 말하기 위한 포석이 아닌가 의심스러울 정도다. 그럼에도 위지천은 여전히 담담한 얼굴로 질문에 답하고 있다.

"아닙니다."

"그럼 다시 한 번 묻겠습니다. 이곳에 오신 이유가 무엇입니까?"

"개인적인 이유입니다."

"유 소협의 말대로 소담선생 때문이라는 것입니까?"

"그렇습니다."

"나는 가주의 말을 믿습니다. 하지만 제 부장 중에는 가주의 말을 믿지 않는 사람이 여럿 됩니다. 그중에 특히 한 사람은 소담선생을 잡으러 왔다고 보기에는 숫자가 너무 많다고 걱정하고 있습니다."

맞는 말이다. 소담선생만 상대하려 했다면 장로와 호법들 그리고 육정기와 궁귀만으로도 충분했다. 아니, 넘쳤다. 더

군다나 소담선생은 무력이 전혀 없는 사람으로 알려지지 않았던가.

그런데 그런 사람을 상대하기 위해 의제들과 철기맹은 물론이고 폭풍삼대까지 움직였으니 이정기 장군의 우려가 터무니없는 것은 아니었다. 어찌 보면 선제공격을 가하지 않은 것만도 고마워해야 할 일이었다.

위지천도 이제야 그 사실을 깨달았다. 하나 순순히 고개를 숙일 수는 없는 일이었다. 지금 그는 개인이 아니라 위지세가의 가주였기 때문이다.

"장군께서 걱정하시는 바가 무엇인지 압니다. 하지만 그것을 해명하기 전에 먼저 알아 두셔야 할 것이 있습니다."

"무엇입니까?"

"제가 호제비와 제왕령을 받은 까닭입니다."

"말씀해 주실 수 있으시겠습니까?"

"둘만 대화를 나누었으면 합니다만……."

"안 됩니다."

말이 끝나기가 무섭게 한 사람이 크게 외쳤다. 예전에 이정기 장군이 유철이라고 불렀던 사람이다. 조혈수를 직접 자신의 손목에 채워 준 사람이기도 했다. 그런데 그가 앞서서 자신의 말을 반대하고 나서고 있다.

위지천은 그저 조용히 이정기 장군을 바라볼 뿐 아무런 말도 하지 않았다. 지금 상황에서는 자신이 무슨 말을 한다 해도 유철이 받아들이지 않을 것이기 때문이었다.

이정기 장군이 피식 웃었다.

"이보게, 유철."

"예, 장군."

"자네는 내가 못 미더운가?"

"그럴 리가 있겠습니까?"

"한데 왜 둘만의 대화가 안 된다는 거지?"

유철은 대답하지 않았다. 거짓을 말하느니 대답을 안 하겠다는 뜻일 것이다. 도치와 비슷한 사람이 한 명 더 있었다.

"자네가 대답을 안 한다고 내가 자네의 마음을 모르는 것도 아니니 그만하지. 모두 데리고 나가게. 가주와 둘이서만 이야기를 나누고 싶네."

"장군!"

"내가 똑같은 소리를 두 번 해야겠는가?"

목소리를 높인 것도 아니고 그렇다고 눈을 부라린 것도 아니다. 그럼에도 이정기 장군의 말에는 힘과 기세가 실려 있다. 처음 보았을 때 느꼈던 호랑이의 힘과 기세가 말이다.

"존명."

유철이 고개를 숙였다. 하나 그대로 나가지는 않겠다는 듯 위지천을 바라보며 검 자루를 움켜쥐었다. 만약 무슨 일이 일어나면 너만은 꼭 죽이겠다는 표시다.

피식!

위지천도 이정기 장군처럼 웃었다.

마침내 위지천과 이정기 장군 둘만의 자리가 만들어졌다.

"이제 말씀하시지요. 왜 호제비와 제왕령을 받으셨습니까?"

"그 말씀을 드리기 전에 저는 황제께 충성을 맹세한 것도 아니고, 그렇다고 황제와 뜻을 같이하는 것도 아니라는 사실을 알아주셨으면 합니다."

이정기 장군의 눈빛이 깊숙이 가라앉았다. 왜 위지천이 둘만의 대화를 요구했는지 알아챈 것이다.

"그 말씀 받아들이지요."

"감사합니다. 그럼 이제 왜 제가 호제비와 제왕령을 받았는지 말씀드리지요. 사실 제가 적으로 생각하고 있는 곳은 소담선생 개인이 아니라 십마련이라는 단체입니다."

이렇게 시작한 위지천의 이야기는 장장 한 시진 동안이나 이어졌다. 그리고 마침내 이정기 장군의 입에서 결론이 내려졌다.

"그러니까 소담선생이 십마련과 한패이기 때문에 죽였고, 지금도 십마련을 상대하기 위해 움직이는 중이란 말이구면. 그러다 보니 모두 모여서 이곳으로 온 것이고 말이야."

말투도 어느새 처음의 상태로 되돌아갔다. 이정기 장군이 마음을 열었다는 증거이리라.

"예, 장군."

"그나저나 소담선생, 참으로 나쁜 놈이구면. 몇 번 만나자고 연락이 왔는데 만나지 않기를 정말 잘했어. 만약 만났다면 가주와 내가 칼을 겨누고 있을지도 모르지 않은가.”

“만났다면 그럴 수도 있었을 것입니다. 소담선생은 충분히 그런 일을 만들 수 있는 사람이니까요.”

“그렇지? 역시 내 판단이 정확했어.”

만나지 않겠다고 결정한 사람이 본인이라는 뜻일 것이다.

위지천은 피식 웃었다. 그런 웃음이 보기 좋았던 것일까. 이정기 장군도 따라 웃었다. 그런데 그의 웃음소리는 크고도 당찼다. 그의 기세가 여실히 드러나는 웃음이다.

“하하하! 그나저나 이제 어디로 갈 것인가?”

“사마세가부터 들를 생각입니다.”

“남자라면 당연히 은원부터 해결해야지. 그런데 거기서 멈출 생각은 아니실 테고, 그다음은 어디를 생각하고 계신가?”

“혈사련입니다.”

“청해라… 멀군.”

“하지만 해야 할 일입니다.”

“하긴 내가 생각해도 혈사련은 꼭 정리해야 할 곳이야. 그것도 가장 먼저 말일세.”

대세를 보는 눈이 정확해서일까. 이정기 장군은 유덕과 같은 말을 하고 있다.

“그건 그렇고, 내가 도와줄 일은 없으신가? 내가 뜻을 세운 것도 그런 놈들 때문이니 말일세.”

“그럼 우선 시급한 것부터 말씀드리겠습니다.”

“말씀해 보시게. 내가 할 수 있는 일이라면 무엇이든지 도와줌세.”

“강소성의 일로 조금 문제가 생길지도 모르겠습니다. 아무 일도 일어나지 않으면 다행이지만 만약 문제가 발생하면 조금 힘을 써 주십시오.”

“가주의 부하들이 하는 작전 때문에 그러신가?”

“그렇습니다, 장군.”

“그런 일이라면 걱정도 마시게. 지금 조정에서는 그런 일에 신경 쓸 사람이 없네. 아니, 있다고 해도 그들은 강소성의 일을 황제 폐하의 치적이라고 외칠 것이네. 수탈한 자들을 처단했다고 말일세.”

“그렇습니까?”

“그렇지. 그게 바로 정치야. 황제는 어떤 식으로든 민심을 자신의 것으로 만들고 싶을 것이고, 대신들은 얼씨구나 좋다 하고 따르지. 지금의 이 나라가 그래. 완전히 썩었…….”

말을 하던 이정기 장군의 얼굴이 굳어졌다. 격분해서 얘기를 하다 보니 자신의 본심을 드러내 버렸던 것이다.

위지천은 빙긋이 웃었다.

“폭풍세가는 정치를 모릅니다. 과거에도 몰랐고 앞으로도 모를 것입니다. 그러니 조금 전의 이야기 같은 것은 그리 중요하지 않게 들립니다. 못 들은 것으로 하라시면 그렇게 할 수도 있고요.”

“하하! 그런가?”

“예, 장군. 저는 그저 강호에 사는 무인일 뿐입니다.”

“모든 무인들이 가주만 같으면 무슨 걱정이 있겠는가?”

“저도 그랬으면 하는 바람이 있습니다. 하지만 강요할 수
는 없는 일이지요. 사람은 각기 저마다의 삶이 있으니까요.”

“하긴 사연 없는 사람은 없지. 가주와 나만 해도 많은 사
연을 담고 있지 않으신가?”

“그렇지요.”

자신이 한 말 때문인지 아니면 거침없이 흘러나온 위지천
의 대답 때문인지 모르지만 이정기 장군은 잠시 아무런 말도
하지 않은 채 위지천을 쳐다보았다. 그러고는 천천히 입을
열었다.

“산동만큼은 내 왕국으로 만들고 싶네.”

“그것으로 만족하실 수 있겠습니까?”

곧바로 대답이 흘러나온다. 이미 예측하고 있었던 말이란
뜻이다.

“기회가 된다면 천하를 노릴 수도 있겠지.”

반역의 뜻을 담은 말이다. 그러나 위지천은 그저 담담하다.

“장군의 뜻이 천하에 닿았다 해도 저는 지금처럼 무인으
로 남고 싶습니다.”

“이를 말인가. 나는 그저 가주가 내 마음을 알아주었으면 하

네. 그리고 나와 반대되는 쪽에 서지 않기를 바라기도 하고 말
일세."

"제가 살아 있는 동안 폭풍세가가 장군의 반대편에 서는
일은 없을 것입니다."

"그럼 됐네."

지금까지 위지천과 대화를 나눈 것은 바로 이 대답을 듣고
싶었기 때문이다. 자신의 뜻을 따른다고 했으면 더욱 좋았을
일이지만 그것까지는 처음부터 바라지도 않았다.

그저 자신과 반대되는 쪽에 서지 않은 것만으로도 반갑고
고마운 일이었다. 그만큼 위지세가는 무서운 곳이었다.

"나는 가주와의 만남이 하늘이 만들어 준 것이라 생각하네."

"저도 그렇게 생각하고 있습니다."

"그런가? 역시 가주는 나와 통하는 데가 있다니까."

이정기 장군은 자리에서 일어났다.

"언제든 나를 만나고 싶으면 제남으로 오시게. 누구도 가
주의 앞길을 막지 않을 것이네."

"감사합니다."

이정기 장군은 등 뒤로 손을 들어 보이며 막사를 떠났다.
그리고 위지천도 곧이어 막사를 떠났다.

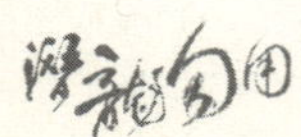

내가 너무 성급했구나

요즘은 화산파 장문인 창궁검호보다 무림맹 총사로 더욱 많이 불리고 있는 낙원제의 얼굴이 심하게 구겨져 있다.

"무슨 안 좋은 일이 있으신 것 같습니다."

시간만 나면 수시로 들러서 가려운 데를 긁어 주는 제갈편의 목소리가 오늘도 들려온다. 전 총사인 제갈포유의 사질이라는 것 때문에 멀리하고는 있지만 지금과 같은 경우에는 반갑기 그지없는 손님이다.

지금 자신이 걱정하는 바를 놓고 토론할 회의에 참석할 수 있는 천문각의 각주이니 비밀이 새어 나갈 걱정도 없다. 내일이면 저절로 알게 될 사람이니 말이다.

낙원제는 웃는 얼굴로 제갈편을 맞이했다.

"어서 오시게."

"대체 어떤 일이시기에 그토록 언짢은 표정을 짓고 계십니까?"

언짢은 것이 아니라 곤란한 상황이지만 언짢다는 말로 자신을 감춰 주는 것도 오늘은 좋다.

"사실은 별거 아니네만."

제갈편의 눈동자 깊숙한 곳에서 비웃는 빛이 스쳐 지나간다. 하나 어떻게 말을 해야 할지 고민하는 낙원제이다 보니 그런 눈빛을 볼 정신도 없다. 그렇게 또 한 번의 비웃음이 아무런 흔적도 없이 지나간다.

"그래도 한번 말씀해 보시지요. 혹시 제가 꼼수라도 만들어 낼지 압니까."

"하하하!"

낙원제는 호탕하게 웃었다. 아니, 웃는 척했다. 제갈편이 자기보다 뛰어나다는 것을 알면서부터 커진 웃음이지만 오늘따라 유난히 더 크다.

"사실 얼마 전에 지 총관에게서 연락이 왔네."

"지 총관이라면 위지세가의 지 총관을 말씀하시는 겁니까?"

"그렇지."

제갈편의 눈이 반짝였다. 하나 그의 표정은 눈빛을 봤다고 해도 그냥 지나칠 정도로 무심하다.

"양쪽을 나눠서 정리하기로 한 다음부터 한동안 연락이

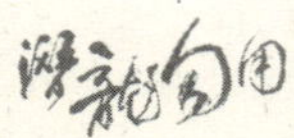

없던 자 아닙니까? 그런데 갑자기 무슨 바람이 불어서 연락
했답니까?”

“사실 위지세가가 맡은 쪽은 거의 정리가 끝났다고 봐도
되네. 아직 작은 곳이 몇 곳 남아 있기는 하지만 큰 곳은 염
마해가 마지막이니 말일세.”

“그렇군요.”

제갈편은 대수롭지 않게 생각하는 듯 간단하게 대답했다.
하지만 속마음은 그것과 전혀 달랐다.

‘정파의 집합체라고 할 수 있는 무림맹조차 수많은 사상
자를 내고서도 아직 삼분의 이도 정리하지 못했는데, 비록
몇 군데에서 인원 보충을 받았다고는 하지만 외당만으로 혈
사련의 한쪽 세력을 정리해 버리다니. 이러다가 정말 형님의
걱정대로 되는 것이 아닐까!’

위지세가의 움직임에 세가의 모든 것을 집중하고 있는 제
갈포유의 얼굴이 떠올랐다. 어째서 형님이 그렇게 노심초사
하고 있었는지 이제야 조금은 이해할 수 있을 것 같았다.

‘방법을 찾아야 해. 아님 진짜로 멸문한다.’

제갈편의 머리가 빠른 속도로 움직이기 시작했다. 하지만
그런 사정을 모르는 낙원제는 연이어 자신의 걱정을 토해 놓
았다.

“그래서인지 혈사련의 총단을 공격할 것이니 우리도 협조
하라는 연락이 왔다네.”

　제갈편은 서둘러 생각을 접고는 낙원제의 말에 맞장구를
쳤다.

　"총단은 우리가 맡기로 한 것이 아닙니까?"

　"지 총관의 요구는 그랬지. 하지만 맹주께서 받아들일 수
없다고 해서 결국 같이하기로 합의를 했다고 하더군."

　자신도 모르는 얘기다. 하긴 그때 형님의 형편이 그것을
말해 줄 수 있는 상황도 아니었다. 제갈편은 서운함을 털어
버리고 지금의 상황에 집중했다.

　"맹주께는 말씀드렸습니까?"

　"말씀이야 드렸지. 그런데 알아서 하라고 하니 내 이러지
않은가."

　"공격 날짜도 알려 왔습니까?"

　"날씨가 풀어지는 삼월 초로 잡고 있다고만 알려 왔네."

　"삼월 초면 삼 개월 조금 넘게 남았지 않습니까?"

　"그렇지."

　"이동하기에도 바쁜 시간이군요?"

　"그렇지. 그래서 내가 이 고민을 하는 것이 아닌가."

　방법을 찾아야 했다. 가문도 살리고 낙원제의 체면도 유지
시켜 줄 방법을 말이다.

　생각에 잠긴 제갈편의 입가에 미소가 떠올랐다.

　"방법이 있는가?"

　"현재 혈사련의 총단과 가까운 부대가 어디입니까?"

“그거야 백야곡白夜谷을 상대하러 떠난 멸적대滅敵隊 아닌
가. 각주도 알고 있을 텐데…….”

물론 알고 있다. 그곳에 장로 네 명과 호법 일곱 명 그리고
경각대警覺隊까지 모여 있는 것도 안다. 아니, 알고 물어본 것
이다. 하지만 그런 표현을 할 만큼 자신은 어리석지 않았다.

“진법만 책임지고 있는 제가 어디서 그런 정보를 들을 수
있겠습니까. 총사께서 도와주신다면 몰라도요.”

“그런가. 허허! 내가 이거 각주에게 너무 소홀했구먼. 알
았네. 내 다음부터는 자네에게도 알리라고 함세.”

진심으로 한 말이 아니라는 것 정도는 제갈편도 안다. 다
시 이런 일이 있어도 자신에게 들려올 정보는 없다는 것을
말이다. 하지만 제갈편은 환하게 웃는다. 낙원제도 더불어
웃는다. 그렇게 또 서로를 속이는 시간이 지나갔다.

“그나저나 그들을 물어보는 이유가 뭔가?”

“가장 가까우니 진귀와 합류하기 제일 좋지 않습니까. 게
다가 맹 내 서열 일위이니 총사께서도 하실 말이 있고요.”

“아니, 그들은…….”

낙원제의 얼굴에 의아한 빛이 떠오른다.

사실 백야곡은 혈사련 중에서도 세 손가락 안에 꼽는 문파
다. 고심해서 멸적대를 선택했고 그것도 모자라 많은 사람을
함께 보냈지만 아직도 멸적대가 그들을 멸문시킬 수 있을지
자신이 없다.

그런데 제갈편이 그런 부대를 거론하니 의아할 수밖에 없었던 것이다.

"진귀가 합류할 부대의 어려움을 보고만 있지는 않을 것입니다."

그렇게만 된다면 더 이상 바랄 것이 없다. 아니, 그렇게 될 것이다. 진귀는 친구가 아니라 적이라 생각을 하고 있지만, 그래도 그는 혈사련을 목표로 하는 정파의 사람이기 때문이었다.

"그렇다고 해도 그들만 합류시키면 말이 나올 것 아닌가?"

"그렇지요. 그러니 부대를 하나 더 합류시켜야지요. 맹주와 총사께서도 가셔야 하고요. 이런 기회를 놓치면 안 되지 않겠습니까?"

"그렇기야 하지. 그런데 새로 합류시킬 부대는 어디가 좋겠는가?"

이제는 아주 대놓고 물어보는 낙원제를 바라보는 제갈편의 눈빛 깊숙한 곳에서 또다시 비웃는 빛이 스쳐 지나간다.

제갈편이 보는 낙원제는 한 문파를 이끌어 나갈 수준에 불과했다. 많은 수의 문파가 모여 있는 무림맹을 이끌어 나갈 총사감은 아니었던 것이다. 하나 그것 또한 아직은 드러낼 때가 아니었다.

"현재 제일 한가한 부대를 합류시키면 될 것입니다. 그래야 시간을 맞출 수 있을 테니까요."

맞는 말이다. 하지만 낙원제는 선뜻 그렇게 하는 것이 좋겠다고 대답할 수가 없었다.

지금 제일 한가한 부대는 자신과 함께 만독곡을 공격했던 해원대다. 하지만 지금의 해원대는 말만 대지, 사실 두 개의 조를 합친 정도밖에 되지 않았다. 혈사련의 공격에 참여시킬 수준이 되지 못한 것이다.

"왜 걱정이 있으십니까?"

"각주가 알고 있을지 모르겠지만 현재 움직일 수 있는 부대는 해원대뿐이네. 그러니 내 어찌 걱정을 하지 않겠는가?"

"부족한 인원 때문에 그러시는군요?"

"그렇지. 해원대야 맹 내 서열 삼위의 부대이니 이름만으로는 충분하지. 하지만 인원이 너무 부족해."

"그럼 인원을 채우면 되지 않겠습니까?"

"인원을 채워?"

"예, 이번에 만독곡을 승리로 이끈 후기지수들을 포함시키고, 당문에도 지금의 상황을 설명하고 인원을 요청하십시오. 거기에 본 가의 사람과 사마세가의 사람을 포함시키면 충분할 것입니다."

"제갈세가를?"

낙원제의 눈에 의심이 가득하다. 하나 이미 제갈편은 낙원제의 모든 것을 파악하고 있다. 이런 의구심 정도는 가볍게 넘겨 버릴 정도로 말이다.

“가주께서는 이번 일에 끼지 못합니다. 요즘 폐관 중이시 거든요.”

폐관은 맞다. 단지 무공 연마가 아니라 위지세가의 움직임을 파악하느라 그렇지만 말이다. 낙원제도 이유는 몰라도 폐관한 것 정도는 이미 알고 있을 것이니 굳이 감출 것도 없다.

“그렇다면야.”

낙원제의 굳었던 얼굴이 환하게 펴진다.

“그런데 순순히 보내 줄까?”

“당문은 몰라도 본 가와 사마세가에서는 사람을 부를 자신이 있습니다. 제가 한번 나서 볼까요?”

“그렇게만 해 준다면 내 이 은혜 꼭 갚겠네.”

“은혜는요. 오히려 맹의 일에 도움을 줄 수 있게 해 주셔서 제가 고맙지요. 총사가 아니시면 누가 이렇게 제 말을 들어주겠습니까?”

“각주는 참으로 맹을 좋아하는구먼.”

“제 젊음을 모두 쏟아부은 곳입니다. 어찌 좋아하지 않겠습니까?”

“하긴 그렇구먼.”

낙원제는 제갈편의 마음을 이해한다는 듯 고개를 끄덕였다. 그렇게 또 하나의 사건이 만들어졌다.

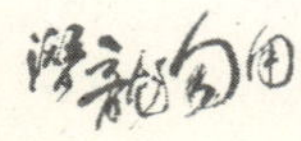

제갈세가의 가주만이 사용할 수 있다는 연무관에 두 사람이 앉아 있다.

"혈사련 총단을 치는 데 합류하라."

"예, 편이가 그렇게 보내왔습니다. 말씀만 하십시오. 지금 당장 사람을 보내 혼내겠습니다. 그놈이 감히 가주가 누구시라고."

포단에 앉아 있는 제갈포유가 손을 내저었다.

"그러지 마. 그놈 어리게만 봤더니 이제는 믿어도 되겠어."

"예?"

제갈포유와 마주 앉아 있는 사내의 얼굴에 의아한 표정이 떠오른다. 사실 그는 제갈세가가 자랑하는 창천대蒼天隊의 대주이자 제갈세가에서도 다섯 손가락 안에 드는 무위를 지닌 제갈경이다.

그런 그가 의아한 표정을 지으니 요즘 전혀 웃는 낯을 보이지 않았던 제갈포유도 피식 웃는다.

"그냥 편이가 해 달라는 대로 해 줘. 무엇을 요구하든지 말이야."

"정말이십니까?"

"그래, 앞으로 무림맹의 일은 편이가 하라는 대로 해."

"가주의 말씀이니 따르기는 하겠습니다만 지금과 같은 상

황에서 우리가 왜 혈사련의 공격에 참여해야만 하는지 저는
도무지 모르겠습니다.”

“그러니까 대주는 책사가 되지 못하는 거야.”

제갈경이 단정하게 빗은 머리를 긁적여 엉망으로 만든다.

“제가 멍청한 거야 누구보다도 제가 잘 알고 있으니 그런
말씀은 굳이 안 하셔도 됩니다.”

“하하하! 하여튼 대주는. 아무튼 이번 혈사련 공격은 우
리에게 아주 좋은 기회야. 그중의 첫 번째는 당연히 가문의
안전이지.”

“혈사련과의 싸움에서 많은 사람이 죽고 다칠 텐데 어찌
안전하다고 하십니까?”

“내가 안전하다는 것은 혈사련과의 싸움을 말하는 것이
아니라 진귀와의 문제를 말하는 거야. 혈사련을 공격하는 동
안에는 진귀가 아무리 우리를 물어뜯고 싶어도 공격할 수가
없을 거거든.”

“그런가요?”

“그렇지. 그가 아무리 세상의 눈을 무서워하지 않는다고
해도 같은 목적을 가지고 모인 사람을 향해 칼을 뽑을 수는
없거든. 그렇게 되면 무림맹은 물론이고 강호의 모든 문파가
등을 돌릴 테니까 말이야.”

“그렇군요. 그런데 가주께서는 가문의 안전을 첫 번째로
뽑았습니다. 혹시 다른 이익도 있는 것입니까?”

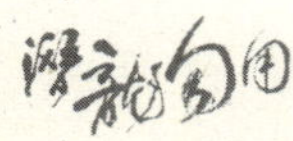

"있지. 우선은 시간을 벌 수 있어. 가문의 안전과 비슷한 얘기지만 사실은 그것과 달라. 내가 그 시간 동안 다른 곳에 눈을 돌릴 수가 있거든. 아마 편이도 그런 생각을 했을 거야."

"그러고 보니 가주께서는 계속 폐관 상태로 알려지는 것이 좋겠다는 글도 있었습니다."

"하하. 역시 그랬군. 대주는 좋은 아들을 두었어."

"그놈이 좀 똑똑하기는 하지요. 그건 그렇고, 또 다른 이득은 무엇입니까?"

"우리가 다시 무림맹에 자리를 잡을 수도 있어."

"어떻게요?"

"우리가 뒤로 밀린 것은 진귀와의 일 때문이지. 다른 문파와는 아무런 문제도 없어. 맹주와도 마찬가지고."

"그렇기야 하지요. 하지만 위지세가의 가주와 생긴 일 아닙니까. 맹에서 받아들이려 하겠습니까?"

"혈사련이 사라지면 강호에는 무림맹과 위지세가만 남게 돼. 혈사련의 외당 당주를 지냈던 탈혼살부 염치광이 거느린 노치방이 남아 있기는 하지만 이미 그들은 끈 떨어진 짚신이야. 결국 무림은 두 개의 세력과 자투리들로 개편된다 이거지. 그럼 어떻게 되겠어?"

제갈경의 눈이 커졌다. 그도 이 정도는 알아들을 만한 머리를 가진 것이다.

"맹주가 위지세가를……."

제갈포유는 손을 들어 제갈경의 말을 막았다.

"아직은 내 생각일 뿐이야. 어떻게 진행되는가는 혈사련과의 일이 끝나야 결정될 것이고. 하지만 내가 아는 맹주는 욕심이 하늘에 닿아 있는 사람이야."

"그렇군요."

"그렇지."

또 하나의 음모가 조용히 싹트고 있었다.

사마세가에서도 이와 비슷한 얘기가 흘러나왔다. 그리고 다음 날 새벽 혈사련의 공격에 참여하겠다는 뜻을 담은 편지가 낙원제에게 발송되었다.

악양岳陽 북동쪽의 성릉기城陵磯!

동정호와 양자강이 연결되는 이곳이 바로 혈사련의 외당 당주였던 염치광이 거느린 노치방의 본단이다. 삶 자체가 거친 물살 속에 있기에 가끔은 수적으로 오해도 받는다. 하지만 그들은 얼마 전까지만 해도 혈사련의 중심을 이뤘던 거대 문파다.

그런 노치방의 정문이 어둠 속에서나마 희미하게 보이는 객잔의 별채에 유덕이 육정기와 검중오살 그리고 도치와 초

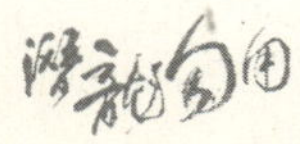

부, 적도와 함께 앉아 있다.

"정말 이대로 내일 아침에 그냥 들어갈 거요?"

"그럼 그냥 들어가야지 싸움이라도 하면서 갈래?"

빙긋이 웃으면 대답하는 유덕의 말에 도치가 가슴을 두드린다.

"아구, 내 말은 그것을 말하는 것이 아니지 않소?"

"똑같은 말이다."

"예?"

움직임을 멈춘 도치의 얼굴에 의아함이 가득하다.

"지금 우리에겐 앞과 뒤만 있을 뿐 옆이 없다. 들어가느냐 아니면 돌아가느냐 뿐이 없다는 것이다. 그런데 잠도 제대로 자지 못한 채 한 달을 넘게 고생해서 여기까지 왔는데 그냥 돌아갈 수는 없는 것 아니냐."

"외나무다리를 탄 신세라니! 정말 니기미군."

피식!

유덕의 입가에 옅은 미소가 떠올랐다.

"그나저나 이곳에는 왜 온 거요? 거적때기에 덮여서 나오면 들을 수도 없을 것이니 이제라도 이유나 들어 봅시다."

"도치야, 대형께서 혈사련을 어떻게 할 것 같으냐?"

"그거야 당연히 없애겠지요."

"그런 분이 달랑 우리만 이곳으로 보냈을까?"

"그거야……."

　말을 하려던 도치가 갑자기 말을 끊는다. 무언가 떠올랐던 것이다.
　"네 생각이 맞다. 혈사련이 사라지면 분명 염치광이 혈사련의 이름을 이어받을 것이다. 그런데도 대형은 우리만 이곳에 보냈다. 왜 그랬을까?"
　"그거야 형님하고 대형하고 둘이 쑥덕거리다가 결정한 것 아니오. 그것을 왜 나에게 묻소?"
　"하하! 하여튼."
　"나 무식한지는 형님도 알 것이니 돌려서 말하지 말고 그냥 툭 터놓고 말해 주시오. 이거 원 답답해서 미치겠소."
　"너는 무식하지 않다. 아니, 너무 똑똑해서 탈이지. 아무튼 우리가 이곳에 온 이유는 혈사련을 살리기 위해서다. 아니, 정확히 말하면 혈사련의 수뇌부만 정리하기 위해서 온 것이지."
　"어떻게 말이오?"
　"염치광은 혈사련 내에서 신망이 아주 높다."
　"그를 내세워 혈사련을 분열시키겠다는 것이오?"
　"분열시키는 정도가 아니라 대형은 염치광을 혈사련주로 앉힐 생각이시다."
　"그게 가능하겠소?"
　"가능하다. 염치광은 전 련주를 죽인 단수기를 평생의 적으로 생각한다. 그리고 적의 적은 동료가 될 수 있다."

"대형의 뜻대로 된다고 해도 문제가 많을 것이오. 혈사련의 무사들 중에는 부모는 물론이고 형제자매를 잃은 자도 상당히 될 테니까 말이오. 염치광이 련주의 자리에 오른다고 해도 그것은 막을 수 없을 것이오."

"그렇겠지. 대형께서도 그것까지는 막을 생각이 없다고 하셨다."

"결국 염치광이 련주가 될 때까지만 한 배를 타는 것이군요?"

"그렇지. 그 후에는 다시 칼을 겨누게 될 것이고. 강호인에게 은원은 누구도 피해 갈 수 없는 길이니까 말이다. 그것이 강호이고……."

도치는 고개를 끄덕였다. 지금까지 유덕이 한 말 중에 제일 맘에 드는 말이기도 했다.

"그건 그렇다고 합시다. 그런데 대체 왜 혈사련을 살리려는 것이오? 그냥 쓸어버리면 간단하지 않소."

"네가 무엇 때문에 그런 생각을 했는지 모르겠다만, 혈사련은 지난 백 년 동안 무림을 다스렸던 양대 세력이다. 결코 쉽게 상대할 수 있는 곳이 아니야."

"옥 당주는 쉽게 주요 문파를 정리하지 않았소."

"그것을 보고 쉽다고 생각했나 보구나. 하나 그들이 혈사련의 극히 일부분이라고 하면 믿겠느냐? 그리고 그것도 폭풍세가에서 맡은 쪽만 몇 군데 정리가 됐을 뿐 무림맹에서 맡은 쪽은 아직도 치열한 싸움이 계속되고 있다. 그것은 어떻게 생각하느냐?"

도치는 무림맹이 약해서 그런 것이라고 말하고 싶었다. 하지만 그런 이유 때문이 아니라는 것은 누구보다도 자신이 잘 알았다. 인정하기는 싫지만 자신이 그동안 혈사련을 너무 쉽게 보고 있었다. 그런 사실을 확인이라도 시켜 주려는 듯 유덕의 말이 이어졌다.

"폭풍세가가 일부나마 혈사련의 세력을 무너트린 것은 혈사련이 약해서가 아니라 폭풍세가가 강해서다."

유덕의 말이 옳다는 것은 이제 도치도 인정한다. 하지만 아직도 인정할 수 없는 것이 하나 있었다.

"형님의 말이 전부 맞다고 합시다. 그렇다고 해도 없애려고 한다면 없앨 수는 있지 않소?"

"희생이 많이 따르기는 하겠지만 충분히 그럴 수 있지. 하지만 쉽게 할 수 있는 싸움을 어렵게 할 필요는 없지 않느냐? 그리고 더욱 중요한 것은 혈사련이 사라지면 안 된다는 것이다."

"왜 그렇소?"

"혈사련이 사라지면 강호는 무림맹의 세상이 되기 때문이다."

"대형의 가문인 폭풍세가도 있지 않소?"

"대형은 군림하지 않는다는 가문의 율법을 지킬 것이다."

"그렇다고 해도 무림맹은 대형이 무서워서라도 함부로 하지 못할 것 아니오?"

"그렇겠지. 그런데 바로 그것이 문제라는 것이다."

"무림맹이 폭풍세가를 노리기라도 할 거란 말이오?"

"그것은 아무도 모른다. 하지만 어떤 사람들은 일부가 아닌 전부를 가지려고 한다. 그리고 현 무림맹주는 욕심이 많다."

"결국 정파 놈들 때문에 사파 놈들의 본거지를 쓸어버릴 수 없다는 말이구려."

"간단하게 말하면 그렇지."

"에이, 씨발. 정말 니기미군."

도치는 지금의 상황이 마음에 들지 않는다는 듯 연방 험한 욕을 해 댄다. 하지만 어느 누구도 그것을 말리지 않았다. 그들 또한 도치의 마음과 다를 것이 없었기 때문이다.

다음 날 오전, 유덕 일행은 노치방의 정문에 섰다.

"어디서 왔는지 모르지만 그냥 가라."

원래부터 이랬는지 아님 지금이 힘든 상황이라 이런 건지는 모르지만 정문을 지키는 자는 다가오는 것이 별로 달갑지 않다는 표정이다. 하지만 그냥 갈 유덕 일행이 아니지 않은가!

"방주께 검귀 육정기 대협께서 면담을 요청한다 전하시오."

"히익!"

나름대로 동네에 가면 제법 어깨에 힘을 주고 다니는 그일 테지만 십칠존은 이름만 들어 봤을 것이다. 아니나 다를까, 사내는 기다리라는 말만 남겨 놓은 채 문 뒤로 사라졌다.

끼이이익!

짐을 가득 실은 마차 두 대가 너끈히 들어갈 수 있는 거대한 정문이 아닌 그 옆에 있는 자그마한 문이 아주 듣기 싫은 소리와 함께 열렸다. 오랫동안 사용하지 않은 티가 역력히 나는 그런 문이었다.

"검귀 대협을 뵙습니다."

문이 열리며 혼자 나타난 사람은 삼십 대 초반의 사내다. 백색의 문사복에 매끈한 얼굴, 거기에 날씨에 어울리지 않게 섭선까지 들고 있으니, 이곳이 아닌 다른 곳에서 만났다면 여자나 후리고 다니는 한량으로 보았을 것이다.

강호에서는 어린아이와 할머니를 무서워하라는 말이 있다. 그만큼 겉모습에 현혹되지 말라는 말이다. 그런 면에서 본다면 사내는 매우 위험한 인물이다. 하나 지금 이곳에 그것을 두려워할 사람은 아무도 없었다.

"일살이라 불러 주시오."

사내의 눈이 반짝인다. 일살이라 불러 달라는 것이 무엇을 뜻하는지 알아차린 눈빛이다. 하지만 사내는 별다른 표정 변화 없이 옆으로 비켜서며 열린 문을 향해 손을 내밀었다.

"안으로 드시지요."

사내의 안내에 따라 자그마한 문에 들어선 유덕 일행은 아

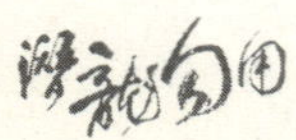

무도 다니지 않는 길을 따라 한참을 걸었고, 투룡전鬪龍殿이
라는 편액이 붙어 있는 별채에 도착해서야 걸음을 멈출 수
있었다.

"음식을 조금 준비했습니다. 드시면서 조금만 기다려 주
십시오."

말을 끝낸 사내는 곧바로 몸을 돌려 투룡전을 빠져나갔다.

"여기에 이대로 있어도 되는 것이오?"

유덕은 대답을 미룬 채 주위를 둘러보더니 가볍게 고개를
끄덕였다.

"괜찮은 것 같다. 우리를 죽이려 했다면 굳이 이렇게 번거
롭게 이곳까지 데려오지 않았을 것이고, 이곳에 기관 장치나
진법도 보이지 않으니 우선은 믿어도 될 것 같다."

"최소한 한두 번은 칼질을 할 줄 알았는데 이거 너무 쉬운
것 아니오?"

검중이살로 불리는 정추가 피식 웃는다. 천하에 거칠 것
없이 행동하는 그이다 보니 도치의 자유로움이 보기 좋았던
것이다. 그러나 유덕은 그와는 달리 신중하기 그지없다.

"우리를 이곳까지 안내한 사람 때문일 거다."

"그가 누구인지 아는 것이오?"

"이름은 공락기, 열 가지에 능통했다고 해서 십방서생十方
書生으로 불리는 자다. 제갈포유가 없었다면 아마 무림맹의
총사 자리는 그가 차지했을 것이다."

“굉장한 사람이구려.”

“그렇지. 그런데 이해 못 할 것은 그가 어째서 이런 문파에 몸을 담았는지 하는 것이다.”

“이유가 있겠지요.”

“그렇겠지. 우린 이제 그것을 알아내야 하는 것이고…….”

“그나저나 굉장한 사람이긴 굉장한 사람인가 보오. 난 무공 한 가지만도 힘들던데 열 가지나 능통했다니 말이오.”

“그의 십방에는 무공이 없다.”

“무공도 배우지 않은 사람이 강호에서 활동한다는 말이오?”

무척이나 놀란 듯한 도치의 말에 정추가 다시 웃었다.

무공은 어느새 일가의 반열에 육박하는 도치지만 암습과 계략이 판치는 강호에 대해서는 아직 무지하다는 것이 다시 한 번 드러났다. 지금 도치에게 필요한 것은 무공보다 그런 것을 알려 주는 건지도 몰랐다.

‘이곳에서의 일이 끝나는 대로 이야기를 좀 할 필요가 있군.’

유덕도 빙긋이 웃었다. 하지만 정추와 달리 무공밖에 모르는 도치의 그런 점이 마음에 들어서 나오는 웃음이었다.

‘그래, 너는 지금처럼 음모나 계략 같은 것 보지 말고 무공만 바라보며 나가라. 음모나 계략 같은 것은 내가 맡아 주마. 그리고 음모나 계략 같은 것은 웃으면서 쳐부수는 그런 인물이 되어라.’

이런 생각을 하는 유덕의 귀에 발소리가 들려왔다.

자박자박!

무공을 익히지 않은 여인네들의 발소리다. 음식을 준비했다고 하더니 그것을 가져오는 중일 것이다.

"그 이야기는 나중에 하자."

서둘러 도치와의 이야기를 끝낸 유덕은 문을 바라보았고, 잠시 후 예측대로 음식을 받쳐 든 여인들이 줄줄이 안으로 들어왔다. 단정한 옷차림으로 보아 음식에 술수를 부리려는 것은 아닌 듯싶었다.

하지만 그런 판단이 바로 위험으로 직결된다는 것을 모르는 사람은 도치뿐이라고 해도 과언이 아니었다.

"잠깐!"

정추는 음식을 향해 손을 뻗어 가는 도치를 말렸다. 그러고는 은침을 이용해 음식을 모두 검사하고서야 고개를 끄덕였다. 먹어도 된다는 의미다. 하지만 음식을 향해 손을 뻗는 사람은 도치와 정추뿐이다.

"아따! 이것 맛있네. 일살께서도 좀 드셔 보시지요."

음식을 먹은 지 한 시진도 안 됐음에도 불구하고 연방 음식을 집어 가던 도치는 둘만 먹는 것이 미안했던지 육정기에게 음식을 권한다. 하지만 노치방에 들어서면서부터 긴장의 칼날을 세우고 있는 육정기다. 독이 들어 있지 않다고 해도 음식이 들어갈 리 없었다.

“됐다.”

“그럼 형님이라도…….”

도치의 시선이 유덕에게로 옮겨진다. 하지만 그도 육정기와 다를 것이 없다.

“나도 됐다.”

도치의 시선이 이번에는 검중살 네 명과 초부, 적도에게로 옮겨졌다. 그런데 그들은 도치의 눈에도 긴장하고 있는 것이 확연하다.

“어찌 사람들이 그래.”

도치는 다른 사람들이 이상한 것이 아니라 자신과 정추가 이상하다는 것을 모르는 모양이다. 아무튼 도치는 다시 시선을 음식으로 돌렸고 연방 음식을 먹어 치우기 시작했다.

반 시진 후 음식이 치워진 탁자에는 찻주전자만이 덩그러니 놓여 있다. 그리고 그때 기다리던 사람이 들어왔다.

“음식은 드실 만했습니까?”

여전히 공손하기 그지없는 태도다.

“음식은 맛있었는데 술이 없어 서운했소.”

공락기가 크게 웃는다.

“하하! 역시 도치 소협다우십니다.”

“나를 아시오?”

“비록 중원의 외지를 지키는 우리지만 어찌 후기지수 중 최고를 다툰다는 폭수도 도치 소협을 모르겠습니까.”

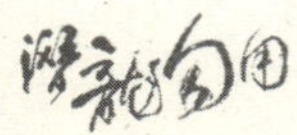

유덕의 눈이 반짝였다. 처음의 공락기는 어딘지 모르게 어색했다. 하지만 지금의 그는 여유가 넘친다. 일행의 신분을 모두 알아낸 것이 분명했다.

'시간을 끈 이유가 이것 때문인가!'

양자강을 이용하는 사람들에게는 어떨지 모르지만 강호에서는 외곽에 속한다. 그런데 그런 곳의 사람이 반 시진 만에 일행의 신분을 모두 알아낸다. 쉽지 않은 일이다.

'역시 십방서생이라는 건가!'

유덕의 그런 마음을 아는지 모르는지 도치는 연방 웃음을 흘려 낸다.

"하하! 하긴 내가 한 칼 하기는 하지요."

"그렇지요. 하하하하!"

공락기의 웃음소리도 크다. 하나 이 순간 그것을 친근하게 느끼는 사람은 아무도 없다. 도치도 얼굴만 웃고 있을 뿐 눈은 차갑다. 비록 우스갯소리를 하고는 있지만 마음은 차갑게 유지하고 있다는 증거이리라.

이런 분위기를 공락기도 눈치챘는지 그의 얼굴이 처음 일행을 만났을 때의 얼굴로 돌아간다.

"방주님께서는 혼자서 일살 대협을 만나 보고 싶어 하십니다. 가능하시겠습니까?"

"지금 우리 일행의 대표는 유 공자시오."

육정기의 대답은 전혀 의외일 것이다. 그럼에도 공락기는 표정조차 변하지 않는다.

"그럼 유덕 소협과 일살 대협만 모셔도 되겠습니까?"

유덕의 눈이 다시금 반짝였다.

분명 방주의 지시라고 했다. 그럼에도 공락기는 즉시 요구 사항을 변경하고 있다. 방주가 그에게 어느 정도의 재량권을 부여했는지 알 수 있는 대목이다.

'그 정도란 말이지.'

"그건 안……."

유덕은 손을 내밀어 도치의 말을 막았다.

"좋소."

유덕은 자리에서 일어났다.

"이곳에서의 일을 부탁합니다."

정추를 향한 말이다. 비록 몸은 뚱뚱하고 행동도 거침없는 그이지만 검귀와 검중오살로 활동했을 때 두뇌로 통하던 그다. 남아 있는 사람 중에 그보다 대처를 잘할 사람은 없었다.

"걱정 마시오. 도치 소협은 내가 꽉 잡고 있으리다."

"내가 뭐 말 새끼요. 잡고 있게."

유덕은 도치의 투덜거림을 무시한 채 정추에게 다시 한 번 부탁한 후 육정기에게로 시선을 옮겼다.

"가시지요."

잠시 후 유덕과 육정기는 수룡전秀龍殿이라는 곳에 들어섰

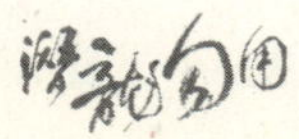

고, 호위도 없이 혼자 앉아 있는 염치광을 보았다.

"이쪽은 저희 방주이신 염치광 님이시고, 이쪽은 유 소협과 일살 대협이십니다."

공락기의 소개를 들으며 유덕은 염치광에 대해 다시 생각하게 되었다.

그간 염치광에 대한 세간의 평가는 용감하기만 하다는 것이었다. 언뜻 듣기에는 칭찬 같지만 사실은 멍청하다는 욕이다.

그런데 오늘 유덕은 그런 평가가 크게 잘못되었다는 것을 알았다. 검귀를 혼자 맞이하는 배짱만으로도 그는 특별한 사람이었던 것이다.

"염치광이오."

"유덕이라 합니다."

"일살이라고 하오."

"우선 자리에 앉으시지요."

공락기는 유덕과 육정기에게 자리를 권한 후 자신은 염치광의 옆자리에 앉았다. 그러자 기다렸다는 듯 염치광이 육정기를 향해 질문을 던졌다.

"일살께서는 위지가주와 뜻을 같이하는 것으로 알고 있소이다. 내 말이 맞소이까?"

"맞소."

"그럼 오늘의 행차도 위지가주의 뜻에 따라 이루어진 것이오?"

“그렇소. 그리고 오늘 우리가 방문한 목적은 여기 유 공자가 설명할 것이오.”

염치광의 시선이 곧바로 유덕에게로 옮겨졌다.

“난 말을 돌려서 할 줄 모르니 단도직입적으로 묻겠소. 유소협께서는 위지가주의 의동생이니 지금 혈사련과 위지가의 상황에 대해 잘 알 것이오. 그런데도 이곳에 온 것은 나를 무시하자는 것이오?”

역시 노치방주와 공락기는 세상에 그리 알려지지 않은 자신에 대해서도 자세히 알고 있었다.

‘어떻게 정보를 얻고 있는지 알 필요가 있겠군.’

언제든 적이 될 수 있는 자다. 그가 정보에 밝다는 사실을 안 것만으로도 이곳에 온 보람이 있었다. 물론 살아 나가야만 보람이 되겠지만 말이다.

유덕은 떠오른 사념을 서둘러 지운 후 염치광과의 대화에 집중하기 시작했다.

“혈사련은 방주를 버렸는데 방주께서는 아직도 혈사련을 마음에 두고 계시나 봅니다.”

“뭐요?”

염치광의 얼굴에 노한 기색이 역력하다. 그러나 유덕은 여전히 차분한 어투로 말을 이어 나갔다.

“남들은 사도라고 말하지만 제가 알기로 방주께서는 정과 의리, 신의가 있는 분입니다. 그리고 얼마 전에는 전 련주의

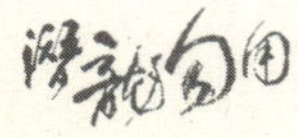

복수를 외치셨고요. 그런데 그것을 벌써 잊으신 겁니까?"

"유 소협, 입에서 뱉는다고 전부 말이 아니오."

얼굴이 붉어진 채 온몸을 부르르 떠는 염치광 대신 유덕을 꾸짖는 사람은 공락기다. 유덕의 시선이 공락기에게로 옮겨졌다.

"그럼 십방서생께서는 지금 우리가 혈사련과 적이니 염방주와도 적이 되어야 한다고 생각하시는 거요? 아님 우리가 단수기의 뜻을 따르는 문파를 정리해 주니 방주께서 고맙다고 인사해야 하는 것이오?"

"유 소협!"

유덕을 부르는 염치광의 목소리도 차갑고 바라보는 눈도 차갑다. 지금 당장 칼을 뽑아도 전혀 이상하지 않을 정도다. 하나 유덕도 평범한 사람은 아니다.

"말씀하시지요."

"나를 찾아온 목적을 말하시오."

"대형께서는 단수기를 제거하고 싶어 하십니다. 하지만 혈사련은 멸망시킬 생각이 없으시지요."

"지금 나하고 오월동주를 논하잔 말인가?"

오월동주吳越同舟.

《손자孫子》 구지편九地篇에 '夫吳人與越人相惡也 當其同舟而濟遇風 其相救也 如左右手' 라는 말이 나온다.

오나라 사람과 월나라 사람은 서로 미워하는데, 그들이 같은 배를 타고 가다가 폭풍을 만나면 좌우의 손이 함께하듯 협력한다는 말이다. 즉, 원수지간이면서도 어떤 목적을 위해서 부득이 협력하는 상태를 뜻하는 단어인 것이다.

유덕은 한 치도 머뭇거림 없이 고개를 끄덕였다.

"그렇습니다."

"지금의 대답이 무슨 뜻인지 아는가?"

"지금 방주와 저희는 적이라는 말이지요. 물론 앞으로 계속 적으로 남을지는 방주께서 뜻을 이루시고 난 다음에 따로 결정하실 사항이지만 말입니다."

염치광은 아무런 말도 하지 않은 채 유덕을 바라보았다.

이런 시간이 얼마나 지났을까! 염치광이 핏줄이 튀어나올 정도로 쥐고 있던 주먹을 풀더니 공락기에게로 시선을 옮겼다.

"문상은 손님을 숙소로 모셔다 주게."

유덕의 눈이 반짝였다. 문상文上이라 부른다는 것은 무상武上이 있다는 말과도 같았기 때문이다.

'무상이 누구인지 서둘러 알아봐야겠군.'

유덕의 이런 생각을 아는지 모르는지 공락기는 공손히 머리를 숙인 후 자리에서 일어났다.

"가시지요."

공락기는 왔을 때와 마찬가지로 유덕과 육정기를 은밀히 투룡전까지 안내했다.

"어떻게 될 것 같은가?"

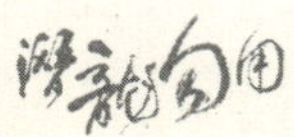

공략기가 사라지자 육정기가 기다렸다는 듯 말문을 던졌다.

유덕이 환하게 웃었다.

"편히 쉬셔도 될 것 같습니다."

"역시!"

육정기는 고개를 끄덕였다. 그도 무언가를 느낀 듯 보였다.

긴장된 표정으로 두 사람의 얼굴을 바라보고 있던 도치의 얼굴이 환하게 펴졌다.

"그럼 이제 다 끝난 거요?"

"거의 끝났다고 봐도 되지. 하지만 아직 긴장을 늦출 단계는 아니다. 아직도 이곳은 적지니까 말이다. 그리고 이번 일이 잘되더라도 노치방은 우리의 우군이 아니다. 그 점을 잊지 마라."

"걱정 마시오. 나도 그 정도 눈치는 있으니 말이오. 그나저나 지금부터 내일까지 뭘 하고 있어야 할지 걱정이오."

정추가 검을 잡아 갔다.

"나하고 비무 한판 어때?"

기다렸다는 듯 도치가 자리에서 일어났다.

"갑시다."

검중살 네 명과 초부와 적도도 자리에서 일어난다.

우당탕탕!

"내가 먼저 할 테니까 넌 나중에……."

"무슨 소리요! 내가 먼저요."

　그들이 빠져나가는 소리가 무척이나 시끄럽다. 이제 전각
에 남아 있는 사람은 육정기와 유덕뿐이다.
　"정말 못 말리는 사람들이에요."
　"긴장을 풀려고 그러는 것이니 이해하시게."
　"저게 긴장한 사람들의 태도라고요?"
　"우리들은 한쪽 발을 죽음에 담가 놓고 사네. 지금과 같은
긴장감이야말로 우리들의 삶이지. 하지만 우리도 인간이라
네. 어찌 두렵지 않겠는가. 다만 두려움을 털어 내는 방법이
일반 사람들과는 조금 다르다 보니 처음 보는 사람들은 잘
이해를 못 하지."
　그러고 보니 오늘따라 도치가 유난히 과장되게 행동했었
다. 도치는 그렇게 두려움을 극복하고 있었던 것이다.
　"그렇군요."
　유덕은 그동안 무인이라 생각하며 살았다. 그런데 이제 보
니 자신은 무인이 아니라 천생 책사였다. 처음 만났을 때만
해도 자신의 적수가 되지 못했던 도치가 지금은 자신보다 월
등히 뛰어난 무인이 된 것이 단적인 증거였다.
　"무인과 책사라!"
　육정기는 빙긋이 웃으며 가볍게 고개를 끄덕였다. 지금만
으로도 충분하다는 의미이리라. 하나 유덕은 깊은 생각에 잠
기고 있었다.

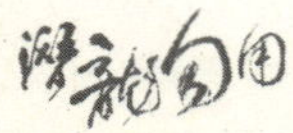

그 시각 노치방의 외진 곳에서는 두 명의 사내가 심각한 얼굴로 머리를 맞대고 있었다.

문사처럼 머리에 학사관을 쓴 오십 대 초반의 사내는 방 내의 모든 살림살이를 책임지는 내당 부당주 적면무심 냉호상이고, 얼굴 전체가 검은 수염으로 뒤덮인 사내는 노치방의 순찰을 담당하는 순찰향주 흑호권 노궁권이다.

"방주가 은밀히 검귀를 만났다는 소식 들으셨습니까?"

노궁권의 말에 냉호상이 고개를 끄덕였다.

"어떻게 하시겠습니까?"

"련주의 지시대로 해야지."

"호풍문에도 알리자는 말씀이십니까?"

"당연히 그래야 되는 것 아니겠나?"

호풍문護風門.

노치방의 세력권이라고 할 수 있는 장사長沙에 자리 잡고 있는 문파로, 염치광이 돌아오기 전에는 눈에도 들어오지 않던 자그마한 문파에 불과했다. 문파의 안위를 위해 수시로 인사를 드리러 오던 그런 문파 말이다.

그런데 염치광이 이곳으로 돌아오고 난 다음부터 혈사련의 지원을 받으며 급속하게 성장했고, 지금은 노치방과도 일전을 결할 수 있을 정도로 커졌다. 단수기가 염치광을 견제하기 위해 호풍문을 키웠던 것이다.

"지금 호풍문에는 귀사대鬼死隊가 파견 나와 있습니다."

　귀사대는 혈사련 내당 소속의 부대지만 순위를 거론할 만큼 무력이 뛰어난 부대는 아니다. 하지만 내당 소속이다. 그런 부대와 호풍문이 힘을 합쳐 노치방을 치려 한다면 노치방으로서는 아주 어려운 싸움이 될 것이다.

　질문하는 노궁권의 얼굴빛이 어둡다.

　그와는 반대로 대답하는 냉호상의 얼굴빛은 전혀 변함이 없다.

　"알고 있네."

　"그런데도 연락을 하라는 말씀이십니까?"

　"당연하지 않은가. 연락을 하지 않으면 우리가 배신했다고 느낄 것이고, 그럼 련에 붙잡혀 있는 내 아들은 죽네."

　"그것은 제 딸도 마찬가지입니다."

　"그러니까 하는 말 아닌가."

　쓸데없는 생각을 하지 말라는 냉호상의 말이다. 하지만 노궁권은 순순히 그의 말을 따를 수가 없었다.

　"그러지 마시고 이번 기회에 방주께 알리는 것은 어떻겠습니까?"

　"안 되네. 방주가 죽는 것은 봐도 내 아들이 죽는 꼴은 못 보네."

　냉호상의 단호한 대답을 듣는 노궁권의 얼굴에 또다시 어두움이 스치고 지나간다.

　외아들이 볼모로 잡혀 있는 냉 부단주의 마음은 이해한다.

자신도 외동딸이 련에 붙잡혀 있으니 말이다. 하지만 지금 냉호상의 지시는 방주만 배신하는 것이 아니라 그동안 쌓았던 인연과 자신의 젊음 그리고 지난 세월을 모두 배신하는 행위였다.

노궁권은 더 이상 냉호상과 나눌 말이 없다는 것을 깨달았다.

"미안합니다."

냉호상의 눈이 커진다.

노궁권은 그런 표정에 관계없이 자리에서 일어나 방문을 열었다.

드르륵!

"너에게 내가 그처럼 하찮은 존재인 줄은 정말 몰랐다."

열린 문 사이로 십여 명의 무사와 공락기를 거느린 염치광이 보인다.

"방주!"

조금 전까지만 해도 전혀 표정이 변하지 않았던 냉호상의 얼굴이 굳어졌다.

강호인들은 사파라고 욕하는 방파이지만 노치방에는 정과 의리가 있다. 특히 방주인 염치광의 정과 의리는 호남 전체에 널리 퍼져 있다. 그런 염치광이고 보니 냉호상도 더 이상 떳떳이 바라볼 수가 없었다.

털썩!

"죽여 주십시오."

엎드린 채 머리를 조아리는 냉호상을 바라보는 염치광의 눈빛이 씁쓸하다.

하긴 같이한 세월만 해도 이십 년이 넘는다. 그런 그를 벌해야 하는 입장이니 어찌 마음이 편하겠는가. 마음 같아서는 지금까지의 일은 없었던 것으로 할 테니 새로 시작하라고 하고 싶다. 하지만 한 문파의 방주 자리는 그렇듯 정에 얽매여 일을 처리할 수가 없다.

"우선 옥에 가두어라. 내가 내일 직접 심문할 것이다."

"존명!"

큰 소리로 복명한 무사들이 신발을 신은 채 안으로 들어가 냉호상을 붙잡더니 이내 어디론가 데려간다.

그 모습을 말없이 바라보던 공락기가 염치광에게로 시선을 옮겼다.

"호풍문은 어떻게 하실 생각이십니까?"

"이제 정리해야겠지."

"귀사대가 있는데도 괜찮겠습니까?"

"문상은 지금 나를 시험하는 것인가?"

"하하. 그럴 리가 있겠습니까. 다만 방주께서 마음의 준비를 끝내셨는지 알고 싶을 뿐이지요."

"마음은 이미 정했네. 그러니 날이 밝는 대로 사람을 시켜 무상을 부르도록 하게."

“명을 따릅니다.”

공락기의 고개가 공손히 굽어졌다.

다음 날 새벽 긴장감 때문에 유난히 일찍 일어난 유덕은
도치의 모습에 깜짝 놀랐다. 옷으로 감춰진 부분은 어떨지
모르지만 겉으로 드러난 부분은 온통 금창약투성이였기 때
문이다.

“대체 어떻게 된 거냐?”

“거죽이 조금 찢겼을 뿐이오.”

“지금 그게 조금 찢긴 수준이냐? 대체 누가? 허허!”

주위를 둘러보던 유덕이 헛웃음을 흘린다. 눈을 감은 채
조용히 앉아 있는 육정기를 제외한 나머지 모두가 도치와 비
슷한 모습이었다. 아니, 더했으면 더했지 덜한 모습은 아니
었다.

“모두 생사대적이라도 만나셨습니까?”

무명천으로 왼손을 감싸고 있는 정추가 피식 웃는다.

“그래도 죽은 자는 없으니 다행이지 않소.”

“정말로. 아구! 그나저나 전부 한숨도 안 주무신 것 같은
데 괜찮으시겠습니까?”

“잠이야 내일도 잘 수 있고, 관에 들어가면 영원히 자는
것이니 신경 쓸 필요 없소. 우리 같은 무인들이 하룻밤 새운
다고 문제 있는 것도 아니고 말이오. 거기에 비하면 어제의

비무는 정말이지 너무 황홀했소.”

“정말 그랬지요. 제대로 막지 못하면 진짜로 죽을 것 같더라고요.”

두 사람의 대화에 끼어든 도치의 말에 검중삼살이 덩달아 나선다.

“공자도 그랬소? 나도 지금에야 말하지만 정말 공자의 칼은 무섭더군. 금방이라도 공자의 칼이 목을 자를 것 같았거든. 하하하!”

웃고 떠드는 것이 영락없이 장터의 분위기다.

“내가 말을 말아야지.”

한심하다는 생각을 지울 수 없다. 하지만 그것이 무인의 마음가짐이라는 것까지 모르지는 않는다.

‘나는 진짜로 무인이 될 수 없는 사람이었구나.’

유덕은 씁쓸한 미소로 지난밤 늦게까지 고민했던 문제를 털어 버렸다.

‘그래, 무인은 대형과 도치, 사우만으로도 충분하다. 난 지금처럼 대형을 보좌하고 동생들을 돌보면 된다. 음모와 계략으로 형제들을 해치지 못하게 말이다.’

“식사나 합시다!”

유덕이 환하게 웃으며 큰 소리로 말했다. 갑작스러운 유덕의 태도 변화에 놀란 것인지 떠들썩하던 전각이 조용해진다. 하지만 그런 어색한 분위기는 잠깐이었다.

“그래, 식사하자. 도 소협이 좀 갔다 오지.”

정추의 말에 도치가 발끈한다.

“내가 왜 가요? 어제 꼴등한 사람이 가야지. 그리고 왜 시녀는 전부 가라고 해 가지고…….”

“우리의 말이 노치방에 들어가게 할 수는 없는 것 아닌가. 그거야 당연히 이해를 해야지. 그건 그렇고, 승부 결과로 가야 한다면 초부가 가야 하는 것인가?”

“내가 마지막에 지기는 했지만 나도 삼 승이오.”

좀처럼 말을 안 하는 초부가 입을 열었다. 그도 식사 심부름은 하기 싫었던 것이다.

“그럼 오살이 가야겠네.”

“왜 그래요. 나도 어제 이 승 했소.”

“그 승리 중 하나는 부상당한 나를 상대로 한 거잖아.”

“그래도 이긴 것은 이긴 것이잖소?”

다시 장터 분위기다. 아무래도 밥을 먹으려면 시간이 좀 걸릴 것 같다.

결국 한참의 실랑이 끝에 오살이 가는 것으로 끝이 났고, 오살이 갔다 온 지 얼마 안 돼서 꽤 좋은 식사가 그들 앞에 놓였다.

하지만 식사를 하면서도 육정기와 유덕을 제외한 나머지는 계속해서 승부 결과로 옥신각신했다.

이런 식사가 끝나고 조용한 분위기에서 차를 마시고 있을 때 기다리던 공락기가 문을 열고 들어왔다.

"식사는 잘하셨습니까?"

"네, 아주 좋았습니다. 지금의 차도 좋고요. 십방서생께서도 한 잔 하시겠습니까?"

"좋지요. 헌데 방주께서 기다리고 계시니 그런 여유를 부릴 수가 없군요."

"그렇습니까? 그럼 가야지요."

유덕과 육정기가 찻잔을 놓고 일어섰다.

"방주께서는 유 소협과 개인적으로 만나고 싶어……."

"그럴 수는 없소."

육정기가 단호하게 공락기의 말을 잘랐다.

공락기의 얼굴에 곤혹스러운 표정이 역력하다. 이번 일만큼은 그도 마음대로 할 수 없는 것이 분명했다. 그런 공락기의 어려움을 해소해 준 사람은 유덕이었다.

"그냥 저 혼자 다녀오겠습니다."

"그건 안 되네."

"일살 대협의 마음은 잘 압니다. 하지만 이번 일은 어떻게든 매듭을 지어야 하고, 그 일의 책임을 맡은 사람은 접니다."

－염치광이 우리를 죽이려 한다면 이곳에 있는 것이나 그와 같이 있는 것이나 아무런 차이가 없습니다. 그냥 혼자 다녀오겠습니다.

육정기의 눈동자 깊은 곳에서 놀라운 빛이 스치고 지나

갔다.

유덕이 무공을 익힌 줄은 알고 있었다. 하지만 말과 전음을 동시에 할 수 있는 수준일 줄은 몰랐다. 자신의 예상을 훨씬 뛰어넘는 수준이다. 하나 그런 정도 가지고는 자신의 마음을 돌릴 수 없었다.

"이곳에 오면서 주공께서는 유 공자의 목숨을 나한테 맡긴다고 하셨네. 그러니 유 공자의 뜻이 그렇더라도 나는 유 공자의 곁을 떠날 수가 없네."

유덕도 더 이상은 자신의 뜻만 내세울 수 없었다. 육정기가 비록 낮은 신분으로 행동한다고 해도 그는 대형도 무시할 수 없는 사람이었기 때문이다.

공략기 또한 검귀라는 이름을 무시할 수가 없었다.

"어쩔 수 없군요. 같이 가시죠."

육정기가 함께하느냐 마느냐보다 유덕을 데리고 가는 것이 더 큰일임을 알 수 있는 대목이다. 결국 유덕은 육정기와 함께 공략기를 따랐고 잠시 후 제법 커다란 방에서 염치광과 마주 앉았다.

"나는 길게 얘기하는 것을 좋아하지 않으니 단도직입적으로 묻겠소."

"말씀하시지요."

"이번 일이 위지가주 뜻대로 이뤄진다면 혈사련은 매우 약해질 것이오. 그럼 위지가주는 몰라도 무림맹은 분명 혈사련을 노릴 것이오. 그것을 막아 준다고 약속할 수 있겠소?”

“약속드릴 수 없습니다.”

염치광의 눈빛이 차갑게 변한다.

“지금 그 말은 이용만 해 먹고 말겠다는 뜻인가?”

“약속드릴 수 없다고 했지 안 하겠다는 뜻은 아닙니다. 그리고 염 방주께서는 지금 억지를 부리고 계십니다.”

“억지라. 무엇이 억지란 말인가?”

“첫째, 우리는 하나의 적을 상대하기 위해서 이 자리에 있는 것이지 염 방주를 돕기 위해서 이곳에 있는 것이 아닙니다. 그리고 둘째, 방주와의 협력은 혈사련이 어려운 상대여서가 아니라 불필요한 희생을 막자는 뜻에서 내린 결정이라는 사실입니다.”

염치광의 얼굴이 돌처럼 딱딱하게 굳었다.

“그렇게 생각한다면 이 일은 없는 것으로 하는 것이 좋겠군.”

“방주께서 그렇게 생각하신다면 어쩔 수 없지요.”

유덕은 말을 끝내는 것과 동시에 자리에서 일어났다.

“좋은 잠자리와 식사는 다음에 뵐 때 갚도록 하겠습니다.”

가볍게 포권의 예를 취한 유덕은 곧바로 방을 빠져나왔다.

“그렇게 가시면 안 되지 않습니까?”

뒤따라 나온 공락기가 유덕과 육정기의 발걸음을 막았다.

“저희 대형께서는 최선을 다하라고 하셨지 이 일을 꼭 성사시키라고는 안 하셨습니다.”

“그래도 이대로 가시면 최선을 다하는 것이 아니지 않습니까?”

“그럼 십방서생께서는 제가 어떻게 하는 것이 최선이라고 생각하십니까? 지금이라도 되돌아가서 방주를 설득할까요?”

공락기는 대답을 하지 못했다.

“저는 그럴 생각이 없거니와 그럴 자신도 없습니다.”

“그럼 제가 하나만 묻겠습니다.”

“말씀하시지요.”

“좀 전에 유 공자께서는 무림맹을 막을 노력을 하겠다고 하셨습니다. 그것이 무엇입니까?”

“별다른 것은 아닙니다. 다만 혈사련과의 일이 끝나고 나면 무림맹은 내부 일로 매우 바쁠 것입니다. 약해진 혈사련은 신경 쓰지 못할 정도로 말입니다.”

공락기의 눈이 반짝였다. 지금의 말은 위지가주가 무림맹과도 해결해야 할 일이 있다는 뜻으로 들렸기 때문이다.

“지금 그 말을 약속하실 수 있겠습니까?”

“방주께서도 그러시더니 서생께서도 약속을 요구하시는군요. 다시 한 번 말씀드리지만 저는 어떠한 약속도 해 드릴 수가 없습니다. 다만 저희 대형은 믿을 수 있는 사람이라는 사실만큼은 제 목을 걸고 말씀드릴 수 있습니다.”

배시시!

공락기의 얼굴에 환한 웃음이 떠올랐다.

"그 정도면 됐습니다. 그리고 조금 전에 약속을 부탁드린 것은 진심으로 사과하겠습니다."

"사과는요. 저도 서생의 입장이었다면 당연히 그렇게 했을 것입니다."

"이해해 주시니 감사합니다. 그럼 숙소로 가시지요. 제가 모시겠습니다."

"감사합니다."

조금은 편한 얼굴로 숙소에 돌아온 육정기는 일행과 함께 유덕의 설명을 들은 후 조금은 이상하게 생각하던 것을 물었다.

"유 공자, 내가 보기에 십방서생에게 한 말을 염 방주에게 했으면 좀 더 쉽게 끝났을 텐데 그러지 않은 이유가 무엇인가?"

"염 방주는 몰라도 십방서생은 우리가 무림맹의 일에 끼어들지 않을 것을 알고 있었습니다."

"그런데도 염 방주가 그렇게 말했다는 것인가?"

"예, 그는 우리가 이번 일에 얼마나 적극적인지를 알고 싶었을 것입니다. 없던 일로 하자는 것은 아주 의외였지만 말입니다."

"유 공자나 염 방주나 머리 쓰는 사람들은 참으로 무섭군. 나 같으면 절대 그런 마음을 감추지 못했을 텐데 말이야."

“이런 정도는 아무것도 아니지요.”

육정기가 피식 웃었다.

“그나저나 일은 어떻게 될 것 같은가? 내가 보기에는 잘 끝날 것 같은데 말일세.”

“잘될 것입니다. 이번 사안의 결정권을 가진 사람은 누가 뭐래도 십방서생이니까요. 그리고 이번 일이 꼭 필요한 사람은 말씀드렸다시피 우리가 아니라 염 방주입니다. 당장 칼을 들이댔으면 몰라도 지금까지 아무런 행동도 하지 않았으니 더 이상 걱정할 필요가 없지요.”

“다행이군.”

유덕이 빙긋이 웃었다.

“그럼 이제 돌아갈 수 있는 거요?”

연방 갑갑함을 토로하던 도치가 기다렸다는 듯 질문을 던졌다.

“그렇지.”

“언제 갈 거요?”

“오후에 떠나자.”

“아직 대답도 듣지 못했는데 그래도 되는 거요?”

“조금 전에도 말했다시피 아쉬운 사람은 우리가 아니라 염 방주다. 그리고 우리가 할 말은 다 했으니 더 이상 기다릴 필요가 없지.”

도치의 얼굴이 환해진다. 하지만 그와는 달리 육정기의 얼굴에는 걱정스러운 표정이 떠오른다.

"저들이 기분 상해하지 않겠는가?"

"바로 떠나면 그렇겠지요. 하지만 지금 알리고 오후에 떠 난다면 저들도 서운하다고는 하지 않을 것입니다."

"그렇다면야 뭐, 당연히 떠나야지."

말을 안 하고 있었지만 육정기도 이곳의 생활이 답답했던 모양이다. 결국 가장 마음이 급한 도치가 나서서 일행의 결 정을 알렸고, 점심을 하기 전 공락기가 은밀히 유덕을 찾아 왔다.

"방주님께서 위지가주의 뜻을 따르기로 하셨습니다. 다만 이번 일이 끝나면 위지가주와 한번 자리를 만들어 주셨으면 합니다. 가능하시겠습니까?"

"노력해 보겠습니다."

"유 소협의 노력이라면 믿을 수 있지요. 그리고 부탁한 김 에 한 가지만 더 부탁드리겠습니다."

"무엇입니까?"

"이번 일이 잘되려면 아무래도 연락을 담당할 사람이 한 명은 있어야 할 것 아닙니까?"

"그렇지요."

"그래서 하는 말인데…… 저희 쪽에서 한 분을 추천하겠 습니다. 가실 때 데려가십시오. 연락을 맡기에 충분할 것입 니다."

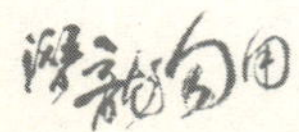

말이 연락 담당이지 일이 잘못되면 하루아침에 포로가 되거나 그것도 아니면 죽음 당할 수도 있는 자리다. 그런 자리를 자신의 사람으로 채우겠다는 말이니 유덕으로서는 반대할 이유가 없었다.

"그거야 뭐 어렵겠습니까."

"좋습니다. 그럼 이것으로 제휴는 이루어진 것으로 하겠습니다. 혹시 방주님께 이 말을 직접 듣고 싶으십니까?"

"서생의 말씀이신데 굳이 그럴 필요는 없죠. 다만 대형께서는 뭔가 믿을 것이 필요할 것입니다."

"당연히 그렇지요. 그래서 오시라 했습니다."

공락기는 자리에서 일어나 방문을 열었다.

드르륵!

"염수빈이라 합니다."

보기 좋은 키에 칠흑 같은 머릿결, 거기에 눈은 이슬이요 입술은 자두다. 아름답다고 표현하기보다는 한 시대를 무너트린 양귀비와 비견할 수 있는 여인이 그곳에 서 있었다.

"방주님의 누이동생이십니다. 이분께서 연락을 담당할 것입니다."

콰앙!

유덕은 뒤통수를 철퇴로 얻어맞은 것 같았다.

'유덕아, 내가 너무 성급했구나'

여인의 주먹은 약해도 눈물은 천하를 흔들 수 있다고 했던가!
　갑작스레 찾아온 난제를 타개할 수 있는 방법을 찾지 못한
유덕은 멍하니 그 자리에 서 있었다.

다음 권으로 이어집니다

아벨라즈家의 형제들

동은 판타지 장편소설

판타지 역사상 가장 개성 강한
형제들이 몰려온다!
「아벨라즈가의 형제들」

뿔뿔이 흩어졌던 아벨라즈가의 네 형제
아버지의 돌연사로 10년 만에 귀향하다

사이코키네시스의 능력을 지닌 카리스마 첫째, 아이즈
고대 격투기 판크라티온의 전승자 둘째, 데릭
라이컨스로프의 피를 마신 셋째, 아칸트
마법의 대가이자 사이코패스인 넷째, 엘렌

흑막 뒤의 암투를 치밀하게 파헤쳐 가는 네 형제
그들이 펼치는 혈향 가득한 숙명의 단죄!

ROK MEDIA
한상운 장편소설
무심한 듯 시크하게 : 범죄의 시대
대한민국 열혈 형사 정태석
주먹이면 주먹, 갑이면 갑
물러설 줄 모르고, 뛰으면 안 놓친다
대한민국 중년 형사 유병철
몰라술 학식하고, 배는 조금 나왔지만
절체절명의 순간, 비장의 한 수는 있다
시절이 하 수상하고 시대가 범죄를 권할지라도
선과 악, 옳고 그름, 정의와 불의
두개의 세상을 가르는 경계는 분명하다
그러나 그 금을 밟아야만 할때
가슴을 치는 인생의 페이소스 pathos!
무심한 듯 시크하게 : 범죄의 시대
무심한 듯 시크하게
무심한 듯 시크하게
마약과 살인이 얽힌 사건을 쫓다 만난 일생일대(?)의 기회!

강승환 판타지 장편소설

전생기

【轉生記】

● 전3권 ●

드디어 숨겨졌던 비밀의 문이 열렸다!
판타지 문학의 마에스트로 작가 강승환

『재생』, 『신왕기』, 『열왕대전기』를 관통하는
그의 모든 것이 담긴 하나의 작품

『전생기』

서대륙을 최초로 통일한 흡혈왕 자하르
죽음마저 피하려 했던 절대자
그가 만들어 내는 끝없는 인과의 그물
결국 모든 것은 하나의 생生이었다!